一路读书一路歌

朱奠荣 著

作家出版社

图书在版编目（CIP）数据

一路读书一路歌 / 朱奠荣著. -- 北京：作家出版社，2020.2

ISBN 978-7-5212-0826-9

Ⅰ. ①一… Ⅱ. ①朱… Ⅲ. ①散文集－中国－当代 Ⅳ. ①I267

中国版本图书馆 CIP 数据核字（2019）第 284246 号

一路读书一路歌

作　　者：朱奠荣
责任编辑：田小爽
装帧设计：祝玉华
出版发行：作家出版社有限公司
社　　址：北京农展馆南里 10 号　　　邮　　编：100125
电话传真：86-10-65067186（发行中心及邮购部）
　　　　　86-10-65004079（总编室）
E-mail: zuojia@zuojia. net. cn
http: // www. zuojiachubanshe.com
印　　刷：中煤（北京）印务有限公司
成品尺寸：145×210
字　　数：220 千
印　　数：1-2000
印　　张：8.25
版　　次：2020 年 2 月第 1 版
印　　次：2020 年 2 月第 1 次印刷
ISBN 978-7-5212-0826-9
定　　价：38.00 元

目录

禅 悟

（代前言）

贾平凹先生六十岁生日时，挥笔为我书写了一副“得山水清气，极天地大观”匾额。受高人之赠和指点，当然是一件好事，既不能怠慢，也不敢忘乎所以，更是一种荣耀。装裱之后挂于堂中，常有亲朋好友欣赏赞叹，也令望文生义者咋舌。作为主人，也不得不说出个子丑寅卯来。细观之，“得”字少了一横，“平”字出了点头；也苦思，六十岁时的平凹先生虽然当时不是中国作家协会副主席，但也是名噪一时的中华文豪，怎么会把字写错呢！突然想起了平凹先生曾经说过：“六十岁了，在创作上有了点成绩，‘平’字应该冒点尖了！但不敢突破天。”这种谦虚的态度令我感叹！后来，凡有人目光在“得”字上停留时，我就主动向客人介绍：“大师把‘口’中的一笔，巧妙地放到‘平’字上去了，总体没有少笔画。”

有次在观看电视连续剧《换了人间》时，看到毛泽东主席进京后，到卧佛寺参拜的情节使我为之一颤。伟人对方丈的尊重，令人肃然起敬。当毛主席跨进大殿时，寺童对伟人并不是十分礼貌，方丈也没有及时奉迎。毛主席走到大殿中央，看见上方悬挂着乾隆皇帝手书“得大自在”金匾。毛主席两眼紧盯，目不转睛，炯炯有神，似乎有所思考。“得大自在”是释迦牟尼佛涅槃得道后的最高境界。这个

"得"字也少了一笔。乾隆皇帝在书写的过程中，究竟是什么心态只有他自己清楚；倪祖铭导演安排伟人在这里的一段戏又有什么含意，我也不敢妄加揣测。但是，只有顺应历史规律，充分发展经济，保证社会稳定才能得到众生的欢呼；太阳是晒不出"乾隆盛世"的。只有让众生填饱肚子，方能口呼万岁。这点乾隆皇帝心里是明白的，高人心里也是有数的。圣人和高人的思想境界有时是相似的。倪祖铭导演还在这场戏中安排毛主席说出了："普度众生和为人民服务异曲同工。"这里的"度"是理念，"为"却是方式，但目的是一致的。大家都知道：佛是不会赏赐给众生"大自在"的，而只是分享他的"大自在"，去"度"和引导众生实现自我嬗变；"为"是通过"为人民服务"去吸引和团结广大的民众，都去为建设自己的国家而勤奋有为。

中华文化博大精深。一个"得"字，不管你怎么写，都带有笔者的思考；一个"得"字，不管你怎么读，也还有读者的理解。从姜子牙渭水之滨的磻溪直钩垂钓，到"授人以鱼不如授人以渔"，概念不同，出发点不同，目的和效果截然不同。姜子牙钓的不是鱼，而是具有雄才大略的帝王。授人以渔是教给人民大众的一种生产方式或生存之道。"得大自在"也好，"得山水清气"也罢，不仅向上晒太阳，还要向下去汲取营养，才能根深叶茂，长治久安。老百姓才是这些圣人、伟人和高人的衣食父母。毕竟皇亲国戚是少数。为官人家和平民百姓靠什么？天地造化，人间炼狱。读书的有学道，十年寒窗，踏雪寻梅；从政的有官道，恪尽职守，勤奋为民；弄笔的有文道，于情于景，贴近生活；经商的有财道，放眼市场，诚信待客；种田的有犁道，俯首田园，精耕细作。

君子仰道，行之有路，其国盛乎！

各行其道，政清民乐，其国远也！

楔　子

（人间真情）

2018年初春，长江流域的洞庭湖西北的华容县东山镇柏木港，八峰挺峻，钟灵毓秀；草长莺飞，姹紫嫣红。

小港弯弯曲曲，流水汩汩潺潺。

一个黄道吉日，阵阵锣鼓鞭炮声打破了田园的寂静。东山中学校长余砚发先生庄重宣布："由当地乡贤自发组织，村民自愿集资，从这里走出去的学子资助，岳阳及长沙、西安等地的文学艺术家无偿提供的文章墨宝，经过两年多建设的柏木港亭和柏木潭阁文化双亭正式落成。"

这里聚集了从周边赶来的一百多名文化学者和乡贤群众，参加柏木港地区农村的一次文化盛事。

典礼简朴庄重，形式新颖。没有揭牌，没有讲话。

参观时，华容县第三中学老教导主任、一级教师季宪友先生即兴感赋七律一首："春光着意草葱茏，十里端亭对古松。半亩方塘通理学，一湾曲水孕飞龙……"

诗中的"古松"特指华容县第二中学，是学校前山包上生长着的一片郁郁葱葱的参天古松柏。

听到这首诗，我就不禁联想起了在三中上高中时，每天早晚，风雨无阻地来去匆匆走完这二十里路的岁月。

学习的艰辛不言而喻，怎敢忘那酷暑天烈日当空汗流浃背的难耐；更要记住严寒季风雪弥漫穿着单薄球鞋泥泞蹒跚的场景。

难怪学者都把古代求取功名的读书喻为“十年寒窗，踏雪寻梅”。

季老挥执教鞭四十年有余，桃李遍天下。八十多岁的他身体硬朗，耳聪目明，声若洪钟。吸引了一片目光和不绝的感叹声！

“好诗！好诗！真是好诗！我们农民就是喜欢这样质朴上口、热情奔放的好诗！”话音刚落，当地乡贤、老村长孙贤军先生按捺不住激情，在文人面前显示出了更大的热忱给予赞赏！

生长生活在农村的“芝麻官”，高大的个头和乐呵呵的性格也难掩饰岁月年轮留下的痕迹。他七十岁不到脊背就略显佝偻，脸上爬满了鞋底般的皱纹；头发初雪染山顶，花白倒也显得有些精神；漫步或站立时总爱两手反剪背后，似乎这样可以弥补些身形弯曲向前倾斜的姿态。但是，他那饱经风霜的体质还是那样硬朗，一双深邃明亮的大眼睛还是那样炯炯有神。

他也不甘示弱，清了清嗓子，带有几分地道的农民气质和浓厚的湘北口音吟诵自己作品：“文联寓义神，清静悟情真。宝地多才俊，繁花百世春。”

这是一首五言绝句，充分概括和表达了柏木港亭和柏木潭阁文化双亭的文化内涵。

他定了定神，向前挥了一下右手道：“这里是我的出门之道，下田办事的必经之路。第一次停脚更多的是好奇，慢慢就不由自主地字斟句酌欣赏起了石碑及亭阁上的文联和墨宝。在亭子里留坐休息回味时，不觉体会出了更加深刻的含意和寓意。回家躺在床上，心情难以平静，转身伏案提笔，草草一气呵成。今天就在老师高手面前献丑了。”

参观的人群中响起了热烈的掌声！

孙村长孩童时上过私塾，课堂就在自己的家里，爷爷就是老师。社会大办公学时，他已错过了上学的年龄，却参加了大修水利和新农村建设，对柏木港周边的经济和民生有一定的建树。村长在任时就十分关心农村的文化建设和村民的疾苦，在群众中德高望重。卸任后仍威望不减，受到乡亲们的尊重。

柏木港文化亭阁是我的希望，也有我的心血，当然不敢贸然离开。想在这里再看看，再停停脚。

中午时分，聚集的人群渐渐散去。只有几位文学和墨宝爱好者聚精会神地欣赏。

柏木港亭和柏木潭阁外形基本相同，都为六边飞檐建筑，高约六米；略有区别的是，亭尖酷似古代的官帽，阁顶犹如姑娘的乳头。亭阁相距二百余米，设计布局合理，线条优雅流畅，气势雄伟不凡，翠竹港潭相映，田舍青山环绕，建筑、艺术、知识、气质、操守、风景浑然一体，由当地著名工匠采桃花山一体青色花岗岩建设。

亭阁顶上三六成圆，地面中央三十见方，弘扬天圆地方法则，也表示为家为人处世必须遵循天地之道，做到外圆内方。其主题和内涵揭示了中华民族“耕读传家，诗书继世，规矩扶业，忠孝立节”的美德。

随着改革开放步步深入，各地政府支持的商贾投资的文化园宛如雨后春笋遍地破土，节节拔高。多冠以“文化”头衔，却难逃商业之实，行挂羊头卖狗肉予以招财进宝。

名花堪赏目，青草亦怡情。

亭中硕大的石碑上，由从这里走出去的省级核心期刊湖南《安全与防灾》原主编赵训义先生楷书，长沙中南矿山研究院原高级工程师、办公室主任包天觉老先生题七律《和柏木港记》。

这首诗热情洋溢地描写了柏木港地区的山水田园和风土人物，饱含了作者对家乡对乡亲的拳拳之心和眷恋之情。

对于这首诗，我耳熟能详，当它再次跃入我的眼帘时，更具有一番感慨。

这首诗里还有一个故事：

我参加了柏木港文化亭阁的文字定稿工作。在诗的初稿中，有“数度沧桑卫国士，几经磨砺银行家”，这是对我人生历程的真实写照。十八年的军旅摔打，二十五载金融砥砺，造就了我的人生哲学——不断学习，辛勤耕耘，默默奉献，终身受益，这是值得肯定的，也是了解熟悉我特别是柏木港周边地区的人民群众家喻户晓的公开秘密。但是，家乡农村文化建设不能突出自己，要把激励广大人民群众参加新农村建设作为宣传重点。

我反复斟酌推敲，将“卫”字改成了“为”字，“银”字改为了“嬗”字。这一改，不仅诗的意义范围扩大了，也符合诗的平仄要求，而且词性对仗更加工整。“为”“嬗”均为动词，“国士”“行家”皆是名词。这一改，行家拍手称奇，作者回信叫绝。

“数度沧桑为国士，几经磨砺嬗行家”就这样铭刻到了柏木港文化亭的石碑上，将激励来者，昭示后人。

这两句话的意思很简单：只要经过磨炼的人，就一定会成为“行家里手”，跃升为对国家有用的人。

后来，组织者在柏木港文化亭阁的石碑上铭刻上了我“文化创意”的头衔。

“朱行长！我侄儿刘伟多亏您的帮助，听说都已经成为了市农业发展银行的骨干领导，进步真快。”一个非常熟悉的声音敲震我的耳鼓。

我抬头一看，是村原会计孙世杰先生。

他是我小时候的玩伴，回乡后的农友。每次回老家，只要有时间，总是在一块儿唠唠家常。

那时候，世杰先生家里为生产队喂养了一头水牛。他是他家的牧童，时常牵着水牛在柏木港边的地头草滩放牛。我则经常带着书本在港边的柳荫沙滩上阅读。我到溪港深潭中逮鱼捉虾时，他无疑是我的得力助手，收获平均分摊用以家人美餐。

在我回乡劳动的一年里，我们一块儿耕过田，插过秧，打过谷，防过汛，抗过旱，起过早，熬过夜。劳动中的困难，他总是给我适当的照顾和关怀，我们就像亲兄弟。

蹉跎岁月的光景是最好的历练。

有人彷徨，有人失落，也有人埋怨，这些都是毫无意义的伤感。

人生没有假设，也不可能重来。你所走过的路就是你必然要走的路。

领袖人物的“一切向前看”和“甩开膀子干”是金口玉言，更是一剂良药。幸福是奋斗出来的。

“不是我的帮助，是他自己的勤奋和努力，也是市农业发展银行自身建设发展的需要。他在我行机关早已是业务骨干，前些年机关竞聘时脱颖而出，如今确实在我行发挥着重要的作用。应该感谢你们亲属的支持！”我心情平静态度谦和地说。

“今天中午邀请您到我家吃顿便饭，不成敬意！怎么样？今非昔比，如今是水塘有鱼，笼子有鸡，网栏有鸭，池里有鳝，想吃什么就捉什么。”他很兴奋，也很得意。

农民餐桌上的变化，这是新农村建设的成果，也是农业发展银行的职责所在。我心里当然很高兴！

“那就不用客气了！今后有的是机会。”我说。

“那倒是。我有件事想先跟您打个招呼，不知行不行？”他恳切地问道。

“只要符合政策，我会不遗余力地去办。”我信心满怀斩钉截铁地回答。

但我也有个性格特点，违反政策规定的事不仅不办，也不客气，当面回绝。从不搞“到时再说”或“想想办法”的拖延战术，给人一时的欢喜。

“我有个孙子明年大学毕业，能不能找您帮忙进市农发行工作？就这么简单。”他声音变小，有点请求地说。

“农发行进人的条件有三：一是本科毕业；二是金融、经济、财会、计算机、中文五大专业；三是考试面试入围。达不到这个要求，恐怕难以如愿。”我认认真真地告诉他。

我不管和任何人说话，都是认认真真的，总想把问题说清楚，就怕别人不明白。我的这种性格，总是招惹妻子的埋怨。她总讨厌我说话啰嗦。常常告诫我，说声“行”与“不行”就行了。

事情哪有那么简单，说声“行”与“不行”就行了，特别是与熟人说话。

也确实，有时候说话太详细，别人不一定愿听。长期的习惯造就了我的性格，一朝一夕还不一定改得过来。不过，像今天这种情况一定得说清楚，让他自己去判定是否办得了。否则，今后见面也很尴尬。

不管你爱不爱听，我的性格就是这样。不然后来怎么会有个“古古”的外号。

“找您帮忙，不就是求您开恩放宽点条件吗？！”他笑着说。

他找我的目的就是希望能降低点条件，这是国家政策、单位制度不允许的。

我想，只要说清楚了，朋友是会理解的；不能理解，也就无所谓真正的朋友了。

“今后的日子长着呢！我也有时间来乡里走一走，住一住，享受一下这里优美的环境和新鲜的空气。”我话题一转，高兴地说。

“这里的空气比城市的好！还带有负离子呢！”他自豪地说。

他拉着我的手，久久不愿放开。

我婉言谢绝了一位朴实农民朋友的邀请。

他又笑了，笑得很爽！

关于“古古”的外号，还有一点旁白：就是我的老祖宗是书香门第，家里还珍藏着“四书”“五经”《唐诗三百首》及“四大名著”等古籍和一套已有二百多年历史的家谱。

“破四旧”时，我爷爷利用自己在当地的诚善名望，主动把那些一目了然的凌波床、化妆台和抬礼盒等东西让激进派砸了个精光，却用我父亲在北京中国医学研究院读书时的教材掩护了那些古籍。

爷爷宝琛在当地是位造诣很深的木匠。农具、建房、家具和嫁妆都是他的拿手绝活，非他莫属。七十岁时，他因为不能负重，业主总是亲自来家里接送木匠工具。

当时每天工钱仅两元，全部都上交给生产队，年底分红才挣回三角多，他从无怨言。他嘴里还经常嘟囔：“早完税赋，谨用权量，和睦邻里，尊重师长。”

妈妈包蒲清也常告诫我们“勤俭的娃儿勤步走，懒惰孩儿压断腰”等。这些具有哲理性的家庭启蒙教诲使我终生不忘，一生受益。

真可谓“积善家门人丁兴旺，读书子弟事业有成”。

这些教诲我在《家谱》中得到确认，家族中人也都受益匪浅。

我家有个不大的阁楼，里面比较昏暗。几个激进分子爬上去后，在一个木箱子里找出来一些书籍如获至宝。费尽九牛二虎之力搬下楼后一看，竟然是一些医学教材和医学书籍，也就撒手走人了。

没想到，这些治病救人的书籍竟然破天荒地保护了箱底存放的那些古籍和家谱，使人身之外的生命得到了延续。

初、高中时期，学校文化课比较粗放，也很少有课外作业。放学劳动之余，有时间我就会爬上楼阁，点上小煤油灯，孜孜不倦地速览几页古籍，特别是《唐诗三百首》。

人就是这样，肚子里有了点墨水，与人说话或讲话时，不觉地自然地就会咬文嚼字或蹦出几个与众不同的词语来，别人确实难以理解。

我也时常夹带些歇后语，一次不把事情说透，留点尾巴让人去琢磨。

这种情况我在中央电视台的讲座中得到了验证，一些讲课人也时不时地蹦出几个英语单词来。

这个“古古”的外号，是在部队时，“好事者”给我起的。

有人问我，“古古”是什么意思？

我一时半会儿还真的回答不出原因来，就顺口来了个“古怪吧”！

“古古”又有“古板”之嫌，碍于颜面，也不敢启口。

不久，在大庭广众之下，我斗胆地询问了一下始作俑者。他回答得很科学：“你看不到，你的后脑勺比别人大，长了一个‘鼓’，肯定脑子比别人多，爱动脑筋。”

我真的摸了摸自己的后脑勺，也觉得是比一般人的大些。

这种解释传出去后，我的“古古”外号也就风平浪静销声匿迹了。

真的是“好事不出门，坏事传千里”。

直至前年，原部队在编辑《北塔山之情》时，向我约稿。几次伏案难以落笔。写什么呢？我在《心岸的篝火》里撰写了关于部队训练执勤及新疆风土人情，不下五万字。左思右想，最后决定写转业干部。

深思熟虑后，我写了一位普普通通的转业干部李化清。

他在部队是我的下级，正连职，转业后没有安排一官半职。单位倒闭后，他在政府相关部门的支持下，调换了几次单位都没有成功。

我了解他，也更理解他。

我鼓励他转变观念，重操旧业，立足锅台，挥舞瓢勺，终于成功了。

没几年工夫就发了，在市中心的风景区买了别墅，开上了豪华车，神气极了。

写他还有一个理由，就是他提干有一些特殊情况。

这里面还有一个故事：邓小平同志再次出山后，提出了要准备打仗的思想。在整顿部队的时候，明确了干部的提升必须要从战斗班选择骨干。这一思想限制了部队首长在干部提拔过程中，优先考虑自己身边的通信员、警卫员、卫生员、炊事员、驾驶员五大员的现象。

原乌鲁木齐军区司令员吴克华莅临边防部队检查，在边防营食堂就餐时，对时任炊事班班长李化清的烹饪技术给予了充分的肯定。

随行团营首长的心里都清楚，干部的提拔不敢冒天下之大不韪。首长虽然没有明确的指示，不妨试一试。团营首长随即提拔了李化清。

李化清被提拔后，到处都是一片赞叹声！

从此之后，一批后勤人员得到提升。李化清是开启那个时段从后勤部门提拔干部的第一人，有一定的特殊意义。

这件事当时在部队影响很大，很多干部战士在三十多年后记忆犹新，有的还在苦苦地打听李化清。

我就以《一把菜刀起家》写了三千多字，《北塔山之情》如数刊登，引起了一些议论。

一次几个战友相聚时，李化清没有到，就有人谈到了他。也有人直截了当不服气地对我说："不要写，不该写，毫无意义。"

一阵言语之后，就是那个给我起外号的始作俑者站起来，义正词严地说："作品我认真地看了，写得很好！主题凸显了党的富民政策惠及转业军人和老百姓，也深刻阐述了一个人的成功不一定要有一个好单位好岗位，而是要有一个能最大限度地发挥自己特长、施展自己才华的职业。李化清我也很了解，有优点，有缺点，比较明显的就是比较‘小气’。作为一介平民，何以大手大脚，也正是这种‘小气’方可聚财，这里面流淌着主人公的机灵和机警。作者描述主人公把‘一把菜刀’与‘两把菜刀’联系在一起，是说主人公不知天高地厚，更缺乏组织能力。作品有它独特的表达方式，也有它深含的褒贬内涵，这就是艺术的高妙之处。”

我不得不为我的战友、也就是我那个外号的始作俑者竖起了大拇指：“毛清泉最了解我！”这次才冰释前嫌彻底释怀。

柏木港周边地区的民众聪明好学，重视文化，送孩子读书有一定的历史传统。

多年来，这里也确实走出去了很多人。

近些年，仅从牌坊小学启蒙升入清华、北大的学子就有五位，考进其他重点大学的不计其数。还有一位世界数学奥林匹克竞赛金奖得主余君直接进入香港大学，现在在北京大学数学研究所工作，是国家“千人计划”获得者。

前几年，在村长的引导推荐下，村里本科金融财会等专业毕业的农家子弟，在岳阳市农业发展银行有三名就业者。

所以，方圆几十里都流传着柏木港是个风水宝地，只要心诚发奋，读书的中第，经商的发财，为官的升迁，种田的丰收。

这里的文化有其久远的深厚的历史底蕴。

先民逐水而居，依山傍水是最理想的场所。这里的新石器时代和青铜器时期古文明遗址遍及山丘，目前探明的就有三十二处，仅有东旭村一处七星墩遗址已经开发。在柏木港东岸的丘陵上就有一个牌坊遗址。

我记得读小学时，村民在牌坊岭路边开渠，挖出了很多青铜器。因为是埋葬物，谁也不敢往家里拿，后来是深埋了还是有人拿走了至今是个谜。

宋真宗赵恒在《劝学诗》中写道："书中自有黄金屋……书中有女颜如玉。"

这虽是封建帝王对封建社会制度的形象描述，被古代学子奉为经典，在当今它仍然具有积极的现实意义，是一种可以通过自身努力改变命运的途径。

特别是农村青年，虽不是唯一的，却也是最好的。所以，读书是一种人生价值腾升成本最低的最佳方式。

勤奋耕耘，顽强拼搏，创造价值，聚集财富也是人生辉煌的另一种选择。

第一章

军旅情缘

1974年初冬，晚稻刚刚上场。一年一度的水利冬修如火如荼地开始了。

这年的冬修由大队自行组织，我们牌坊大队的任务是在风景如画的云雾山西麓麻家湾修建一座中小型水库。

工程以九个生产队为单位，开展了社会主义劳动竞赛。工地上宣传标语整整齐齐排队列阵；挑土的、推车的你追我赶，热火朝天；打夯的号子声此起彼伏；《社会主义好》在高音喇叭中反复播放，有时插播一些劳动竞赛的新闻，时常听到娇嫩姑娘“群众来稿”的叫喊，惹得群众哭笑不得。也有调皮的群众斗胆问姑娘：“我是群众，能不能来搞（稿）？”姑娘却满面春风地回答：“稿（搞）越多越好！”引得大家哈哈大笑。后来，这种情况成了工地娱乐不可缺少的形式。

几天后，工地和村头上出现了“响应祖国号召，应征入伍服兵役”的广播和标语，这在我的心里激起了不小的浪花。

服兵役，不仅可以尽义务，还可以出去看看世界，或许还能加入中国共产党。但更盼望的是能在部队考上军医大学，为军人和老百姓服务，救死扶伤，治病救人。即使这些不能实现，退伍后但愿能在什么单位安排工作，成为一位工作人员。这些都是光宗耀祖梦寐以求的事。

一个晴朗的上午，风和日丽，阳光灿烂。

工地上突然响起了《三大纪律，八项注意》的军歌。

一会儿，一名高大挺拔的军人在大队刘木生支书等人的簇拥下来到了工地。

一下子，工地上像炸开了锅，一群人把这位解放军军官围得水泄不通。有适龄青年，有为适龄孩子打探消息的父母，也有乘机休息一会儿的，人生百态展现得淋漓尽致。

“这是今年负责我们这里征兵的周连长。”刘支书的介绍才开腔，就被热烈的掌声所打断。

适龄青年都迫切希望早点知道征兵的情况。

“你们愿不愿意去当兵？到祖国最艰苦的新疆边防部队去锻炼？”周连长看出了大家的心思，用明显的甘肃口音问道。

“愿意！”适龄青年的回答声压住了劳动的号子声。

我乘机挤到了周连长的面前。

“你报名了没有？”周连长亲切地问道。

“还没有！”几个适龄青年不约而同地喊道。

周连长拉着我的手，随即转过身去，对着刘支书说：“你们的组织发动工作做得不错，适龄青年的积极性很高，报名工作也一定要抓紧。”

这一握手，就与部队结下了难解的情缘。

一、巡逻

新疆军区某边防部队三个泉边防站，地处新疆三山夹两盆地形的阿尔泰山脉东端尾部的北塔山东麓，是与 M 国接壤的边防第一线。

执勤巡逻，则是边防连（站）的主要任务。

第一次巡逻，是我入伍后的 1975 年春天。

四月的北塔山，背阴的地方到处都还是冰雪。春寒料峭，朔风刺骨。

新兵训练结束后，连长马立武就挑选了几位新战士到L号界碑巡逻。

这次巡逻的路程不远，也是三个泉边防连比较平坦隐蔽的一条巡逻线路。

界碑在山梁，边界顺山脉，路线沿山谷，这样不容易越界。

这是一条适应骑术还不高特别是初学骑马的新战士锻炼成长的实习路。上午去下午就可以回到连队。

连长马立武来自于骑兵部队马术队，是一名乘骑高手。他骑马射击，百步穿杨，弹无虚发；马上叼羊，扬鞭飞马，手到擒来；身贴马肚，转身挥刀，令人称奇。

据说马连长的师傅就是“新疆剿匪四十天伊吾县城保卫战”赫赫有名的驮水军马的骑手，他们双双为保卫新疆立下了不朽的功勋。

连长的动作十分利索稳健，三下五除二就翻身上了走马白鼻梁。

我紧跟其后骑上了边防站最高大的黑马。军马一个劲往前冲，我只得双手紧拉缰绳。大黑马就不停地转圈，急于飞奔驰骋。

虽然进行过马术训练，但我毕竟是第一次参加巡逻，并要驾驭如此威猛的烈马难免有些紧张发怵。

顾名思义，走马就是行走非常平稳的马匹。这种马匹行走起来，四蹄很快，步子很细，马背不颠，耐力很强，是最适宜长途奔袭的好马。

边防连的白鼻梁既会行走，也具飞奔的本领。

连长对着我半开玩笑地说：“你身高腿长，这只是骑马的第一条件，关键还看是不是胆大心细。你今天跟着我如果不从马上掉下来，今后每次都带你去巡逻。”

我曾听老战友说过，连长挑选巡逻骑手，都是在巡逻过程中优胜劣汰，优中选优。

我鼓足勇气回敬了一句：“今天保证接受住连长的考验，力争成为连队巡逻的第一好骑手。”

连长用赞许的口吻说："一言为定。"

我斩钉截铁地回答："一言为定！"

此刻，感觉我的血液直往头上涌，内心充满了喜悦。

在连长面前表现表现，能得到连长的肯定，是一个战士特别是新战士求之不得的好事。

连长高举马鞭，用高八度的嗓子发出指令："出发！"鞭子就猛地抽打在马的屁股上，白鼻梁一下就飙了出去。

连长的声音还没落下，我一松缰绳，大黑马就冲了上去，差点把我摔下来。

战友们也不甘示弱，紧追不舍。

马，尤其是经过专业训练的军马，都有展示刚烈暴戾的动物特性：争先恐后，勇往直前。只要马鞭一挥，军马长啸嘶鸣，一片狼烟滚滚。

快到拐弯处，连长收紧缰绳，马就慢慢停了下来。因我收缰太猛，烈马来了个直立动作，前腿离地站立了起来。

这下吓得我心跳加速，只得赶紧抱住马鞍，才没有被摔下马或被马拖跑而幸免一难。

"好惊险的动作，今后绝对是一位好骑手。"连长肯定地说。

这时，我惊出了一身冷汗。

我心里明白：直立是高超骑手的拿手好戏，是不能抱鞍的。今天没有摔下马不等于今后不摔下马；要想今后不摔下马，必须加强训练，努力提高马术技能。

我们继续沿路巡逻，下午五点多才返回了营地。

虽然身体十分疲惫，但那有惊无险的考验和连长会心一笑的表情，为我日后扬鞭策马去巡逻增添了无穷的动力和勇气。

二、山谷歌声

北塔山腹地的庙斯特，是哈萨克族牧民的夏季牧场，也是三个泉边防站的夏季执勤点。

这个时候，尽管山下已到了盛夏的季节，但山里的牧民仍然穿着棉衣，大衣也是不可缺少的物品。

这里雨水充沛，气候变化快，一会儿细雨绵绵，寒气袭人；一会儿阵雨倾盆，刚下即停；一会儿云开日出，阳光灿烂；一会儿云雾缭绕，宛如仙境。

这里海拔一般都在两千五百米以上，地势雨形成的高山草甸，星罗棋布地散落在山间。

这里水草丰茂，牛羊遍地，一片绿色与生机。

每年牧民进场后，连队都由干部领队，带上电台，组成执勤小分队在这里驻扎，直到牧民转场后撤离。

在老战友的眼中，夏季牧场就是天堂，有当饭吃的羊肉，有喝不完的奶茶。

1975 年 8 月的一天上午，我们一行四人，伴着马立武连长“嘚嘚”的马蹄声声，带着几分惬意和神圣感，沿着具有“一线天”之称的库拉斯台沟颠簸前行。

随身行囊是上级给边防部队专配的马褡子。马褡子装些东西，放上马背，能支撑大腿，更方便骑乘。

连长骑着白鼻梁，口里哼着小调，一双警惕的眼睛死死盯着前方。

连队的大黑马被我驯服，已非我莫属。我骑着大黑马在后，负责警戒。冲锋枪就横挂在我的腰间，右手紧握枪托。两只明亮的眸子时常在两侧的高地上转来转去，一有情况就策马飞奔报告或鸣枪报警，以保证前行人员的安全。

这次随连长执勤，主要是看望和慰问在庙斯特夏季执勤点上的官兵，参加哈萨克族牧民组织的大型民族表演项目“姑娘追”；再翻山越岭到乌拉斯台边防站与兄弟连队会哨，交流边境巡逻执勤及所掌握的M国边境活动情况。

会哨，这是部队边境管理制度规定的项目，边防站之间一年不能少于一次，部队间每两年进行一次。

庙斯特执勤点有木头搭建的房子，干部战士同住通铺，出于安全考虑电台人员另住一间。伙房不大，但锅碗瓢盆齐全。连队驾驶员定期给这里送些蔬菜和煤炭，官兵轮流做饭，开饭时间不固定，作息时间也没有连队那么规范。

第二天我起了一个大早，出门不远就觉得衣服穿少了，不得不回屋披上执勤军大衣。

橘黄色的太阳刚刚升起，天空一片朝霞。

小草尖的露珠打湿了我的军鞋和裤脚。

我爬上一个小山包，做了些深呼吸后，立即脱下军大衣，打起了军体拳。

牧民哈布都拉简单地吃了些馕饼、喝了点奶茶，就骑着马儿，嘴里唱着《我的花儿》，赶着羊群放羊去了。

一曲甜美悠扬的歌声在沟谷山峰间回荡。

哈布都拉既是一位牧羊人，也是一名著名的草原歌手。他多次在新疆维吾尔自治区举行的民族歌手比赛中获奖。

《我的花儿》是首哈萨克族民歌，充满了歌手对山水、草原和家乡的赞扬，也饱含了对草原动物、牲畜的赞美。

哈布都拉不仅嗓音甜美，更加擅长对歌意情感的渲染。

从歌声中，听者可以感受到骏马的奔驰、山鹰的翱翔、骆驼的跋涉；仿佛看到了草原上情人的眷恋、清泉的幽静、苍松的遒劲、羊羔马驹的欢蹦。

我循着歌声，沿着小路，来到了一个毡房前。

一只牧羊犬在羊圈跟前“汪汪”地叫个不停。

哈萨克族那依曼大娘知道有人来了，手里提着一只奶桶迅速出来。她随手捡了一块石头朝狗扔了过去，嘴里咕噜了几声。

狗不叫了。它伸着长长的舌头，又尽职尽责地躺到了羊圈前。

哈萨克族妇女喜爱穿漂亮的长裙，这是在长期劳动的过程中形成的习惯。哈萨克族长期在外游牧，房子家私都是随牧携带的。在迁徙过程中，不可能还把“方便”的茅厕带上。聪明的哈萨克族先辈就用智慧解决了这一看似简单而又十分尴尬的问题。

在荒漠野岭的牧区，哈萨克族妇女只要稍为一转的同时，蹲下就可以“方便”，真是大开了方便之门。

哈萨克族妇女不用跟羊放牧，烧茶做饭、挤奶晒凉、打毡制毯、缝补衣裳、铺卷被褥、生儿育女是她们的本分。

拴羊柱上的山羊翘首以待，“咩咩”直叫。

山羊是在羊群中必不可少的领头羊。牧羊人想把羊群赶到什么地方，只要赶动山羊就可以了。绵羊就排好队跟随在头羊的后面，这是山羊的第一大习性。

山羊的第二个习性，就是发情期不是固定在春天。牧羊人可以根据情况控制交配时机，自行调节产羔时间，使自己一年四季都有了鲜奶供应，这是牧羊人的智慧。

那依曼大娘走到拴羊柱旁放下手中的奶桶，左手顺便捉住了一只山羊的后腿，右手拍了拍山羊的乳房，就蹲下身子开始挤奶。

在拍打乳房时，奶房触动奶囊，奶囊刺激奶水，奶水充满奶囊，奶囊盈胀神经，使山羊胀痛难忍，只有挤尽才能如释重负，轻松适爽。

这样，山羊在她的手里就老实安稳，不叫也不蹦，任由它的主人摆布。

她把奶桶放到山羊的乳房下，两手娴熟地交换捏着山羊的奶头往下挤，奶水“嗖嗖”地射到了奶桶里。几只山羊挤了大半桶鲜奶。

奶桶里冒着热气，洋溢着奶香。

那依曼大娘提桶起身，从毡房里跑出来了一位十一二岁的尕克孜八郎。

“尕克孜八郎！尕克孜八郎！茶一西！茶一西！”大娘对着尕克孜八郎满脸严肃地喊着。

这半年多来，我与哈萨克战友和牧民接触，对简单的哈萨克生活用语基本熟悉。

这话的意思是：小姑娘！小姑娘！吃饭了！吃饭了！

大娘担心尕克孜八郎跑出去不能按时回家吃饭。

尕克孜八郎不理不睬，望着我微微一笑，嘴里哼着小调，就蹦蹦跳跳地离开了。

大娘只得提起奶桶就进了毡房。

尕克孜八郎莎比娜圆圆的脸蛋，水灵灵的大眼，双眼皮，一对酒窝；还有那樱桃小嘴最惹人喜爱，厚厚的嘴唇红彤彤，就像嘴里含了一个樱桃向前突出半个，唇沟较深，棱角明显，唇尖就像出水芙蓉的小尖。矜持的性格还没有忸怩之态，刚刚开始发育的身材虽然还显得有些瘦弱，却活生生地脱落成一位美人坯子。

尕克孜八郎莎比娜穿着长长的花裙，裙摆垂到了脚踝处，看样子是新买的，走路时用手提着裙摆。她的头上扎着两条麻花辫，红色的扎头绳清晰可见。她的天真烂漫、活泼可爱吸引着我。

她蹲在不远的草甸上，一朵一朵地采摘着开放的小花，扎在自己小小的辫尾上。

几只金黄色的蝴蝶飞来，她就像小花猫一样一蹦一跳地去捉蝴蝶。她追着追着，蝴蝶越飞越远；她站在那久久不愿离开，直至蝴蝶飞得无影无踪了。

一会儿，她又跑到水泉边，对着水面照起了自己小小的身影。

爱美是姑娘的天性，贪玩是孩童的秉性。

“尕克孜八郎！茶一西！”我看她还没有回家的意思，就又告诉她该吃饭了。

她抬起头向我招了招手，又向草甸跑去。

约定吃饭的时间到了，我只得来到了毡房。

哈萨克族牧民善良、纯朴、大方、好客，即便是从未谋面的陌生人，只要进了哈萨克族毡房就可以吃喝留宿。

当大娘烧好奶茶时，连长带着其他几名战友背着大米、砖茶、盐巴和白砂糖也来到了毡房。

砖茶和盐巴是哈萨克族牧民必不可少的生活用品，白砂糖则成为牧区的奢侈品。大米是为大娘给我们执勤军人做手抓饭专门准备的，每次有人从连队来都一定带上这些生活用品。

大家围坐在火炉旁，喝着奶茶，吃着馕饼。

尕克孜八郎进门手里拿着一把小花，蹭到我跟前，双手送给了我。

当我捧着鲜花时，我的心里美滋滋的。

这一定是我站在那儿对尕克孜八郎的关注和欣赏博得了她的认可与青睐。

我又把这把鲜花转送给了我们的马连长。

我顺手从裤子口袋里掏出几颗糖粒子送给尕克孜八郎。她很着急不会用汉语表达自己心中的感谢，满脸憋得通红！

平时大家比赛着喝茶，至少也要喝上三五碗，可今天最多的也只喝了两碗。

大家心知肚明，都留着肚子准备中午美餐一顿大家更喜爱吃的手抓饭和手抓肉呢。

这些牧民对三个泉边防连官兵的情况十分了解、习惯非常清楚，知道北方战士爱吃羊肉、南方战士更爱吃抓饭。

不管是执勤小分队第一次来执勤点，还是连首长来执勤点慰问，热情的牧民都会为战友们煮上一锅香喷喷的手抓肉或手抓饭，让官兵们有过年一样的感觉。

大娘今天特别高兴，一边给我们倒茶，一边用不太熟练的汉语风趣地说："吃，使劲地吃，多多地吃，吃饱了不想家。"

三、姑娘追

今天的晚餐是马立武连长指导我们在执勤点的战友们自己做的，四菜一汤加白米饭。

下午七点多，太阳还没有落山。

官兵们就坐在石头房子前的一块大石头周围，有说有笑地吃完了晚饭。

就在喝茶的时候，连长突然宣布："我已老了，今年的'姑娘追'由大个子新兵朱奠荣参加。前几次他跟我去巡逻，马术进步很快。他胆大、心细、腿长，应该是一名好骑手。真正的骑手，是需要在摔打中锻炼成长的。也要通过这样的活动，不断提高和树立我们边防部队在边境地区、在哈萨克族牧民群众中的威望。"

"姑娘追"，哈萨克语为"克孜库瓦尔"，是新疆哈萨克、柯尔克孜等民族的马上体育娱乐性活动。一般在婚礼、节日等喜庆之日举行。也是少数民族青年男女反对封建礼教，摆脱父母之命、媒妁之言式的包办婚姻，追求自由恋爱和婚姻自主的一种方式。

关于"姑娘追"的起源，哈萨克族民间还流传着一些美丽而动人的故事：

在很早很早以前，哈萨克族曾有两个部落的头人结成儿女亲家。

在姑娘过门的那天，来接亲的人群中有一个好事的快嘴，炫耀自己头人的儿子之"坐骑"是从许多许多好马里挑选出来的一匹千里驹。

这件事传到了姑娘的父亲耳朵里，他为了夸赞自己的骏马和女儿骑术，便说："我的姑娘骑马向你们接亲相反的方向跑，如果你们的小伙子追上了我的姑娘，那么今天就过门。否则，改日再谈。"接亲的小伙子也不甘示弱，急切地答应了这一挑战式的条件。

两个青年立即翻身上马，姑娘在前策马飞奔，小伙子在后紧追不舍。

当小伙子追上姑娘绕到前面时，姑娘提出让小伙子掉转马头往回跑，自己在后面追。

这样就由“追姑娘”变成了“姑娘追”。小伙子转身扬鞭，马快如飞；姑娘紧追其后，挥舞马鞭。

小伙子心想：一定要让姑娘追上。即使受点皮肉之苦，也得给姑娘和老丈人一点面子。他高扬马鞭，就是不使劲抽打。姑娘猜出了小伙子的心思：他就是想让我追上。她狠狠地抽打马屁股，马拼命扬蹄，越来越快，很快就追上了小伙子。姑娘追上后，也高高举起马鞭，并没有狠狠抽打。小伙子也明白了姑娘的意思。

就这样，你“让”我“忍”，我“恩”你“爱”，一桩美好的婚姻就宣告结成。

在后来的“姑娘追”活动中，也有互不相让，被姑娘追上狠狠抽打，以泄心中的怨气，使恋爱婚姻分崩离析，走到了尽头。

这项活动相沿成习，一直流传至今，逐渐发展成为草原上一项饶有趣味的少数民族体育娱乐活动。

“姑娘追”活动留给我们一个深刻的命题：恋爱婚姻一定得双方之间，相互谦让，相互包容，相互理解，相互尊重。这才是婚姻之道。

现在，汉族人、军人、已婚的人和外地的人都可以参与其中，共同体验这种草原上飞奔驰骋的激情和淳朴民俗带来的欢乐。不同的是，这与恋爱和婚姻无关。

庙斯特夏牧场哈萨克族“姑娘追”不定期举行，规模大小不确定。

今年的活动特别邀请了新疆生产建设兵团农六师北塔山牧场的哈萨克族牧民参加，规模相对要大一些。

十点还不到，一些青年男女穿着鲜艳的民族服饰，就像乡村赶集一样，从四面八方聚集而来。

赛场安排在一个地形相对开阔，也比较平坦的洼地。没有什么设施，奇台县五马场哈萨克族乡夏牧场指挥部负责人吐尔松汗既是这次“姑娘追”的总负责，也是主裁判。他背了个手提式扩音器，也算是唯一的器材了。

在负责人吐尔松汗的指挥下，各类人员在几个山包上集中。

山地和草甸上，有人坐着，有人站着，有人骑在马上溜达，也有人牵着马来回遛马，做着各种准备工作。

在边境地区牧场聚集近百人，也算是一项大型活动了。

北塔山夏牧场的“姑娘追”以娱乐为主，由单位推荐或男女自愿报名参加，指挥负责人搭配男女。既不宣布规则，也没有严格的程序，就按约定俗成的规矩进行。当指挥员叫到名字，俩骑手便翻身上马，听到喇叭一响男子就策马冲出去，姑娘即扬鞭追赶，这就算比赛开始了。

虽然没有严格的规定，但我作为军人代表，不敢马虎，也绝不能认㞞。

开始前，一切准备工作还是做得非常认真。我穿着军衣、马裤、解放鞋，没戴军帽，也没扎腰带。一身行装轻便简单，以试身手。

我的轻骑仍然是连队的那匹大黑马，经过几次巡逻的较量和细心调教，我已经驯服了它。但它的急躁性格并没有改变，也难以改变。只要配上鞍子，它就围着你转圈圈；刚上马在坐下的瞬间，它就蹿了出去，使你猝不及防。动作稍慢，就会把你甩下去。

所以，一般的人根本不敢骑连队的大黑马，它也就成了我的专骑。

也许，这正是适合参加比赛的好骏马。

已经进行了几轮比赛，我的马已经按捺不住了。

我左手拉住马缰绳，右胳膊紧紧挽住马脖子，马才老实了些。

姑娘骑着一匹枣红色的大马，一直围着指挥员小步转圈，十分平稳。看得出她对马的控制能力显然比我强。

她一手拉着缰绳，一手拿着鞭子，轻松地在空中摇晃。似乎在说：你等着，一会儿跑慢了，是会挨鞭子的。

当指挥员吐尔松汗叫到我的名字时，我立即飞身上马。还没扬鞭，马就冲了上去。

那位十分自信的姑娘可能动作稍微慢了一点点，或许是对我这个新兵不屑一顾，根本还没有进入情况就被甩到了后面。

我尽量两脚向前蹬，身子向后仰，用力拉紧缰绳，减慢马匹速度，让姑娘追了上来。敲响了完美“姑娘追”的前奏。

“解放军好样的！”她看出了我的用意，用比较流利的汉语夸奖我说。

小伙子追姑娘，一般速度都不是很快。可以会话，交流信息。这时才知道姑娘是五马场夏牧场指挥部负责人吐尔松汗的女儿艾琳娜。

艾琳娜看上去二八年龄，中高个儿，不胖不瘦，满月似的脸庞是典型的高原红，剪了个齐肩短发，腰间扎了一条军用皮带，极像样板戏《红色娘子军》中的主人公吴琼花。她穿一身稍为宽大的新军衣，也难掩盖住那发育挺秀的胸部，骑在马背上也爱向前挺一挺，极像是告诉那些英俊的少年，我就是与你们不一样，是一位漂亮而又时尚的女郎。

艾琳娜的爷爷是一位国民党军队的老军人。1945 年北塔山保卫战中，浴血奋战负过伤。

解放军进疆时，他随国民党部队起义加入了人民解放军队伍。在解放新疆的过程中，他又随原第一野战军第二军第五师第十五团从北疆奇台打到了南疆和田。新的军队使他看到了新疆的命运和曙光，他在作战中英勇顽强，机智善战，晋升为营长。

1954 年 10 月，新疆生产建设兵团组建时，部队就地转制安排在新疆生产建设兵团第十四师。他在所属一牧场任营职干部。

他主动要求回家乡后，被安排到了奇台县五马场乡担任副乡长。

她爷爷的军人气质对他们父女都有很大的影响。

在短暂的交流后，我也试探着夸赞姑娘：“你的骑术真好！马走得很平稳，人也长得漂亮！”

此时，作为一个不到二十岁的新兵骑手，我似乎有点紧张，不敢正面去多看姑娘，将目光转移到了她的那匹枣红马。

姑娘受了夸耀，也就更加来了精神。鞭子一挥，马就飞快地跑了起来。我在后面也扬鞭跃马，急起直追。

大概跑了三百米，姑娘收住了马。完美结束了这次“姑娘追”的第一回合。

我围着姑娘转了一圈，掉转马头，开始了“姑娘追”最精彩最惊心动魄的时段。

我高举起鞭子，狠狠地用力向马的屁股抽下。

这时的马，不遗余力地向前冲去。我尽量地放开缰绳，俯下身子贴到了马的背上，以减少阻力。

“快跑！加油！不然，我就会把你叼回家去。”姑娘这是戏弄我，也是在催促和鼓励我。

刹那间，姑娘已经紧紧跟在后面，鞭子也已经高高地举起。

我担心的不是抽打在我的身上，如果抽打在我的马屁股上，使我的马受惊，把我从马背上甩下来那就更惨了。

尽管我在新兵里头骑术还是好的，但比起在马背上长大的哈萨克族姑娘来讲，还是相形见绌。难道就这样甘拜下风了？

这时“加油、加油”声此起彼伏，一浪高过一浪。

这次“姑娘追”随着厮杀般的呐喊声进入高潮。

这种高亢的气氛摧打激发着烈马的神经，使之向前狂猛地飞奔。

我只得不顾一切，扬鞭策马，拼命往前冲。

这时我更加体会到了烈马的含义，热烈的场面下烈马是不甘落后的，拼命也得向前。

当姑娘追到时，我已经跑到了终点。

可是，她并没有用鞭子抽我，而用女孩子那狡黠而又不失天真的口吻问候说：“解放军哥哥好！”

她的脸上泛起了红晕，不好意思地拉转了马头。

听到天真美丽姑娘的赞叹！我的心海里泛起了洞庭湖中的涟漪——波纹细微，难有边际。

完成了任务，才算松了一口气，这是军人的担当。

连长和战友们，还有一些牧民群众都围拢来。

我似乎更加精神，居然右腿往前一扳，左脚迅速下镫，来了个前侧下马，博得了大家的阵阵喝彩声。

连长接过我的马匹交给了战友小王，小王牵着马就去遛马了。

这时，我才感觉到精疲力竭。

小王是三个泉边防连战友们对他的尊称，大名叫王国强，这寄托了父母对他的殷切希望。

在连队，刚入伍时称“小”的战友，都随着一批批老兵退役改转成了“老”。而他的这个“小”，不仅仅是因为他个子“小”，还有他那张稚嫩养眼的脸蛋、惹人喜爱的性格、温和谦让的脾气、浪漫横溢的文采。

连队官兵都喜欢他，也有战友当面风趣地对他讲：“你这个‘小’是否可以升级了？”

他谦虚地回答：“我本身个子就‘小’嘛！我也喜欢大家亲切地叫我‘小’。”

战友们特别是连队首长就一直“小王”“小王”地称呼。

他总是满面春风地回答。

1976年4月，也就是这年退伍回乡离开部队的前一天夜晚，我俩棉衣上套着大衣漫步在三个泉边防连一号阵地旁的山沟里，心事凝重，默默无语。

月上中天，皎洁轻柔，月光洒落在山头上，淡淡的，静静的，她在悄悄地倾听我们的心声。

冷冷的寒风飘然而至，浓浓的离愁涌上心头。

开始是沉默，谁也不想打破这种久违的寂静。

还是这位即将离开的老战士，与我交往较多、志同道合的同乡小王开腔了：“这里有我的战友，有我建设了三年的坑道和工事，倾注了我们三年的心血，也只能交付给你们了，我会坦然地离开。不是我不留恋部队，是因为那里有我深恋不舍的未婚妻和与之共同的理想。”

我们举目凝望了一下坑道和工事。

他又继续说：“我佩服你的才能，更羡慕你的身材。身躯高大是部队发展的一个重要条件，我缺少这样的优势。但我更想发挥自己的优势，在另一个舞台上施展才华。”

我知道已经迟了，也只能安慰安慰他：“希特勒不是也身材矮小吗?!”

“他不是在基层，更不是在边防发迹的。”他理智地辩解说。

他对我的认可、希望和鼓励，激发了我的情绪。

我用湖南话朗读了前几天在连队黑板报上自编的一首打油诗：“边防一线数春秋，枯燥生活久已愁。不是部队需要我，早回故里花中游。”

这首诗把边防部队很枯燥和南方湖湘似花丛作了对比，更阐明了“留”与“走”都是部队的需要。

“你虽然军龄比我短，但我平时也很看重你的才华和为人。你在诗中，把‘留’与‘走’的深情表达得淋漓尽致，使我心潮澎湃，情不能抑，决定与你侃侃人生，交换思想。”

在4月初寒意还很浓的夜晚，我们深谈了近一个小时。这短短的一个小时弥足珍贵。

2016年6月，三个泉边防连岳阳籍退伍战友举行联谊会。

当年的小王已经六十多岁，受邀带着妻子前来岳阳参加了这次会议。

连队曾经的通信员张乐华在会上朗诵了这首诗，还谈了对这首诗的理解和对自己的影响。

王教授也对这首小诗谈了当年的感触和印象。

一首小小的打油诗，四十年记忆犹新，四十年魂牵梦绕，四十年壮怀激荡，四十年回味无穷。

开中午饭时，我提出想喝点酒解解乏，话音未落只听见连长大声说：“不能喝酒，这是规定，也是少数民族习俗。”

“不喝就不喝，吃点饭补充些能量也行。”我想起了连队的规定，在牧区是不能喝酒的。

西域的许多少数民族信仰伊斯兰教，教义规定严禁喝酒。如维吾尔族、哈萨克族等是不喝酒的。但是，漠北的少数民族信仰藏传佛教，如蒙古族是喝酒的。他们不仅喝酒，而且酒量很大。曾经有一部电影的台词是：在漠北的酒桌上，谁的酒量最大，无疑他就是我蒙古族壮士。

成吉思汗统一西域，马匹发挥了难以替代的作用，也许酒的功劳不亚于战马。统治者喝酒，后来西域的少数民族官吏也就逐渐饮起了酒。不饮酒就难以提拔成为朝廷的官员。所以，在少数民族的上层官员中饮酒是常态。

在饮食习惯上，也就有了几个或个别少数民族就不算少数民族的说法。

这里，是哈萨克族的牧区，不是蒙古族的草原。如果是在大草原，今天大家也许会开怀畅饮，一醉方休。

当时连名字都没敢多问的这位哈萨克姑娘，此后每年都到庙斯特夏牧场来，找到这里执勤的战士做她的汉语教员，学习汉语知识和文化知识。她也常给执勤人员送些羊肉和牛奶，教一些常用的少数民族语言。特别是发现边境异常情况后，都能及时向连队夏场执勤点负责人报告。

在边境管理上，牧民群众是我们边防军人的耳目和后盾，我边防部队也是边境牧民群众的忠实朋友和安全保障。

四、茫茫雪原

1975 年 11 月，大雪在巴里坤大草原纷纷扬扬下了好几天。

连队冬季执勤点设在乌兰拜兴，连长马立武特意安排老排长陈再远带我到这里执勤。

陈排长中等的个儿，圆圆的脸蛋，薄薄的嘴唇，大大的眼睛炯炯有神，典型的东亚人青铜色皮肤，讲起话来口若悬河。他虽来自河南省信阳市的偏远农村，却说得一口比较标准的普通话，听说这与他当教师的妻子有关。

当初，陈排长与信阳市第二中学的英语教师贾娜娜谈上朋友时，这位女朋友就给他提出了一个要求，必须改掉一口地道的信阳腔。他看上了贾娜娜的美貌和职业，当即表态一年后用标准的普通话向她正式求婚。

陈排长为了实现自己的诺言，从学拼音开始，按时甩掉了信阳腔。贾娜娜被他的真诚所打动，主动到部队完婚，成了一名边防军人的妻子，被传为佳话。

乌兰拜兴坐落在哈甫提克山脉的大哈甫提克山。

这里有一块不大的平地，一股清泉从中间涌出，周围长满了芨芨草。这里周边山势陡峭，青石绝壁，峡谷幽深，恰似刀劈斧削，千奇百怪，错综复杂的地理结构只有地质学家才能说得清道得明。

一群野山羊在山腰驻足抬头，好像发现有动静后刚刚逃离，十分警惕的眼睛还在四处张望。这种野山羊生活在高山裸岩和山腰碎石嶙峋的地带，它有着富有弹性的踵关节和像钳子一样的脚趾，蹄子十分坚实，非常善于攀登和跳跃，是列入中国《国家重点保护野生动物名录》的国家一级重点保护野生动物，也是进入世界《濒危物种红色名录》的世界重点保护野生动物。在我国卡拉麦里山有蹄野生动物保护区的大哈甫提克山脉少有出现，能见上也是一种机会和缘分。

乌兰拜兴出山口的戈壁毗连巴里坤大草原，是新疆木垒哈萨克自治县白杨河乡的冬季牧场。

冬牧场不仅没有地表径流，连泉水也很少。人员靠积雪化水保证生存，牲畜靠吃雪解决饮水问题。

一般情况下，国庆节前后就要从天山北麓的秋季牧场转移到冬季牧场。

这次到乌兰拜兴的计划时间是三天，任务是向当地冬季牧场的牧民宣传边防政策，防止边防事件的发生。执勤点不仅有战士自己依山就势盖的石头房子，还有水有煤有灶等基本的生活用品。

我们刚出山沟，皑皑白雪在阳光的照耀下格外刺眼，好在我们军人都戴有雪地防护眼镜。

茫茫雪原，无涯无际。远远望去，一片混沌。

我们一行人骑着马，背着沉重的配置装备和武器，踏着二十多公分的积雪艰难地前行。

北方冬天的太阳因睡的时间太长，满脸苍白，好像一个大白球，懒洋洋地挂在天空，毫无光彩和精神，也没有了平时的威风，更不用说夏天那种火辣辣的味道。

十里的路程，我们慢慢地走了两个多小时还没有到达。突然，排长大声地高喊："战友们！前面就是我们的目的地。"

我抬头望去，不远处白雪中有几个星点并不显眼，正冒着袅袅炊烟。

走到跟前，才看见毡房周围有一米多高的雪墙把毡房围住了，对此我百思不得其解。

还是排长陈再远看出了我的心思，马上解释道："这是牧民长期雪乡生活经验的总结和智慧。雪不仅可以挡风，还可以防寒。"

这使我想起了北方的冬小麦是靠积雪挡风防寒的，厚厚的积雪就像给冬小麦盖上了一层厚厚的被子。没有这厚厚的被子，冬小麦就会被无情的风吹干后死亡。有了厚厚的冬雪，当春天到来时，随气温的上升，积雪融化成水又会给小麦及时浇灌，小麦随之生长。

牧民老人乌兹别克看到有人到访，立即从毡房出来，客气地和我们打招呼：“加克斯吗（您好吗）？”他主动地伸出了双手。

“加克斯！加克斯！”排长陈再远热情地握住牧民的手，我的动作稍微慢了一点，还没有与牧民握手就被簇拥进了毡房。

满脸冻得通红的我，下马后浑身就开始哆嗦。

在这样的情况下，没有任何人谈冷的事。似乎冷对于牧民和老兵来讲，已经无关紧要，习以为常了。

我向火炉靠了靠，还是觉得毡房是一个大冰窖。烤了一会儿火，胸前虽然有了点温度，但后脊背上仍然是凉冰冰的，也不敢老占住火炉，不得不向后移了移。

新疆哈萨克族牧场有夏场和冬场之分，夏季牧场一般有较好的水源，便于人畜饮水。冬季牧场一般水源较少，如果有比较厚的积雪，人畜都以雪代水。

春秋季一般都在转场途中，有的要经过两个多月时间的转场。

牧民赶着羊群要在漫长的转场中迁徙，在鞍马劳顿中度日。

这些年，在地方政府和驻军协助下，道路和汽车的发展对于牧民转场来说带来了极大的方便。

三十厘米以下的积雪不影响羊群吃草，灵敏的羊群可以在积雪下寻找到牧草或草根。超过这个厚度的积雪，羊也就吃不上牧草了。

步履蹒跚的太阳在南方的角落划了一个弧，就钻进了雪地。

天黑时分，一片羊群“咩咩”的叫声从远到近，牧民老人乌兹别克的儿子哈甫提便赶着羊群回来了。

他立即起身走出毡房，帮助儿子将羊群赶进羊圈，顺手挑了一只二齿子羯羊，准备用哈萨克族牧民最高的礼节接待远方来的部队客人。

二齿子是生长了一年，才长出一对门牙的小绵羊。羯羊是在羊羔青春期也就是成熟之前阉割，使其失去公羊的雄性机能本质，不具彪悍与狂野，一心一意跟着羊群觅食成长；它长大后也就失去了与母羊交配繁育的功能，消除了母羊交配期公羊之间争夺交配权的恶斗厮杀。这样的羊肉吃起来脆嫩香浓，具有舒筋活血、延年益寿的功能，是滋补的佳品。这些年，汉族同胞也开始流行用这种羊肉为生产后的妇女补气下奶。

别看牧民老人乌兹别克是近六十岁的人了，不到二十分钟的时间，一只活蹦乱跳的绵羊就成了鲜嫩的羊肉。

玛依拉赶紧架锅添水，将肉放在锅里。

哈萨克族牧民煮肉不像汉族人爱放各种调料，仅放点食盐，也不盖锅盖的，这样羊肉膻味可以挥发。

玛依拉是牧民老人乌兹别克的儿媳妇，牧工哈甫提的妻子。她圆圆的脸蛋，穿着一身鲜红色的哈萨克衣裙，是个典型的哈萨克族妇女装扮。她又在锅底下添了些干牛粪，火越烧越旺。毡房里的温度也开始慢慢升高，一股羊肉味也就在毡房中弥漫。锅烧开后，她拿来了一个勺子，一勺一勺将锅中的泡沫打掉，然后又将翻滚的开水用勺子不停地浇洒在没有浸泡住的羊肉上。

这不是扬汤止沸，也不可能扬汤止沸，而是哈萨克族牧民群众在生活中积累的消除腥膻味的方法。

一会儿，玛依拉又将炉火压住。

文火炖羊肉，半天也难熟。

羊肉在文火中沸腾，毡房里随之飘荡起渐渐浓郁的羊肉清香味。

我看着那一大锅肉，鼻孔里充满了诱人肉香。饥饿的肚子咕咕直叫，馋涎只得往肚子里咽，也不敢声张。

期待中的时间是最难熬的，好不容易才等到肉熟。

玛依拉拿来一块砧板放到毡房的中央后，牧民老人乌兹别克招呼我们都围拢来。

哈萨克族的座次是有规定的：毡房右边一般是男主人，身边是长者。正面的客人按职务的高低和年龄的长幼依次排列。

坐定之后，玛依拉将肉一块一块放到一个大盘子里，用勺子舀了些还在沸腾的肉汤浇在碗里的洋葱上，再从肉上淋了下去。其实洋葱还是生的，这时羊肉的香味更加浓烈了。

望着香喷喷的羊肉，我的食欲大振；有点迫不及待情绪，但又只能装斯文。

这时，乌兹别克坐正，双手合掌放在额前，向胡大（真主）祈祷。

一番念经之后，他拿出皮加克（小刀），从羊头顶割下第一块肉双手送给长者老太太，第二块肉双手捧送给了来客中职务最高的陈排长，这是尊重的礼节。接着把耳朵尖割给最小的巴郎（男孩子），警示长大后一定要听话。再接着又从心肝上分别割了一块给自己的妻子和儿媳妇，表示是最心疼的心肝宝贝。然后，依次按顺序一块一块割好后送到大家的面前。

有时候，也将肉割好后放在盘子里，自己下位去取。

哈萨克族牧民文火炖出的羊肉，肥而不腻，鲜美柔嫩，没有膻味，特别可口，有一种妙不可言的味道。

一些在新疆吃惯了羊肉的汉族人，也是不愿意回内地的。

吃完肉，玛依拉又在汤锅里下了些面片子给我们当主食。这是对边防军人贵客似的特殊款待。

饭饱茶足后，哈甫提取下挂在毡房上的冬不拉弹唱起来。尕克孜八郎赛尔汗跳起了热情洋溢的舞蹈，大家合拍击掌，融入毡房欢快喜悦的歌舞之中。

这个时候，陈再远排长用奶茶润了润嗓子，情不自禁地唱起了《骏马奔驰保边疆》。

蒋大为的男高音，一般人是难以拉上去的。他在几个人的帮腔合唱中将毡房自娱自乐晚会推向了高潮。

哈萨克族游牧文化的特点是，随时随地随人随便发挥，不受约束，但节奏明快，悠扬悦耳。无论春夏秋冬白天黑夜，一座毡房就是一个舞台，在场人都是参与者，一把冬不拉就可以组织一班人马聚集在一块儿，弹唱不完，说笑不尽。

陈排长风趣地说："不会少数民族歌舞的是不宜做少数民族工作，也是不能做好少数民族工作的。"

今晚的弹唱歌舞更具军民文化融合的边防特色。

牧民的盛情，炉火的热烈，轻曼的舞姿，酣畅的歌声，深深地感染了我。

毡房里的我也就没有了陌生感，一切都觉得更加亲近融和，毡房外的北风似乎也变得温柔安静了。

五、野趣

劳累了一天，美餐了一顿，歌舞了一阵，大家都想快快地蒙头睡一觉了。

究竟住在哪里？是我最纠结的，住毡房总有些不习惯。

老马识途，顺路返回也就是两个多小时。

在执勤点我们还可以毫无顾忌地舒展睡个懒觉，同样能完成任务，何乐而不为呢！

可是，陈再远排长却不这样想。他想的是怎样与牧民接近，如何与牧民贴近，能水乳交融。

这也是新老边防军人的思想差距，排长义无反顾地坚持就住到牧民毡房。

"到牧区，住毡房是牧民最好的招待，也是我们宿营最妥的方案。"陈排长安慰我们说。

我第一次在雪地里住毡房，听到陈排长的安排，不觉感到寒气袭人。

既然是这样，也不好意思吭声。

"这比红军翻越夹金山、志愿军爬冰卧雪潜伏搞奇袭的条件不是好得多吗？"这个反问就像一次动员令，立刻打消了我的顾虑和犹豫。

我只得给自己宽心：住在哪都一样，都是睡觉。

大家安静下来，已经是十点多钟。

这一晚，我们十一个人就挤在一个毡房里。

睡觉时，玛依拉从箱子里翻出一根红布条，隔在了毡房右侧铺好了的被褥间，就宽衣解带钻到了被窝里。

哈甫提满面春色喜笑颜开地招呼我们快点睡觉。

在连队时，我就曾听到老战士戏谑说：在毡房里，夫妻生活只要一条红线就可以隔开，这是不能计较的。

今天却成了无法回避的现实。

在哈萨克族牧区，只要有官员特别是比较大的官员来临，对于新婚夫妻或是育龄夫妻来说，是一件非常高兴和值得庆幸的事，他们一定会同床。传说这样生出的孩子，一定会成为贵人，飞黄腾达，走出牧区。

这虽然是封建社会和旧时代的遗俗，但在当今社会的偏远农村和牧区仍然还在流传和效仿。

这些陋习也是民间娱乐和说教的一种方式。

这里面也有在艰苦恶劣的条件下，杜撰演义出来的趣闻逸事以逗乐而已的成分。

我们和衣躺下，用大衣裹住头，几个人挤在一块，相互取暖。

我是唯一的新兵，睡在最外边，靠在毡房边沿。这里也是毡房最冷的地方。

睡在中间的是哈甫提的父母及家人。

在他们看来，这种子孙繁衍传宗接代的行为，是人性最神圣、最自然、最美好的真情流露，在家人面前不需要任何遮掩和回避。

近在咫尺，没有遮挡。我的胸怀就像原野一样辽阔，包罗万象。

躺在身旁的老战友小王在我耳边嗡嗡地说："好闷啊！怎么有些弱汗酣畅的感觉！"

这样的词语，在那个年代的课本和书籍中都是学不上找不到的。

一些古本言情小说都已经深藏在了国家档案馆或高层图书馆，也有些隐姓埋名成了手抄本在民间流传。如《一双绣花鞋》和《少女之心》等。这个时期，毛泽东主席提倡有免疫能力的高级干部要看看“四大名著”。像“四大名著”之一的《红楼梦》在地方开始露面。

小王在入伍前就谈了个未婚妻。

她削肩细腰，眉清目秀，胸怀鸿鹄，不甘平庸。

她中师中文专业毕业后就在村小学里当教师，写得一手秀丽好字，爱看古典文学《红楼梦》。

她最钦佩的人是《红楼梦》里的三丫头贾探春。她要像探春那样，虽然是庶出，却要实现从山窝窝里飞出去的梦想。

她对这位才气横溢的边防军人一往情深，要与他比翼齐飞。

她的情书也写得不错。情书里的言辞和情愫可以与《红楼梦》里的林黛玉媲美。

边防交通不便，十天半月也来不了一趟邮车。

可是，每次邮车都有他未婚妻的来信，且不是一封，有时还会有几封。

盼信等信就成了他的烦恼，收到未婚妻来信的那种喜悦神态溢于言表。兴高采烈地挥舞手中的信件，闹得战友们就像看西洋景。

在部队的这几年里，他经常在三个泉山头上的月光下，借着手提马灯看书，也时常熄灯后在宿舍钻进被窝里写信。有时他写着写着就进入了梦乡，抱着被子温柔地喊：“亲爱的！亲亲！”邻铺的战友不及时把他弄醒，真的还来些“爽！真爽”的梦呓，成为战友在饭后茶余的笑谈。

他曾向我透露：“部队什么都好，就是不能看‘四大名著’太苦恼了。《红楼梦》那才是人情，那才有人性。”他只得把未婚妻的情书背得滚瓜烂熟来陶冶情性。两情相悦，两趣相同才是爱情的基础。他也担心，与未婚妻没有共同的情趣，她会离他而去，分道扬镳。

我可以想象，像“闷啊！”“弱汗酣畅”这样的词语，可能就是通过他未婚妻的情书，鸿雁信使而耳濡目染言传身教获得的。

共同志向的红线把这对真正的情侣连接到了一块。

小王入伍前有更大的志向，一定要上中文专业的大学，好与妻子比翼齐飞。

他在家乡几次机会都没有被贫下中农推荐，一气之下到部队当兵来了，打算尽完义务再回去实现自己的理想。

1976 年 8 月，转业后的他，靠退伍军人这块金字招牌如愿以偿被推荐到了湖南大学中文系读书。

他根本没有想到，这时改革的洪流已冲破了“黎明前的最黑暗”，各种藩篱已摇摇欲坠。春风悄悄潜入了神州大地，将越刮越大。

1977 年 5 月，一声春雷震天响，国家恢复了人民企盼的高考制度。恰如“几处早莺争暖树，谁家春燕啄春泥”的情景。

他无幸参加复考后的第一次高考，却赶上了复考后的第一次国家研究生招生。他有幸在湖南学子们都仰慕的湖南大学中文系攀升了一档，毕业留校任教晋升为教授。后来很有建树，成为博士生导师。

这不是他的幸运，而是国家和人民的幸运。

不一会儿，就隐隐约约听到哈甫提的妻子那种娇声柔气的咿呀声和动响，哈甫提叽叽喳喳不断喃喃的内容我不懂，只听到中间夹杂着：“排长！排长。”也许就是这里最大的官是排长，今后也一定会生个小排长吧。

哈甫提“排长！排长！”的微弱声就像火上浇油，玛依拉娇喘微微的呻吟显得毡房里万籁俱静。任何细小的动响也逃脱不了我们这些“听雪”人的耳膜。

哈甫提“夫妻生活”的声响牵动着我们每个人神经，但大家只得屏住呼吸，谁也不好意思吱声。

慢慢地炉火也就熄灭了。

毡房里的温度不断下降，我的身上越来越冷。冷的感觉是无法入眠的，越是睡不着又越觉得身上冷。

毡房里寒冷的空气仿佛凝固了，憋得我喘不过气来。

我对“夫妻生活”的陌生，混淆着青春期的烦恼，就像打破了五味瓶一样，很难说出是什么味道。

北方冬天的夜是漫长的。

天刚放亮，我们几个都起了床。

有的爬山，有的堆起了雪人。

喝完早茶，在乌兹别克的带领下，我们走访了木垒县乌兰拜兴冬牧场。

克然木场长向我们介绍冬牧场的情况后，陈再远排长宣讲了部队对牧民群众应遵守的边防工作规定和要求。

在牧场吃过午饭，我们又回到了乌兹别克牧民老人的毡房。

哈甫提出门放羊去了，毡房里玛依拉和尕克孜八郎赛尔汗母女俩在火炉边说话；老太太斜躺在毡铺上，乌兹别克的妻子坐在老太太身边。

牧民乌兹别克一家七口四世同堂，依靠父子俩熟练的牧羊技能给牧业队放羊维持生计。生活简单清贫，衣食也能果腹，一家其乐融融。

下午没有具体任务，我们准备到雪地里去捉兔子。

雪地里捉兔子，既锻炼大家的身体，还考验我们的智慧。

出门之前，陈排长跟我们简单地讲了一下捉兔子的方法和技巧。

陈排长讲课是连队战士最愿意听的。他不仅话普通，还能融知识性趣味性于一体。课堂上常常博得大家哈哈大笑，掌声雷动。

我们盘腿围坐在火炉旁。

陈排长说：“兔子有很多天性：害怕老鹰，爱走原路，洋洋得意，慌不择路。”

讲解从了解兔子的习性开始，一下子就提高了我们的兴趣。

他接着说：“所以，冬天捉兔子与夏天打兔子，从方法上有一定的不同。”

玛依拉给火炉加了些木柴，柴火烧得噼啪直响。

陈排长停了停继续说："冬天捉兔子有两种方法：第一种是在雪地里找到兔子行进的路线后，在其路过的地方下个套。套子很简单，用细麻绳或细铁丝做一个活套。套圈不宜过大，也不能过小，兔子能钻进去即可。一头固定好，套圈伪装好。当兔子觅食返回时一定走原路钻进你的套圈，成为你的猎物。"

我们都听得很认真。

看到玛依拉从毡房外提了满满的一桶雪回来，我们向后撤了些。

玛依拉用雪在锅里融化了些水，用瓢舀到茶壶里后，放到了火炉上，为我们烧奶茶。

"你们闻到奶茶的香味了没有？"陈排长吊了一下我们的胃口。

"闻到了。"大家高兴地回答。

"第二种方法更简单，夏天也可以采用。就是由几个人在兔子经常出没的地方隐蔽好，当哪位发现兔子的踪迹后，就立即站起来。兔子发现有人，就会拼命地逃跑。当兔子跑到哪位附近时，这位随即将自己的帽子抛向天空。兔子见到空中的帽子，它会误以为是老鹰来了，会立即钻到草丛里或树蔸下，根本不顾自己的屁股。你去捉时有再大的声响，它也不会动，也不会跑。那就是受惊的兔子——顾头不顾尾。这样我们就轻而易举地捉住兔子了。"陈排长做了个怪相，就算结束了今天的讲课。

他逗得我们乐呵呵的！

这时，火炉上的奶茶已经烧好。

玛依拉用砧板端来四个茶碗，准备给我们倒奶茶。

"大家不要喝得太多，不然在雪地里解小便时会冻成冰棒，我还得带个棍棒去。有言在先，敲打时不小心把'鸡鸡'打下来了，我可不负责。"

这些俏皮话弄得玛依拉害羞不已，满脸桃花色。又好像发现了她身上的什么秘密，总是用眼光瞟着我们，不敢正视。

玛依拉倒上一碗热气腾腾的奶茶递给我的时候，我望了一下她。她那淑女腼腆般的脸越来越红，羞羞答答地低下了头。

奶茶捧在手上，却暖在我的心头。

我们谁也不敢多喝，放下茶碗，拿上工具就跟着陈排长出发了。

到了茫茫雪地，我们兴致勃勃，就像儿时那样毫无顾忌地撒起了野。

“都停住，悄悄的，我们的任务还没完成呢！”排长警示我们。

我们立即向排长靠拢。

排长把我们带到了一个低洼的地方说：“这里一定有兔子。天色不早了，快到兔子回家的时候了。我们分成两组，找好兔路就下套。”

我拿着套子跟在排长后面，李班长带着小王分头开始下套。

洼地里有几蔸骆驼刺，稀稀拉拉的芨芨草长得并不茂盛。

排长指着一溜并不清晰显眼的兔子脚印说：“小朱你看，这就是兔子路。再狡猾的狐狸，也有露出尾巴的时候。”

走到跟前，我蹲下身体，低下头来，一些杂乱的半梅花形的蹄印跃入我的眼帘。经过仔细辨认，隐隐约约的脚印是朝南偏东方向的。

陈排长的话语打断了我的思索：“雪地动物脚印很多，要真正辨清是兔子从这儿经过时间不长，也不是一件容易的事。‘狡兔三窟’这一成语，说明了兔子比豺狼还狡猾，它时刻都在提防食肉动物的侵犯和猎人的跟踪。它出来觅食的路线既不是直线的，更不是重复的，时而交叉，时而乱走以迷惑猎手，不让找到它的踪迹，追踪猎杀。稍微不慎，就被这种小小的动物所忽悠。”

他指着几路动物路线说：“你看，那些脚印你根本就套不到兔子。在错综复杂的脚印面前，这就靠我们犀利的目光，考验我们的智慧了。”

陈排长这番话给了我莫大的启示，使我终身受益。一个动物竟然如此，那我们国家的劲敌呢？不言而喻。这比一堂说教式的政治教育效果好多了，我倍感自己肩上的责任重多了。

在排长的指导下，我下好了第一个套，心里乐滋滋的。

下完套，我们就在那儿踱步等待。

我穿着皮大衣，身上并不觉得冷。慢慢地，我的眉毛、露出的头发、帽子耳毛都结上了冰，眼前一片白色。

我惊愕，好在奶茶没有多喝。不然的话，真的不敢撒尿了。

傍晚时分，我发现拴套的那棵骆驼刺好像在动。跑过去一看，套上了一只大兔子，正在做垂死挣扎。

兔子为了觅食，误上圈套。书香门第出身的我顿生怜悯之情，真想解套放生。

“不动！不动！活的不好拿，一会儿就呜呼哀哉了。”排长吼叫道。

我转过身去，遥望天空。不经意地想象，美丽的天空也会有乌云。

“收拾战利品，准备回家！”排长的呼喊声打断了我的思索。

我们巧妙地使用这些技巧和方法，有所收获，胜利凯旋。

第二个晚上，情况有明显的改善，我先是蒙眬入睡，后半夜被寒冷冻醒。

第三天，我们顺边境巡逻，察看了 A 号和 A_1 号两个界碑，下午又回到了牧民乌兹别克的毡房。

第三个晚上，似乎一切都习以为常了。

天刚亮，我们就整装待发。

在与牧民乌兹别克一家告别的时候，他风趣地说了一句话：“这里长年大风呼啸！夏天风沙，冬天飞雪。唯有你们来的这几天，风雪不知跑到哪儿去了，是不是你们有捕捉风雪绝招，它害怕你们而躲藏起来了？”他那结结巴巴的汉话，惹得大家笑得前仰后合。

“出发回营！”陈排长一声号令。

我们就踏上了回营的征程。

从对哈萨克族牧民群众生活习惯的不了解到了解，从对哈萨克族牧民群众生活习惯的不适应到适应，从对他们生活习惯的抵触到主动融入，也就是这次与哈萨克族牧民群众的接触开始。

陈排长的行为潜移默化成了我的行为，一个排的行动反映了一个连队的面貌，一个连队的素质代表了一个边防部队的形象。在此之后的多少年里，我们都一如既往地坚持与坚守的，真心实意地交往，形成了“民族团结一家亲，军民联防固边境”的良好氛围。

1981年年初我获得边防营“军民团结先进个人”荣誉，7月代表北塔山边防连参加了昌吉回族自治州民族团结表彰大会，就座主席台并作交流发言的荣耀一直在我的脑海里回放。

六、塞外江南

三个泉边防连位于阿尔泰山脉东南北塔山东麓向阳坡崇山峻岭的沟壑之间。

每到隆冬，周围天寒地冻，唯有泉口上方雾气袅袅，日夜不散，当太阳初照时，在水雾的折射下，更加绚丽多姿，光彩夺目，犹如仙女下凡，美女梳妆，时隐时现，若幻若真，动人心弦，感人肺腑。

北塔山，哈萨克语意为独立的山，处于哈密阿尔泰乌鲁木齐中心位置。山上气候变化无常，草甸众多，地势北陡南缓。在草甸、沟谷及背阴地区，天然植被较好。西山有地势雨，西山北坡有森林覆盖。北塔山没有常年性的地表径流，仅西北有间接性河流和山溪，但分布有多处涌泉，三个泉就是其中之一。

北塔山西麓也是由奇台通往阿勒泰乃至伊犁地区的必经之路。

2014年9月12日，我正伏案构思《三个泉散记》时，中央新闻台播放了新疆巴里坤和阿尔泰突降大雪，雪花像鹅毛一样漫天飞舞，积雪厚达三十多厘米，似乎自己又置身其中，百般感慨，也验证了我的思维与四十年前的境况相映，没有夸大。

三个泉的冰冻时间长，积雪却很少。第一场雪就纷纷扬扬，铺天盖地，下上几天几夜，除山的背阴处有一些积雪外，山梁上和戈壁滩上根本见不到任何雪迹。雪都被扬风搅到回风弯和山沟里去了。

进入冬天后，回风弯有多大，积雪就有多深。山沟里的雪两三米不是稀奇。

北塔山东南坡向阳缺水，泉就成了这个地区的生命之源。

1978年7月的一个清晨。

太阳还没有出山，我就起床在院子里溜达。

我隐约看到有个人影在向制高点上攀爬。我立即背上手枪朝那个方向赶去，刚出大门就看清了是连队新调来的指导员毛顺汉。

毛指导员在边防部队直属加农炮连任指导员多年，妻子李文静在安徽合肥市政府工作。结婚十五年夫妻一直过着两地分居生活。

1977年部队转业工作开始后，他向部队政治部门递交了转业申请。当别的干部接到转业通知时，他却接到了调三个泉边防连接任转业干部孙世伟指导员的职位。

他对部队工作特别是部队政治工作如数家珍。军人以服从为天职，他打起背包就到三个泉边防连报到上任了。

我三步变成两步走，很快就追上了他。

"指导员早晨好！"我主动向指导员问候。

"值班员好！"指导员热情地回答。

"怎么不约人陪陪？一个人在高地上还是很危险的。"我关心地告诉他。

"你这不是来陪了吗？！自己的连队，我们的阵地，有危险吗？"指导员的反问弄得我脸红耳赤，很不好意思。

指导员看出了我的心思，便主动说："你陪我在制高点看看，熟悉了解一下我们的院区和营区的周边地形。"

"是。"这是军人最标准的回答。

得到首长的认可，我就喧宾夺主地介绍起了情况："这里是北塔山的东南麓，周围干旱少雨，植被很稀。唯有营区有三眼清泉，三个泉就因有这三眼泉水而得名。因成吉思汗饮马于此而闻名，其重要的军事价值开始显露。"

我停了一下，指着东北方向说："前方的戈壁滩可直达M国纵深，这里也是控制M国军队长驱直入奇台的要塞，历来是兵家必争之地。”

在部队，排长是兵头将尾，还不能称首长。只有连以上干部才能称首长，当然也包括副连长。

指导员顺着我手指的方位转向东南。他望着茫茫的戈壁说：“边防连选址三个泉，作为扼守边境的要点，说明上级指导员当时的决策意图十分明显，就是要在这里扎钉子。”

我顺着指导员的思路继续说：“这里的钉子作用很明显。建站（连）前，M国军人在北塔山地区活动频繁；自从建站（连）后，M国才逐渐减少了对这一地区的渗透，这些年才趋于稳定安宁。”

“这说明我们的威慑作用力之大呀！”指导员的脸上流露出一种军人的自豪感。

“别看这弹丸之地，在一代代边防官兵的建设下，这里慢慢变成了塞北江南。虽然它每年展示的时间不长，但它存在的意义却十分重大。”我从沉重的话题转向轻松的话语。

“呃！在你的眼里还不错嘛！”指导员有点迷惑，但还算是给予了充分的肯定。

不知不觉我们就爬上了制高点。

我手一挥：“请首长检阅！”

指导员是有文化有见识的人，不用我具体介绍。

我俩站在三个泉边防站的最高处，眺望四方，南、西、北三面都是灰褐色的山峦叠嶂，苍劲而雄浑。只见东方有约六十公里的开阔地带，这一戈壁荒滩把北塔山与西东走向的哈甫提克山脉隔离。

几个相连的山头中间的泉水，顺势蜿蜒而下形成小溪，舒缓而静谧地流淌，不断伸向戈壁深处。所到之处，葱葱茸茸。小溪两边长满了挺拔俊俏的白杨和婀娜多姿的柳条，还点缀着一些不知名的小花，小鸟在树丛中飞来飞去，彩蝶在草甸上上下飞舞，仿佛又给这山沟荒滩增添了几分绚丽的色彩。

“啊！真漂亮！”指导员感叹着。

我陪指导员又来到小溪边，一座江南古典六角小亭里有位战士坐在这里看书。

我们走上一道小坝，只见这个四十多平方米的水坝里，红的是鲤鱼，青的是鲫鱼，它们时上时沉，极像水幕电影别具一格地在自然环境中播放，有一种飘飘欲仙的神秘感；一群家鸭野鸭和谐共处，亲密追逐戏耍，觅食时常常双脚朝上，酷似古代四大美女之一的貂蝉手里的琵琶扇，有一种文文莫莫的朦胧感。

我欣喜地告诉首长："最热闹的还是小溪末端的早晚时间，中国境内与境外的各种野生动物，有的还是珍稀野生动物成群结队，接踵而至。它们有嬉戏，有打闹，有追逐，有奔跑。战友们从不打扰，主动避开，不觉形成了一个天然动物园。"

"这里比石河子市更有诗情画意！"首长感慨地说。

我看出了首长的心情，更加激动地告诉他："那三个泉的树草更加古怪，每年 5 月初才慢慢苏醒，长出后更具有生命力，一天一个样。因为它要赶在 9 月霜冻来临之前，走完生命的旅程。赶慢了，只有暴风雪才能清除在枝头久久不愿离去的枯叶。"

我说着说着，吃饭号响了。

我又陪着指导员来到了食堂吃早餐。

自己亲手建设的成果，是有一番特别感受的。

我常常夜晚在营区周边走一走，就像城里的年轻人那样，手牵自己心上的人儿徐步闲逛，凭着自己的感觉走。

三个泉的夜空真神奇：皓月当空，如同白昼；清风明月，心旷神怡。

我坐在山头上，清澈的月光洒向山峰，远远地望去，好似新娘披上了淡淡的婚纱。冷冷的晚风，轻轻地一吹，又吹乱了满怀的思绪，勾起浓浓的离愁别苦，一股无限的思念涌上心头。

自古人月时缺圆，今又天涯各一方；难免有情到深处，总是热泪洒衣裳。

我漫步小亭里，回眸四周，月光在树丛中婆娑，小溪在心灵边流淌。宁静的夜晚，一曲悠扬回肠的冬不拉和小提琴声的交响把月儿唱圆，又燃起生命的感悟，仿佛回到了家乡和亲人身边。

七、潜伏

1979年7月的一天，部队侦察部门通知三个泉边防连派人员到S号界碑附近潜伏观察。还特别强调，这是部队首长亲自安排的。回来后，首长还要进一步了解潜伏观察所掌握的情况。

新疆阿尔泰山、天山、昆仑山和准噶尔盆地、塔里木盆地这“三山夹两盆”的地理特点，北部原本东南走向的阿尔泰山脉到了大哈甫提克山脉突然转为正东走向，东西稍北走向的天山山脉向北扩展，到了大哈甫提克山脉也就只有十多公里了，形成了一个峡口地形。

由西伯利亚的气流或大西洋的潮湿气流往东形成后，气流通过准噶尔盆地的开阔地带时，风速不一定很快。随着地形越来越狭窄，气流的通道也就越来越窄，形成峡管效应。气流只能加速通过，风速也就会不断增大，到大哈甫提克稍东些就形成了一个大风口。

天山山脉中部，有一个达坂豁口。当气流速度加快后，一部分向东朝巴里坤县和哈密地区飞速流动；另一部分气流就从这个达坂豁口翻越天山山脉后，进入南疆塔里木盆地。

正东西走向的哈甫提克山脉，造就了正南走向的千沟万壑。

准噶尔盆地向东吹来的潮湿气流，湿度再大，在哈甫提克山脉的纵深，夏天也形不成地势雨，冬天的雪也形成不了大气候，向南的沟壑增加了阳光的烈度。所以，哈甫提克山脉南麓一片黑黝黝。

哈甫提克山脉延绵几百公里，无论春夏秋冬太阳总是火红火红的，哪怕是隆冬腊月照样是艳阳高照。特别是夏天温度高达五十摄氏度以上，山沟里几乎都是从山上风化流淌下来的黑卵石，出山沟也就形成了大小不一的扇形黑卵石滩。

大哈甫提克山外的大风口，也就是木垒哈萨克自治县至巴里坤哈萨克自治县走廊，却是另外一番世界。夏天风沙满天，冬天飞雪弥漫。

这里风的大与多，流传着“日夜只听大风吼，沙砾随风漫天飞”的民谣。更有夸张而又诙谐的说法：这里的风一年只刮两次；不过，一次就得刮半年。

所以，巴里坤的妇女一年四季戴口罩的秘密就在这里，那是漫天风沙造成的。

这乌黑铮亮的石头，说不定是一种乌金矿石，也许这里隐藏着一种珍贵而稀有的矿藏资源。

准噶尔盆地储藏着大量的油气资源令世界瞩目，可能哈甫提克山脉地底下就与准噶尔盆地的油气是连通的。

世界上有“无宝不成山”的说法，所以荒山秃岭也成了那个年代帝国主义争夺的战场。

北塔山西北边沿的乌拉斯台附近，有一座从地底生长出来的金铜矿山。

远看也是黑漆漆的，走近就会发现这座山与其他山不一样。山上开裂着一道一道的口子，就是地底下的顶力抬升隆起造成的，风化的石头上长满了绿绿的铜锈。

若不是在场的地质工作者告知，我还以为是黑黑的山上长了南方常见的青苔。

独特的气候环境造就了独特的地理特点，哈甫提克山脉山势陡峭，雄奇险峻，怪石林立，犹如刀枪布阵之状，更似鬼斧神工之态，浑然天成。

这里虽然人烟稀少，但只要来过这里的人都会说，这里的山有气质，这里的谷有情怀。

连长接到命令后，心里也没有底，立即召开了连队党支部委员会议。

会议室不大，两张书桌并齐放在中间，桌子周围放着几把长凳。墙上挂着中国地图和世界地图，桌子上摆着一台收录机和一台便捷式电话机。

会议室的门敞开着。当我走到门前时，连长夏永贤和指导员毛顺汉都已经到了会议室。连长正聚精会神俯首注视着桌子上的军用地图，指导员脸对着门，还没有等我报告他就连声说：“副连长快进！快进！”

我跨进门后，立即给两位首长认认真真敬了一个军礼。

这个时候我虽然也成了连队首长，但毕竟我是由他们两位首长任职期间提任的。不能因为职务的变化而忘记对首长的尊重。

委员们到齐后，主持会议的指导员开门见山地说：“今天接到部队侦察部门的指示，明天要派遣一个小分队到小哈甫提克山的S号界碑潜伏观察。这次潜伏观察意义非常重要，不能出现任何差错和事故。执勤方案和执勤任务由连长下达。”

“大家知道，S号界碑汽车是到不了的。这次由朱副连长带领四名战士组成观察小分队，两位排长各安排两名骑马技术比较好的老战士去执行任务。这次潜伏观察，是部队首长对我们连的一次检验，也是一次考验。哈甫提克山脉离连队近的几个界碑平时我们很少去执勤，在地图上很好找到位置。”连长指了指地图上的具体位置。

他用沉重的语气继续说：“我们要利用这次机会，把S至S_1号界碑的具体位置和行进路线弄清楚，做到哪个方向有情况、哪个位置有情况，我们都能了如指掌，及时赶到，完成任务。”

接着，连长又在十万分之一的大比例军用地图上用笔画了一个圈。他语气坚定地说：“这儿就是S号界碑，在高地的斜坡处。这儿较高，却不能直接看到S号界碑。但便于观察，你们一定要注意隐蔽，不要暴露自己。骑马只能到这里，马匹要由警戒人员控制，保证不能越界。”连长边说边画，熟练地在地图上详细布置了任务，也勾列出了我们行进的路线，明确了要引起注意的事项。

我知道，连队首长对我是了解的。平时连队识图用图和判定方位的课目，我考试的成绩是最好的。

70年代，高中生在部队就算得上一个小小的知识分子了。在部队特别是边防一线连队，连首长们都会赋予一定的特殊任务予以重用。

我记得第一次到安振华指导员办公室时，他还一时说不出我的名字。

“三排的黑板报就是我出的。”我自我介绍说。

“朱莫荣。”指导员即刻带着几分河南口音拖着音调说，“你的黑板报出得不错，很有特色。你的个子这么高，平时还可以多打打篮球。”

那个年代，农村的高级中学才有篮球场。每次学校体育课时，总是不好意思与别人去争抢一个球，爱站在一旁看别人打球。

我们从农村入伍的战士，很少有会打篮球的。

孙世伟任指导员时，他把连队高中生界定为小知识分子。组织他们集体备政治教育课，大胆让课备得好的战士担任政治辅导员、政治教员和文化教员等，对班长提升对象进行文化培训和考试。

这些办法和措施，使毛泽东主席关于“部队是一所大学校”的思想得到了落实。

我明白了连长指导员的心思，这次不仅要完成好部队首长安排的潜伏观察任务，还要组织好对哈甫提克山脉一线界碑的位置、行进的路线、潜伏观察的有利位置等进行实地考察和勘测。

支部委员会上，我对两位排长提出了人员安排的要求。

接着，我又组织召开了参加潜伏观察人员的会议。

在会上进行了简短的动员，学习了有关边防政策和规定，明确提出了更加具体的要求。安排了要带的器材、资料和用品。最后，进行了战斗编组。

散会后，各自进行了认真的准备，熟悉了自己的马匹。

第二天清晨，东方才露出鱼肚白，小分队就出发了。

要知道，越靠近北极夏天的夜间越短。也就是北京时间五点多钟、当地时间三点多东方就泛白了。而到了晚上十一点钟，太阳都还露着脸，好像不愿意离去。

小分队人数不多，还是分了两个组，一前一后相隔大约八十米的距离。每个人除一个基数的弹药外，其他主要都是水。因为进入哈甫提克山脉的深山，不带足饮用水是难以走出来的。

有资料记载，1958年的秋天，新疆奇台地质大队进驻哈甫提克山脉进行地质科学考察，三名探路先遣队人员进入哈甫提克山脉的崇山峻岭之中就迷失了方向。在没有找到水源的情况下，自带的饮水用尽，三人殒命山冈。

当政府费尽周折找到这些人的尸体时，已经风化成了干尸。

后来一般情况下，人员都不敢贸然进入这个死亡地带。

远眺哈甫提克山脉，山体乌黑发亮。

骑马负重，没有平时巡逻那样潇洒。想跑跑不起来，想快也快不了，只能一步一步往前移。

五十多公里的开阔戈壁，也用了三个多小时。

进山口是前一天就预先测量好了的，进入山沟后速度也就明显下降。

山沟里堆满了碎石，碎石通体黝黑，根本就没有明显路痕，我们只能艰难前行。

沟壑之中，蓝天之下，更觉得山峰雄奇险峻，山谷幽静宁谧，只有马蹄下的碎石发出吱吱的声响。

大概行进了五公里路程的时候，一座石门挡住了我们前进的道路。

人从石门可以通过，马驮着东西根本无法通行。

我们只得爬上山背，翻过山门。

行进了一段路程后，碎石变成了片石。

碎石不好行走，片石行进更加困难。

在山沟里已经很难前进，我们不得不改变行进方法，牵着马徒步从山的侧面行进。

半山腰的石头也很滑，我们只得一只手牵着马匹，一只手支撑着地往上爬。

稍有不慎就会滑落谷底，危险随时都伴随着我们。

在行进中尽管遇到了意想不到的困难，但战友们的热情并没有消退。

作为指挥员，这时一定要冷静。既要保护好战士的热情，也要保存好战士的体力。

“原地休息，吃点干粮。”我发出指令。

警戒人员绑好马腿后在一个小高地实施警戒，其他人员就地安顿好马匹，开始喝水吃干粮。

大家心里明白，补充能量保持体力在战斗和执行任务过程中是第一要务。

不一会儿，我又下达了第二道指令：“朝着目标方位，继续前进。预计两个小时可以到达观察点。”

我心里清楚，越是在困难的时候对于指挥员来说，以身作则是最鼓舞人心的。话音刚落我就站起来牵着马开始行动，战友们一个一个跟着行动，没有任何怨言。

在前行过程中真是步步惊心，也只得步步为营，谨慎小心。

从军用地图上看，S 号界碑在哈甫提克山脉高地的东北侧山脊上。虽然地图上连长都已经作了标注，但要准确找到界碑的位置，还必须将马匹安顿在附近的山沟里，徒步爬到山顶。

这样，我们的体力会消耗很大，但也只能这样去做。

我们在一个稍微开阔的山谷里，将带来的马料放在专用的喂马桶里，军马开始了它的午餐。

军马已经习以为常，这时它们会认真嚼料，从不乱跑。

战友们按组交替爬跃到了山顶。

到了最高处，环顾四周，群山耸立，层峦叠嶂，奇峰突兀，怪石如林，哈甫提克山脉的走向依稀可见。低头俯瞰，坡陡如削，壑谷深渊，心惊肉跳，头晕目眩。

蓝蓝的天空，没有一丝云彩；远远地望去，苍穹是多么的纯净。

这里虽然不是名山大川，却以另一种特色出现，黑得出奇，险得要命，形成了一幅绝美的黑色石头画卷。

黑的纯，蓝的净，衬托出山川宇宙间无与伦比的自然风光。

在这里，我们没有发现水的痕迹，也没有发现任何生命的迹象。

在悠久而漫长的地质变迁史上，这里一定发生过什么，这乌黑怪异的石山里面到底隐藏着什么？这里的地质成因又是什么？只有待地质科学者考察后才能得出真正的答案。

也有人说，这里是自然界某种魔力控制的一方净土。

奇形山峰、巨型石柱，不管是白天还是黑夜它们就像士兵散列在山冈和山脊上，目不转睛地注视着边境的动静，守护着边境的安宁。

不管怎样的现状，我们都必须像爱护自己的眼睛一样守护好它，因为它是我们祖国神圣的领土。

作为军人，警惕是不可放松的。掩护组在我们的左前方四十多米的地方展开，实施警戒。

我找了一块平坦的地方，从文件袋里取出军用地图铺展开来，再用指北针确定方位，在战友的帮助下调整了地图的方向。

我们又在地图上压了一些小石头，防止风把地图刮走。

然后，确定标注了地图上的站立点。经测定我们所到之处正是目标高地，确定的这个点可以知道界碑的方向和测算出界碑的距离。

这里的地形比较复杂，还无法直接看到界碑，只能按照方位去寻找。

经过分析预判，S 号界碑就在正北方一百八十米处的山背上。

正当大家准备喘口气时，也就是十三时许，警戒员报告：“发现 M 国边境一侧，有三名骑马现役军人巡逻，正朝 S 号界碑方向前进。”

这时我们如果贸然顺势前往 S 号界碑，一切行动就会被 M 国军人发现并有可能发生突发性军事对峙或遭遇战斗。

于是，我们只得向东越过一条沟谷，再爬上东侧的比高地更高的无名山山脊。这里可以观察到 S 号界碑及其周边的情况。

“警戒组原地警戒观察，观察组跟我在一小时内占领右前方山梁突出部位。”我的话音还没落，右手迅速指向了右前方的山梁。两名战士迅速向右前方的山梁开始移动。

我收好军用地图，带上行装跃到了其他两位战士的前头。他们紧跟在后，一步不落。

下坡连走带滑，衣服和鞋子都被锋利的石头划破，谁都全然不顾，争取早一分一秒达到目的地。

下沟还比较顺利，爬山就更困难了。

山坡很陡，寸步难行。

体力的消耗使我们每前进一步都要付出无比的艰辛。

我们只好在碎石上爬行。但人往上爬，碎石却往下滚，手脚根本使不上劲。我们只得改在小的悬崖和大的石头上攀越。

在一处一人多高的悬崖下，我先攀了上去。让随行的小程先卸下武器装备，慢慢地爬到了悬崖的中间。再让在下面的小张把武器装备一件件递了上去，最后把人员一个个拉上去。

交替攀登才解决了大难题，争取了时间。在大家的努力下，终于提前十分钟赶到了指定位置。

这时，我们终于看到了S号界碑巍然屹立在对面约三百米的地方。

这是祖国领土的象征，也是祖国主权的尊严。

我们抓紧时间用石头垒起了简易的观察掩体和警戒掩体。

十四点，也就是新疆时间中午十二点。当我用望远镜注视 M 国边境时，发现三名 M 国军人将马放在离界碑不远的 M 方一侧，正大摇大摆地向 S 号界碑行进。其中，一名少尉军官，一名上士，一名下士。

他们到达界碑附近立即趴下来。上士拿着军官的望远镜，对我境内进行了一番观察，并没有发现我们的行踪。

上士站了起来，隐约听到他对军官嘀咕着什么。他们就坐在 M 国境内的石头上吃起了罐头，这是 M 国军人巡逻执勤常用的食品。

半小时后，他们便离开界碑下山。

这也许就是上级所掌握的情况，通知我们潜伏观察的目的。

M 国军人的活动尽在掌控之中，我们对情况进行了认真的登记记录。

M 国军人离开后，我们认真地对 M 国境内进行了反复的轮番的观察，没有发现其他情况。

十五点的时候，我们快速接近界碑，对界碑和周边进行了认真的检查。

界碑完整无损，也没有被移动的痕迹，包括边界线附近物体也未发现异常。

当 M 国军人发现我们的身影后，明显加快了下撤的速度。他们在山沟骑上马匹后，转眼工夫消失得无影无踪。

我们继续对 M 国境内纵深进行了细致的观察，没有发现其他异常情况。

此时此刻，我才松了一口气，一股神圣的使命感光荣感，在我们心中升腾。

返回前，我们根据 S 号界碑的地形特点，在与这个界碑的我方水平方向，且在我方巡逻路上能看到的位置，堆垒了一个石头包，以便在今后巡逻时及时掌握界碑的方位。

回到山沟后，我们又在最早能看到石头堆的地方堆垒了第二个石头包，并在军用地图上做了标注。

以后巡逻时，不管你到没到过 S 号界碑，只要你带上小哈甫提克的军用地图，就不用担心找不到界碑了，也不用再爬到山顶。到达山沟第二个石堆处就可以望见第一个石堆。到了第一个石堆平行走几十米，就是 S 号界碑了。

潜伏观察和探路两项任务都完成后，我们回到了屯马的地方。

休息时，我们补充了一些能量。

整理好行装后，我就下达了返回营区的命令。

返回的路，仍然不平坦，但比进山时还是轻松多了。

战友们体力消耗很大，尽管是筋疲力尽，但大家还是鼓足勇气坚持。

坚持就是胜利，坚持就能早点返回驻地。

好在路途熟悉了，速度也就自然地加快了许多。

在山沟里，我尽量压住速度，防止发生意外。

刚出山沟，望到了营地，归心似箭的感觉谁都难以控制，不知不觉地就加快了速度。

没有了水、马料等驮品，马的步子也更加轻盈了。

在接近营区时，五匹军马带着五位军人来了个骑术冲刺比赛。

进入营区时已经是下午九点多，但那火红的太阳还高高地挂在天空中，犹如是有意地在等待与迎接我们回归军营。

连长和指导员更是早有安排，和战友们一起列队像迎接凯旋的勇士一样，在院子里等待欢迎。

军马员接过军马去遛马，其他战友则把我们簇拥到了食堂。

热腾腾的饭菜已上桌，一股浓浓的饭香扑鼻而来，我的食欲大开，才觉得肚子有点饿。

连长指导员为我们开启了香槟，全连一起举杯庆祝。

晚饭后，连长同我一起把潜伏观察所掌握的情况向部队值班室作了详尽的汇报。

部队长早已等候在了值班室，直接听取了我的报告。

“上级的情报是准的。你们也经受住了一次检验。请转告对潜伏观察小分队同志们的问候！你们辛苦了！”部队长加重语气，以得意而又十分肯定的口吻说。

有了这次的实地观察和近似实战的考验，连队党支部委员会和连首长作出决定，并在一个月时间内完成了过去很少巡逻到达的哈甫提克山脉上的其他五个界碑的位置、观察点以及巡逻路线的实地考察，在军用地图上作标注。

这一系列的军事训练与相关活动，为今后的边防巡逻执勤创造了良好条件，制定了保障措施，完善了应急方案。

从此之后，三个泉边防“活地图”的雅号也成了我的代名词。

用战友们调皮而又幽默的话说：“我们硬是用自己的双脚踏平了哈甫提克山脉的山梁、深谷和流石满地的险路，熟悉了我们防区的每一座界碑。我骄傲！我是边防军人！”

是啊，作为军人，当你征服了边防线上的高山陡崖和艰难困苦后，人生旅途中的一切都将化作平坦的通途！

也常有曾经到过哈甫提克山脉巡逻过、执勤过的战士回到北塔山，回到三个泉边防连故地重游。他们都津津乐道地讲述他们巡逻执勤的经过，讲述在那里遇到的难以想象的困难，以及那些激情燃烧的岁月，似乎又是在分享他们那种与众不同的回忆与幸福！

八、洞房乐

我们汉族同胞也有新婚“三天无大小”、闹洞房和听墙根的习俗。

新婚“三天无大小”是说新婚的三天，无论长辈晚辈大人小孩包括公公婆婆都可以开玩笑取乐。

所谓闹洞房，就是在新婚夫妇的新房里，由至亲的表兄妹或同学或朋友把持，挑逗戏弄新郎新娘的全过程，这个场面很热烈。文明的有拥抱、亲嘴等；不文明的有强行逼迫新郎新娘说是否曾有过性行为，或现场演示性行为，或在闹洞房时，就有人隐藏在新婚夫妇的床底，偷听新郎新娘的亲热言语和亲密动作，第二天清晨惊醒熟睡的夫妻，不一而足。

听墙根就简单文明得多，当闹洞房的人群离开后，有人蹲在新房的窗户下偷听新郎新娘的悄悄话和声响。

我与妻子刘建玲是在驻军当地谈恋爱的。那个年代提倡新事新办，我们没有举办婚礼，但闹新房这件事还是没有省掉。

我反复跟“都管”讲：“闹新房就免了。”

“不行！不行！就是不行！”“都管”毛高参斩钉截铁地说。

毛高参是团边防会晤站参谋，既是战友，又是同乡。他上高中时，爱情信就写得很棒，受女同学青睐。在学校就传出有女同学钻到防空洞里抄看他的情书，成为一时的红人。

当时部队也就是这个条件，随军家属安排一间半住房是标配。

进门半间做饭，套间里家具睡觉学习吃饭待客全包，也就是十五平方米。

晚饭后，就有十几个战友占领了我的新房。

进房时，我就看到天花板上吊了一个苹果，大概有两米高，下面放了条板凳。

“今天是你们的新婚之夜，怎么能让新郎官坐冷板凳。”随着主持毛高参的喊声，大家就哄开了。

毛高参是我们中午宴会的“都管”，闹新房也就当仁不让地变成了主持领头人了。

“是不是要我们抬呀！”大家又是一阵哄笑。

几次轮番的喊叫，我夫人刘建玲就是不就范。

他们人多，结果连推带拉还是把她也“请坐”到了板凳上。

我想不按他们的意图也不行了。

“我把苹果吃了怎么样？”我主动说。

“那好！你就吃吧！”领头人又喊开了。

大家闹哄着要我站上凳子，吃这个苹果。

我只得站上板凳，伸手去摘苹果。

“用手摘行不行呀？”领头人就像拉歌一样，挥开了手。

“不行！”大伙齐声回答。

“你们不是同意我吃吗?”我说。

“可以吃！但今天只得你俩一起吃！”领头人放开嗓子喊。

“俩人一起吃！”大家又哄开了。

看样子非得我俩吃不行，我伸手拉夫人。

“还是男人脸皮厚。”闹新房连首长的颜面也不顾了，大家一起起哄。

我只得两手撸着夫人的胳肢窝，在大家的哄闹下，夫人也站在了板凳上。

我的心里明白：苹果吊着不用手扶是吃不上的，不吃大家肯定会不依不饶。站在板凳上时间长了我也怕出问题。

“干脆我们一块儿吃算了。”我小声跟夫人商量。

夫人哧哧地笑了一下。

“这还差不多。”大家继续吵闹。

“最精彩的一幕就要到了！”领头人高喊着。

我担心摔倒，双手紧紧抓住夫人的两只胳膊。在两张嘴即将靠近苹果的时候，眼疾手快的“调皮鬼”一下用棍子打在吊绳上，苹果“嗖”的一声就滑跑了，我们俩的嘴亲到了一起。

“亲嘴啦！亲嘴啦！”满屋子呼喊，满屋子鼓掌。闹新房进入高潮。

“有心用口衔来的平安，随即而来的将是一路的幸福，必定一生乐陶陶！”领头人拉长声调，一字一板地郑重宣布。

我们夫妻闹出了一身冷汗，被大家扶了下来，在板凳上坐下。

领头人说：“只要你俩配合，很快就会结束。不好好配合，那就闹到天亮。”

话说到这里，我们也只得好好配合了。

“我累了，想休息了。”我妻子的这句话又成了他们的笑柄。近四十年来，一直有人见到了我夫人刘建玲就说：“是不是该睡觉了！”“你们睡好了没有？好像还想睡觉的样子！”

“建玲吃了苹果（亲嘴）就想睡觉（上床）！那好！”领头人说。

“新郎官，这是什么？”领头人指着我夫人后面问。

我还以为要散场了，领头人真的在问什么，就起身转到了夫人身后看了看就说：“这里没有什么。”

“没什么！”他指了指我夫人的屁股说，“不好说，就用手比试一下也行。”

我比画了几次都不行，当然哪！比大了比小了都不行。就是刚好也不行。

“一定要抱着屁股试一试，才知道究竟有多大。”领头人戏谑地说。

我只得抱住妻子的屁股，总算抱得美人归。大家哈哈大笑。

“新郎抱着满满的一麻袋金砖！也抱着新娘上床啰！闹洞房结束！”领头人庄重宣布。

我们家乡有娶媳妇“女大三，抱金砖”的说法。如今女子都比男士小，仍然还有抱和背的习俗。寓意新郎抱或背回来了一大麻袋金砖(财富)。

尽管我们夫妻俩筋疲力尽，心里还是美滋滋的。

九、喜鹊枝头闹

1987年5月，我从地方院校中文系毕业回到部队，正赶上部队百万大裁军还没有结束，部队超编干部很多。

当时自己也还年轻，又是被首长选中就读当时部队很奇缺的中文专业。尽管自己多次表明态度，走留问题听从首长的安排，走也高兴留也愉快。但从内心和现实情况来说，留在部队继续服现役也是求之不得的好事。

刚毕业归队，走实在可惜。留又放在什么岗位呢？也确实为难了首长！

态表得好，部队主要首长也来了个顺水推舟：“人才嘛，我们还是要用的。至于岗位，哪里需要哪安家。”

首长就是首长，他这话留下的回旋余地也太大了。

我的心里十五个吊桶打水——七上八下。

这是对我的锻炼，也是对我的考验。自己心里又只得暗自镇定，一定要经受得起首长的考验。也许会安排一个自己称心如意的岗位，或者安排到自己既熟悉又热心的边防一线去任职。

我在那里等，也在那里期盼。

一年多时间过去了，没有任何消息，每天悠晃着打发日子。

1988 年 8 月的一天，喜鹊在屋顶喳喳地叫个不停，很早就吵醒了我。也许是心里有事不踏实，根本就没有睡着。

在民间有一种说法：如果早上听到喜鹊叫，可能会有好事或者喜事来临。

不是吵醒，是报喜催醒了我吧！

醒了就起床，我在房子里踱来踱去。

这时，家里的电话突然响了。

我急忙拿起电话，等待着好的消息。

电话里以命令的口吻说："新疆电视台文艺部《明天歌星来》剧组今天上北塔山，没有人带路，首长安排你去带路。"

听到这种口气，我的心里有一种说不清楚的滋味，真是五味杂陈——酸辣苦甜咸交织在一起。尽管心里有十二分的不情愿，但也得控制住自己的情绪。只得十分镇定地说："好！好！好！马上就到。"我生怕迟到了影响剧组的拍摄工作。

虽然没有吃早饭，但对处于半下岗的"待业干部"而且还想尽快求职的人来说，已经不重要了。

一分一秒不敢怠慢，我急急忙忙赶到团部。车子已经发动，看到剧组人员还在吃饭，气喘吁吁的心才慢慢平静了一点点。

我上车在最后一排坐好后，剧组人员也陆续上车。

不知是陌生，还是对几百公里外的边防感到神秘莫测，大家面面相觑，一路无语。

北塔山的路坎坷不平，摇摇晃晃八个多小时才赶到了部队首长最想借此推介边防深刻变化的情况，也是剧情原型，我部队长当年在这里发生故事的乌拉斯台边防站。

虽然是带路，但不能置之度外，也得跟前跑后。下车后，我就跟在导演身后。

也就是这次跟前跑后为我日后的笔耕遇到了天赐良机。

“千里迢迢来边防，就是要真实地反映剧本情节，再现边防战士当年在边防艰苦奋斗的情景。”导演陈小艺摇着头自言自语地说，一种失望的表情写在脸上。

导演陈小艺看完现场后觉得现场与剧情有天壤之别。

我听在耳里，看在眼里，想在心里。有点埋怨部队政治部门接洽人员没有事前与我商议，怎么跑到这儿来了。我是学中文专业的，对文学艺术的创作十分了解。我知道文艺创作人员的心态，文学情节和艺术情景就是自己的生命。我想，只要你们肯吃苦，在二百多公里外的三个泉边防站就有建站初期十分陈旧而又坚固的老式哨楼，肯定符合剧情要求。

晚饭前，我试探性地向导演陈小艺说：“有个地方可能符合剧情要求。”

我的话还没有说完，他直瞪着我，两眼发亮。

“在哪里？”陈导演抢着说。

“路途遥远，路况很差。”我补充说。

心有灵犀一点通。

导演随即叫来了摄影师、制片主任，我们四人开了一个碰头会。

我把三个泉边防站的情况及路程路况向大家作了简单的介绍。

“走！我们吃完饭就启程。”导演斩钉截铁地说。

这正合吾意！

一石激起千层浪，这一幕给我留下了深刻的印象，心情久久难以平静。

于是，《明天歌星来拍摄散记》开始在我的脑海里酝酿。

作为一名中文专业学子，遇到这样的机会，不说千载难逢，也是难得机遇。机遇稍纵即逝，我立即完成角色转换，从带路变成了现场采访。

天公不作美。

出发时，刮起了大风，狂风裹着沙石，天昏地暗。这正是我求之不得的生动素材，真的要感谢老天爷。

“船迟又遇顶头风”。

在路上，车子又抛锚了。我窃喜而又不敢表露。

抢排故障，工作人员毫无怨言，让我十分感动。

拍摄花絮锦上添花。

拍摄山头上点缀的几枝小花，摄影师趴在地上，扛着四五十斤重的摄像机，不断变换角度，脸上的汗珠直往下淌。汗水引来了横飞乱舞的蚊子，咬得他满脸疙瘩，也不能去拍打，只能一丝不苟地拍摄成功。

这样的情节根本不需要我再去构思，《明天歌星来拍摄散记》呼之欲出。

几天辛勤，几多汗水。拍摄完毕，我终于松了一口气。不仅完成了带路的任务，还有意外的收获，我的喜悦之情溢于言表。

转移拍摄地点并没有耽搁一点时间。导演和摄影师觉得三个泉边防站的实景比剧情更感人，就多拍了些镜头，把休息时间给耽误了。

离开三个泉的那天，我们起了个大早，吃完饭就启程。告别前，拖运器材的车辆就已经出发。

我和导演、摄影师、制片主任与连队领导告别后，坐上了一台吉普车。

在山路上，我们紧紧跟在器材车后。

出山后就是茫茫戈壁滩。驾驶员小胡酝酿超过前面的器材车辆。

吉普车不断地加速，我坐在副驾驶的位置上。

刚超过器材车辆，驾驶员还没有减速，我突然感到驾驶员在用力抱住方向盘，情况有点不正常。

“怎么啦？”我猛然的问话使驾驶员有些紧张。

他一脚就把刹车踩死了。

恰好吉普车在一个小坡上，惯性使小车一跃而起，一下子就飞出去了三十多米，跨过了一段二十多米的低洼之路，在路上打了几个滚，车子扣翻在了五十多米的地方。

在飞起的那一刹那，我的心里是明白的。“注意啦！”在发出“注意”口令的同时，我双手抓住吉普车座前的抓手，溜坐钻缩到了脚座。

当时五座吉普车的外壳就是几根空心钢管，一层帆布。几个翻滚后，四个车门全部脱落。除我外的驾驶员、导演、摄影师和制片主任四人全被甩出了车外。两重两轻的伤员，躺在地上呻吟，我被倒扣在了车里。

天有不测风云。超车不成，车祸残忍。

随行器材车辆上的人员目睹了这一翻车的全过程。

后来他们戏谑为：如果摄影师在他们的车上，抓拍上这惊险的一幕，必定是当今特技表演的最佳镜头。

万幸的是三个泉边防连的军医刘松良医生搭便车下山，正好在车上，随行的车辆也是一台刚刚配发的崭新救护车。人和物都为抢救护送伤员发挥了不可替代的作用。

他们先后救起了四人。刘医生大声喊道：“还有一个人在哪里？”

“我在车里！”我听到刘医生的喊声，大声地叫了起来。

救护车驾驶员是一位老师傅，这时他着急地嚷嚷：“车里更危险，大家要注意火种。”

刘医生指挥演员和工作人员，齐心协力地把吉普车翻了过来。

吉普车的前挡风玻璃已经破碎，只有一个空架在我的头上。车翻了过来，我也就站立了起来。

“谢谢！谢谢！”我双手抱拳向大家致意。

这时，大家发现吉普车少了一个轱辘。

后来拖车人员在一百多米外的路边找到。

救护车拉着长笛在部队卫生队门前停下。

我和刘医生下来后就到队长李云东办公室汇报情况。

留下轻伤驾驶员小胡在卫生队进行手术，对划掉的两只耳朵进行了缝合。

事不宜迟，卫生队王医生带了一名护士，背着急救箱上车就直奔乌鲁木齐军区总医院。

可惜的是，制片主任在乌鲁木齐军区总医院抢救室抢救了一个星期，也没能挽回他的生命。

卫生队的事情处理好后，我只身赶到部队政治部门王国志主任办公室汇报情况。

我到达时，部队司令部关晓宏参谋长、后勤处艾小德处长等首长已先期赶到。

部队司政后都成立有机关党支部，机关党委书记是政治部门的主任。很显然，王主任把这次事故提高到了高于行政的位置。

听取汇报后，参会人员对我从头至脚看了个遍，用怀疑的态度审视我。

关参谋长惊叹了声：“可能吗？”根本就不相信我坐在事故车上。

艾处长从技术的角度解释了一个科学的道理：“翻车时，乘员有三至六秒的反应时间。只要乘员在车上不睡觉，密切注视车辆前方，就是出了事故，也是可以减轻事故程度的。”

“大难不死，必有后福。”关参谋长改变了他的看法。

他接着说：“艾处长对车辆事故的科学态度，使我改变了对‘大难不死，必有后福’的认识。历经了‘大难不死’的人，一定是思维敏捷、反应迅速、注意力集中、办事认真的人。”

在部队，车辆属于后勤处管理，安全属于司令部管理，也常常会出现车辆使用与安全管理“两张皮”的问题。

司后两位首长一拍即合。

不久，边防部队下发了一纸《关于加强车辆事故管理的通知》。内容主要阐述了艾处长对车辆事故的科学态度，明确了实行带车制度，带车人员指挥驾驶员，强调了带车人员和乘员不允许乘车时打瞌睡的要求。

从此以后，边防部队的车辆事故明显减少。

一次车辆事故的传奇也就这样发生了。

也有人调侃，救护车本身就是实行救死扶伤的工具。

我怀着一种惊恐心态回到了自己的家。

妻子知道后，给了我安慰。

当夜无心提笔，心情平稳后我才提笔疾书。

《明天歌星来拍摄散记》很快成稿。

说来也巧，《明天歌星来拍摄散记》在《新疆日报》《新疆广播电视报》等媒体发表后，居然在新疆边远的一个县城，特别是在边防部队激起了不小的波澜。

十、落笔生花

无巧不成书，也许这就是机遇，这就是机缘。

中国人民解放军总政治部下发了一份《关于开展为优秀边防军人妻子戴奖章活动的通知》。首先得到这一通知的是边防部队政治部门的首长，最关心《明天歌星来拍摄散记》的当然也是政治部门的首长。

这样，我就被“请来”坐在了政治部门首长的办公桌前。首长先是问寒问暖拉家常，慢慢就引上了正题。

首长拿出了总政的通知，谈起了他在边防的经历和生活。

其实我的心里很清楚，首长任边防营、政治部门的领导也有十年，对部队和边防建设是功不可没的。

我在边防虽然也干了十多年，但论资格和成就是自叹不如首长的。虽然也是比较年轻的老边防了，但是否优秀，那就得首长说了算，何况我目前仍然是一个没有着落的游击兵。

好在我心里还是有底，这个奖章首长一定不是想戴给我的妻子。我立马知道是让我来接受任务写首长和他妻子的事迹，配合完成戴奖章活动。

自己稳定情绪后，对首长既毕恭毕敬又像是在表白自己的样子，说了好长一段话："这次奖章，首长和您的夫人——我的嫂子非她莫属，无人能比。首长在部队、在边防二十多年，您的成功或者说您的军功章里一定有嫂子的一半；嫂子在六七百公里外的行政部门工作，操持家务，伺候公婆，管教孩子，给嫂子戴奖章当之无愧。同时，也给我一个'施展才华'的机会吧，或者把写好这个戴奖章活动的文稿，权当是对我的写作水平的一次考核，我争取一炮打响。"

话音刚落，当我们俩的目光汇集到一块时，都会心地笑了。

鲁迅先生说过："世上本无路，走的人多了，就有了路。"的确，只要你有一股毅力，对认准了的路一直坚持走下去，也许就能到达你所想要攀登的峰峦。

我记得后来在一次朱氏家族聚会上我感慨地赋了一首诗。最后两句记忆犹新："祖功懿德垂青史，奇峰异径要巧攀"。前人走的路，先祖建的功，只能给我们启示和鼓励。

奇峰在眼前，道路有荆棘，要靠我们勇猛地去攀登，才能实现自己的理想。

功夫不负有心人，挑灯夜战了两天两夜，戴奖章活动的文稿出来了。

我忐忑不安地将稿子送给首长审阅，首长乜着眼睛浏览了一遍，沉默了一会儿，漫不经心地说："你先送到宣传部门的负责人那里审查一下。"

这时，跳到了嗓子眼的心才安顿下来。当我把稿子送到宣传部门负责人的手里时，这位边防部队宣传部门的摄影师严肃认真地说："稿子先放到这儿。"顺手就把稿子甩到了一边，官腔十足地说："我们研究研究再说。"

我以为这位摄影师对这个文稿不满意，看来这个稿子一定会石沉大海了。

可是没想到半个月后，一篇《边关情思》见于《伴侣》杂志。

部队宣传部门将《伴侣》杂志给每个连队发了十多本，几乎成了连队开会讨论和茶余饭后官兵们议论的重点。

真是"有心栽花花不发，无心插柳柳成荫"啊！

这样，由连队推荐、层层上报，新疆军区某边防部队政治部门首长中校主任王国志的妻子刘晋秀女士，便成了全国全军闻名的优秀边防军人的妻子。

边防部队政治部门人才不少，胡明宏干事美术很有功底，也善于创意；李培民干事摄影技高一筹，常见之于报；舞文弄墨难有建树，"笔杆子"花落谁家还是个谜。

短期内两篇文章发表，但也不能称之为"笔杆子"。不过，中校王主任正在为这件事操心费力谋划着。

时间不长，我就被安排到了这个边防部队的政治部门。

阿基米德说过："你给我一支点，我就能撬起地球。"

这只能说是人的一种信心。谁都想"自己一声吼，地球也要抖三抖"，又有几人能让地球抖一抖呢？

我猜想，这里的"支点"也许就是舞台。

我认为，有了舞台，有了才华，还必须要靠勤奋，才能有建树。

就这样，三年下来，我把我在这个部队边防一线巡逻执勤、教育训练的实践和体会，移植到了从团长到战士的身上。通过不同职务军人的各个不同侧面记录了一群边防追梦的年轻人在冰与火的考验中涅槃重生，在训练与执勤中锻炼成长，在学习与教育中得到升华，在享受与奉献时取舍分明，重现了那些如今记忆犹新的激情燃烧的岁月。

与其说我笔尖上有那么些精彩，不如说是我长期在边防一线肩负着的使命的崇高与神圣。

按部队规定，每年见之于报端六篇以上稿件的人员，必须给予记功，我也就当之无愧地连续三次荣记了军功。

中校王国志主任构想的边防部队政治部门“三驾马车”并驾齐驱蓝图，终于实现。

1997 年 9 月，我带着妻子和女儿回部队，时任部队党委“一班人”九名常委集体接见，共进午餐。

部队政委在接见时对着时任政治部门新主任说：“你们要重拾政治部门的威风，像老主任时期那样——做到常常报纸有名，广播有声，电视有影。”

这是一种激励，使我终生难以忘怀。

不同观点的人，对命运的解释和解读也不同。

命是强者的托词，运是弱者的借口。

命是奋斗的结果，运是机遇的把握。

两种截然不同的观点，孰是孰非，莫衷一是。

我认为，前者是笼络人心，自我安慰；后者是激励民众，聚集人心。

有时候，人生命运又不一定是按照自己的意志前行。这就是机缘，他可以改变你的职业，也可以改变你的命运。

正当自己的事业风生水起、抱负呈现曙光的时候，我那身强力壮的身体唱起了不同的音调。

新疆地方性疾病——花粉症（过敏性鼻炎）闹得我眼眶红肿，涕泪滂沱。我只得一天到晚手里拿着个小手帕，像个大女人似的，给人一种矫揉造作之嫌。

结肠使我食如虎狼，出之不畅。一次蹲便四个小时，弄得我的坐骨神经疼痛难忍。让我住了七天的卫生队，卧床理疗七天才解除病痛。

让我牵肠挂肚难以释怀的还不是这些，而是我女儿南南的就学问题。

部队百万大裁军还没有结束，我想一定要踏上这个点子。人生的舞台不能乱了节奏。

我毅然决然地向部队主要首长递交了辞呈。也还是这位主要首长，拖着更长的音调，慢条斯理地说："人才嘛，出了成绩，我们还是要用的。至于什么时候用，那是组织的事。"

首长的调子变了，内容没有太多的变化，却加了"出了成绩"这有骄傲自满、胁迫领导之嫌的致命字眼。

营区有"夫人路线"风声，我充耳不闻。不管灵不灵，我义无反顾地来了这一套。

才几天，营区就传来了我大闹"龙庭"的传闻。

闹没闹，只有我自己心里清楚；闹，不是我的风格。

部队首长是高墙深院，有武装哨兵和通信员，你敢闹吗？你闹得了吗？

放者，传者，听者，都有自己的目的，何必放在心上。

百万大裁军还没有结束，还必须安排一部分人转业。谁走呢？

部队主要首长总不能让那些既有成绩，又安心部队的人员转业吧？

我猛然回味起当年这位主要首长拿着载有《边关情思》的《伴侣》杂志，到我办公室祝贺的神态。

"你的文章写得好！情节很吸引人！"他微微地摆了一下头继续说，"还有一些长期在边防一线工作的首长，你也可以写一写嘛！我们营区不是流行着尚团长上不去，夏副团长就下不来的传闻吗？！"

"好的！我对夏副团长十分了解，他任三个泉边防连连长时我们曾经是搭档。他的事迹我不用采访，我立即着手下笔。"

很快，一篇《魂系北塔山》的长篇通讯见之于新疆《支部生活》。笔者情之切切不言而喻。

新疆《支部生活》是新疆军区首长每天必阅的刊物，比《解放军文艺》更上心。

两年后，夏团长下来了。尚团长没有上去，他转业走了。

边防部队俩主官都是老乡，权力不就落到了这个在团职岗位上驰骋了十年、对部队情有独钟者的手中。

政治部门的王主官如宣传有力，结果将会如何，明白人士的心里就一定有了数。

俗话说得在理：同行是冤家。

传闻发源于哪里在我的心头有数了。

政治部门，也就是掌控进、出、上、下的要害部门。

有句俗语是：“与戏子同床——不会唱，也会喊。”

我心里更有数了，能够如愿以偿地转业。

对于流言，我一向崇尚“清者自清，浊者自浊”。

军分区张金堂政委了解我的情况，对我的文章十分认可，派组织科汤仁义科长专程与我面谈，希望我能到军分区组织科去工作。我反复说明身体原因后，他深深地叹了口气说：“政委惜才啊！”

我真的骄傲了，如今爱女不仅硕士毕业，还与女婿双双从美国学成归来，挑起了为祖国为部队建设的重担。

女儿女婿归国，时间不是巧合，而是真心实意的内心告白——2015 年的“七一”节。

如今，女婿成为了国家级科研人员，那不是能用一个团一个师所能比拟的。

也没想到，因为中文专业的写作特长和舞文弄墨那点小本事，后来居然成就了自己在另一个完全陌生的行业——金融领域露了头角。

十一、特别考核

1978 年 9 月中旬，初霜已经在北塔山地区上演。

昌吉军分区司令员杨明斌、政委樊树德带领部队长李树田、政委杨德泰到边防一线检查战备，亲自对干部的军事素质进行了实战般的考核。

这些首长都在解放战争中经受过实战的考验，是冒着生命危险、从枪林弹雨中闯过来的。

“嘟嘟！嘟嘟！嘟嘟！”一阵急促的紧急集合哨声，惊醒了正在熟睡的连长夏永贤。他迅速坐起来，睁开眼睛一看，指导员毛顺汉还躺在被窝里。

或许真的有敌情，或许昨天刚来连队的首长搞个实战检验。不管是什么情况，都应该以最快的速度冲出这屋子。

他还来不及穿衣服，先拉扯了指导员的被子：“有情况！”

当兵九年就被任命为三个泉边防连连长的夏永贤，头脑聪明，作风过硬，三下五除二就着好装，背好器材，箭脱弦似的冲了出去。

指导员爱学习，他在煤油灯下看书到了转钟一点，睡实了没有听到哨声。被“有情况”惊醒后，动作敏捷，干脆利索，接连长之踵而至。

夏连长到操场抬头一看：两级首长和随行人员几乎都看着手表。

三分钟全连齐装满员在操场集合。

“立——正！向右看——齐！稍——息！立正！”

“杨司令员同志：三个泉边防连集合完毕。应到六十八人，实到六十八人。请首长指示。报告人：夏永贤。”夏永贤一字一板地向司令员报告。

“干部留下，战士带回继续睡觉。”司令员指示。

干部们丈二和尚摸不着头脑，首长的意图是个谜。战士们的心里犯嘀咕，到底搞的什么名堂？

旭日冉冉从东方升起，天空一片朝霞，照得营区金光灿灿。

杨司令员就像一般指挥员一样，按军政和业务干部分成两列。

司令员组织军政干部，作训科刘传平参谋组织业务干部分别操练队列。

司令员挺立站在操场上，不断下达立正、稍息、齐步走、立定、跑步走等队列训练口令。

组建边防部队后，根据部队司令部的指示，边防连队的主要任务从军事训练转变为以执勤为中心，以防止敌人袭扰和抓一把就走为军事训练重点。

这些平时指挥别人的领导，有些心猿意马，浑身不协调。

在军人最基础的动作——队列行进中就出了错，特别是业务干部洋相常出。

边防连队远离部队机关二百多公里的特殊事实，训练指导思想的转变，这些基础课目有所忽视。

山高皇帝远，慢慢就滋生了“连长连长，半个皇上”的苗头。

这两年，上级从打仗的角度对连队军政主官进行了调整。他们都是从其他连队挑选出来的具有丰富经验的精兵强将，在坚持“中心”和“重点”的前提下，已着手对连队最基础的课目和作风开始进行整顿。

连首长的决心刚刚付诸行动，上级首长就来检查了，只是夏连长和毛指导员有点措手不及。

平时指挥战士的连队领导见到上级首长，手忙脚乱的情况，无情地被战士们风趣地编成了几句顺口溜：“连长连长，不是皇上；见了司令，照样慌张；手忙脚乱，快出洋相。”

几句顺口溜击中要害，提醒连长指导员只有提高自身素质，才能带动和影响部属的行为。

连首长就是连队之“首”，吃“大灶”，住连队，训练打仗都应该冲在战士的前面，这是人民军队的特色。

战士的顺口溜是善意的，深深地烙印到了我的脑海里，成为我日后工作的座右铭。

队列检验刚结束，营区响起了嘹亮的起床号。

司令员又下达了向一号前沿阵地出发的口令。夏连长主动出来将队伍带往目的地。出发后，营区又响起了出操军号。

司令员敲定的时间是科学的，是经过深思熟虑计划的。

大家在行进的过程中，谁也没有讲话，谁也不好意思吭声，十多人的队伍静悄悄的。

我是哑巴吃汤圆——心里有了数，一定是阵地实弹射击。

在实弹综合练习中，我出枪快，握枪稳。我年轻体质好，行进后射击是强项，也是克敌制胜的先决条件。我胸有成竹，但也不断给自己打气，一定要沉着，方能取胜。

我们赶到射击位置时，部队长李树田及随行人员带领连队军械员将冲锋枪和子弹摆到了阵地上。

还没等大家喘过气来，就手指阵地北方下达口令："连长夏永贤进入射击位置，做好射击准备。"

夏连长到达射击位置后，难免也有些紧张。他调整了一下姿势后报告："射手夏永贤射击准备完毕。"

李部队长指示信号手发出射击信号。

信号员庞天星双手高举手旗，连续交叉了三次。

前方靶壕插上了红旗。

"正前方三百米处，半身靶，冲锋枪，十发装填，自行射击。"部队长下达射击口令。

连长夏永贤准备射击的时候，部队长回头安慰我们说："不要紧张。年轻的，身体素质好的可以先打。"

在上级首长面前，部队长当然希望边防连的军事过硬，射击成绩好，适时调整了射击顺序。

部队长很了解指导员毛顺汉。他们都是整编时从兄弟部队调防过来的，让他撤到了后面。

部队长目睹我赶到阵地时，不是气喘吁吁，身体素质较好，调整到了前面。我第二个射击。

我适当地做了些深呼吸，稳定了一下情绪。

“叭！叭！叭！叭叭！叭叭！叭叭叭！”夏连长的单发和点射掌握得很好。

一阵枪声有节奏地在三个泉边防连上空响起。

夏连长的枪声给了我信心，部队长的调整给了我勇气。

我按照部队长的口令，沉着冷静，适时出枪，准确装填，果断射击。

一阵一阵清脆的枪声划过长空，飞向目标。

检靶后没有当场宣布成绩，由两位政委把成绩单密封了。

这时，司令员已经赶到阵地作了简单的总结：“打仗不能只喊口号，领导带头首先要体现在军事素质上。当敌人在三百米外发起进攻时，应该首发命中敌人的指挥官。这应该是我们打乱乃至打败敌人的关键时机和最佳手段。如果忽视了这一点，就不是一个好的指挥员。”

司令员简短的讲话既是总结，也是战斗鼓动。

当然，对我们连队特别是干部训练中存在的问题和薄弱环节，同样给予了批评，提出了整改意见。

政委李宝泉在部队党委向军分区首长汇报工作后，对在考核检查中表现突出的干部决定提拔。

11 月初，一纸任命文件，我被破格提升为三个泉边防连副连长。

消息不胫而走，我的军事素质和作风也传到了时任东疆军区路克杰司令员的耳朵里。也许是昌吉军分区司令员杨明斌、政委樊树德，在东疆军区汇报战备工作时，把他们在边防部队经过近似实战方法挑选提拔军事尖子的情况，别出心裁地作了一番汇报。

1980 年 5 月，司令员路克杰带领副参谋长兼作战处处长贺有科到三个泉边防连调研时，我虽然还是副连长，却被点名到观察哨楼为司令员一行介绍边情，留下了两张具有历史意义的珍贵照片。

1984 年 3 月，我调任边防步兵连指导员后，路司令员又在这个连蹲点二十多天，随即我被选拔推荐于 9 月到新疆昌吉学院进修深造。

1985年6月，邓小平同志一声令下，中国军队百万大裁军拉开序幕。撤销东疆军区时，路司令提升乌鲁木齐军区副司令员后不久即离休。

这两张照片，一直悬挂在我的书房。出版《心岸的篝火》时，我将其编印在了扉页上，这是一种永恒的纪念。

我的心里明白：这不是荣誉，而是担子，更是责任，军人肩负起保卫祖国边防的责任。

这期间，三个泉边防连连长是夏永贤，政治指导员毛顺汉，副连长朱奠荣、罗赛，副政治指导员芦业富、黄留栓。

十二、军营逸事

1962年初夏，排长闵有峰一行七人骑着军马，驮着行李，带着向导，从北塔山西麓的乌龙布拉克出发，翻过北塔山海拔三千二百八十七米的主峰阿同敖包，沿着边防线一路东行，顺库拉斯台沟先到庙斯台，后到三个泉，再穿过约六十多公里的戈壁荒漠后，又进入哈巴提克山脉的小哈巴提克和大哈巴提克，最后到达乌兰拜兴。

边勘察地形，边了解敌情，边熟悉民情。在近三个月的调查摸底中，住毡房，喝奶茶，吃馕饼，睡地铺，翻的山梁，爬的山坡，不计其数。经过反复论证和推敲，报上级批准，最终在我防区北塔山与哈巴提克山脉之间确定三个泉建设边防站，设庙斯台和乌兰拜兴夏冬两个季节性执勤哨所。

此行掌握的地形地貌、山脉走向、溪流泉水、交通状况、牧草资源、人员分布等情况，为中、蒙1962年12月的边界走向勘定与划分、1963年6月的界碑确定与栽立提供了重要的科学的数据依据，也为今后的边境管理创造了有利条件。

三个泉边防站也经历了一个调整发展过程。

建站初期，人员不多，十几匹军马，两栋土木结构的房屋，一个地窝子。

1969年2月，中苏关系紧张，乌鲁木齐军区警卫部队整编人员充实到北塔山成立新疆军区步兵第十营，三个泉边防站的人员也补充到了一百多人。

首长在边防的作战指导思想是长期坚守阵地，防止敌人抓一把就走。在这一思想的指导下，扩充的兵力按前轻后重的梯次配置。在三个泉后方约三公里处的大山之中建立了后站。前站担负的主要任务是巡逻执勤站岗观察，后站的任务就是训练，支援前方作战。

那个年代，我国铁路运输有了长足的发展，虽然军运予以优先，从湖南到新疆三个泉边防站，仍然需要坐七天七夜的火车、两天的汽车才来到了当时的后站。

后站有三栋土木结构的房屋，只见崇山峻岭，寸草不生，棵树没有，地下水直接用管接进了伙房。

两个月的新兵训练，第一课就是连队政治指导员安振华给我们上的《东突厥斯坦妄图分裂祖国》。训练之余，班长和老战友娓娓动听地给我们讲了一些边情故事，巡逻执勤经验。还有个甘肃老战士绘声绘色给我们讲述了前站河流的故事，在我的心中激起了不小的涟漪。

一个南方水乡长大的汉子，对水是多么的渴望。

新兵训练结束时，我主动申请到前站执勤，可事与愿违。因为我个子大，新兵班长陈坎金看上了我的身材，把我要到了机炮排扛炮筒。步兵排轮流到前站执勤站岗，机炮是重火器，机炮排在后站长期训练。

我太失望了，又不好不服从分配。一有时间，特别是晚上，我就想起了洞庭湖和前站的小河。时常是思念的水伴我进入梦乡。

有次有幸到前站办事，一到前站我就到处寻觅朝思暮想的河流，就是没有找到。只见有三眼小泉，汇成一条小溪不断往下流，我百思不得其解。回到后站，我又不敢问老兵，使其更加神秘。

难道是我还没有发现这条河流，或许是老战友为了满足我们这些水乡来客，编出的天方夜谭的故事。

有一次训练之余，我正好与这位“河流”叙述者在一块休息，鼓足勇气向其打听前站河流之事。他惊讶地说：“前站那么大一条河，没有看见！我下次陪你去看。”听到这话，我心里好像吃了蜜糖一样，别说有多高兴。

有次真的有幸与这位战友到前站出差。还没有到，他就激动地对我说：“办完事，我陪你到小河边走一走。”听到这话，我的心似乎陶醉了。

刚办完事，我就拉着这位战友的手，要求他带我到河边去。

刚下坡走到小泉边，他就愕然地说：“这不是小河！”

我顿时蒙了。心里想，南方这叫小溪，甚至只是一股泉水。

这个“南方”的意义却又使我茅塞顿开。也许是南北方思维的差异，认识的差异。

这件事使我明确了一个道理，想起了一个哲学命题，看问题是有差异的。地区不同，民族不同，性别不同，对同一事物的看法不尽相同；就是同一地区、同一民族、同一性别，视角不同，对同一事物的看法也不尽相同。今后一定谨记！这件事使我丰富了知识，增长了才干。

1976 年 3 月，我担任了班长。

在组织冬训时，我发现一蔸较大的骆驼刺下有个十多厘米的洞，看得到里面还有些干茇茇草。

战士们以为是兔子洞，大家围在一起准备捉兔子。没想到越挖洞越大，却挖出了两条约一米长的戈壁壁虎。

时值二月，大地还没有解冻。壁虎眼睛半睁半闭，尾巴稍微摆动，好像大觉还没有睡醒的两个大懒汉。也有人苦中寻乐而风趣幽默地说：“这壁虎多么像一对缠绵不休、半梦半醒的有情人啊！”

大家好不容易把这对“情人”弄到连队宿舍里，生有火炉的宿舍里热乎乎的，正好给两条壁虎一个温暖的新家。

开始，壁虎还是半死不活的。没想到天还没亮，它们就在宿舍里横冲直撞，闹得天翻地覆。

大清早，战士们十分怜惜而忍痛割爱地不得不把壁虎送还原处。

战士们在它俩适应习惯的地方挖了个一米见方的大坑，为它俩修建了一个特别的“夫妻”的爱巢。

这也给战士们在艰苦紧张的环境下，平添了一丝丝乐趣。

1977 年，邓小平同志再次出山主抓部队工作。提出了准备打大仗的作战指导思想，前后站收缩集中形成拳头，做好了随时反击的各种准备。

人员集中后，住房相对紧张。同乡战友欧其波在入伍前就从事过烧窑工作，并有很好的技术。他主动向连长夏永贤请缨，在三个泉挖窑烧砖，一举成功。

在他的指导下，战士们打土坯，装窑出窑，烧火封窑，热火朝天。

新战士马建辉虽来自城市，凭着个高手巧，每天都是个人第一。战友们都称之为“拼命三郎”。

团后勤在奇台请来了建筑队，司令部还从其他连队调来了增援力量。

三年时间，一个砖混结构的新四合院建成。

连队党支部给欧其波报请三等功获批。庆功大会上，欧其波戴着军功章，满面红光，神采奕奕，好不威风，一片崇敬的目光洒向主席台。

第一次见到这种情景，既震撼更羡慕。立功这样神奇，但又这样简单。

新疆军区在三个泉召开现场会后，几年下来，全部边防部队营区如沐浴春风，旧貌换新颜。

后来者又在三个泉四合院靠小溪的一边盖起了一栋两层小楼，传说是专门给干部家属盖的。楼上的后窗直对树荫下的小溪，前窗直观操场训练。好让她们有江南的感觉，能安心在这儿多住些日子，让干部更加安心边防。

十三、戈壁奇观

北塔山周边的茫茫戈壁荒漠，在边防军人的眼里，也是一种风景。一望无垠，浩大无边，直达天际，黑得锃亮，五光十色，斑驳灿烂。其中点缀着一些瑰宝，黄的是玛瑙，紫的是水晶，红的是火岩，白的是盐池，绿的是胡杨。你没有枯燥，没有单调，没有寂寞，也没有荒凉；却有的是惊奇，有的是激动，有的是浪漫，有的是不舍，还有的是回望。

不同阅历和不同生活态度的人，对美各有不同的解释不足为奇。

我记得在甘肃敦煌旅游时，在导游安排参观甘肃雅丹风景的路上，她十分羡慕地说："新疆的黑戈壁是宝，我们这里的黄戈壁是风沙源。"回头一看，车后的扬沙一条长龙，久久不能散去。大风翻动沙石形成沙暴，石头盖住沙子减少沙尘，这个道理很简单。

在北塔山边境地区的沙漠戈壁深山里，到处都可以遇到地质时针记录着古老历史的变迁痕迹。这里建立了奇台国家地质博物馆公园，随着探险旅游的热潮兴起，这里的文化价值将不断上升。

在一亿多年前的侏罗纪时期，三个泉地区气候温润，植物动物繁多。由于地壳陡变，大片植物和大部动物被深埋地底，经含二氧化硅的地下水在高温高压的作用下，植物动物机体组织逐渐硅化而形成化石，再由地壳上升变化而露出地表。这些"硅化木"皮如生，身如玉，色如虹，轮如画，或藏或露，或坐或卧，还可以从树皮的纹理、色泽上分辨出银杏和松柏等不同树种。它们将成为戈壁荒漠最真诚最忠实的守望者。

三个泉地区的石钱滩是一处具有三亿年地质演化史的古生物化石宝库。经地质专家鉴定，石钱滩的古生物化石多达两百多种，包括珊瑚类、腕足类、腹足类、头足类、三叶虫类、苔藓虫类等，有些还是首次发现的新化石，被科学家称为史前地质博物馆。

远古留下的石钱，薄薄的石片，圆圆的外轮，中间有个圆孔或方孔，人们一般将它误认成古代钱币，其实是古代生物化石。这石钱，如天上的星星数也数不清，既丰富了这片戈壁荒漠的神秘色彩，也增加了人们对这片戈壁荒漠的追求向往。

北塔山岩画为新石器时代晚期约三千多年前产生的青铜器所刻，以太阳、动物为主，表现了古代先民对太阳和动物的崇拜。岩画粗犷、质朴、纯美，是古代先民留下的最早的艺术作品之一，富有深厚的游牧文化特征和历史底蕴，反映了当时的历史文化和社会风貌，也具有较高的科学考察研究价值。它的发现远远超过了岩画本身的艺术价值，说明在三千多年前，这里就有早期人类活动。

戈壁沙漠滴雨如油，雨过天晴必有彩虹。

有一次，我带领几名战士骑马去巡逻。

走着走着，蓦然发现茫茫戈壁的不远处有一片大海，微波荡漾，波光粼粼，亭台楼阁，炊烟袅袅。海边杨柳摇曳，屋舍林立，人流如织，身影闪动，变化多端，如梦如幻；时而一泓春水，湖泊倒影，婴儿酣睡，闲云野鹤，美轮美奂；时而碧浪滔天，人声鼎沸，离奇怪诞，赏心悦目，一派仙境。大家不约而同地尖叫，大海！大海！也有的狂叫海市蜃楼！海市蜃楼！

战士们见到大海特别是海市蜃楼的兴奋劲无法形容，一直策马狂奔着往前跑。

但是，人进水退，永远无法接近。湖水隐去，前方仍是一片炙热的戈壁荒漠。

原来是黑色的石头在阳光的照耀下，暑气蒸腾出现的虚无缥缈的幻觉。

我与夫人在新疆去哈密雅丹地貌生态园的戈壁深处旅游时，发现一个“海市蜃楼”观察点。我迫不及待地要求停车看一看。

哈密的士车驾驶员邢斌极不耐烦地说：“我跑了十几年车，无数次经过这里，才有幸看到了一次。有次拉了一车青岛游客，在这里蹲了一个星期也没有看上。那才算美呢！”

我问：“美到什么程度，可不可以形容一下？”

他说：“我形容不出，也美得难以形容。”

我在停留时，把《心岸的篝火》给他，并翻到《戈壁奇观》让他看，问他：“是不是这样的？”

他惊奇地说：“是这样的！是这样的！”也算是一次难得的奇遇吧！

十四、锅台交响曲

兵马未动、粮草先行是一位军事战略家必备的条件，锅台出战斗力是连队首长不可忽略的后勤保障。

我在协助连长抓好战备训练和巡逻执勤的同时，只要有时间，就主动到炊事班指导和组织改善连队伙食。

有天，我大步向炊事班走去，想听听战士们的想法。刚踏上走廊外的水泥台阶，便听到炊事班闹哄哄的。

我在门口停住脚，声音便清晰地传入耳朵：

“当兵进了炊事班，天天围着锅台转。虽然有时打打枪，不知子弹飞何方。作风稀拉没人管，退伍怎好见老乡。”这是一个老炊事员编的顺口溜。

我的心里也确实没有底，只得改变策略回到了办公室，安排通信员叫来了炊事班班长李化清。

李化清与我是同年兵，一块儿来自农村。他虽然没读几年书，但思维敏捷，吃得苦，肯钻研，在炊事班学得了一手扎实的烹饪技术，打算回乡后在地方开一个饮食店拓展自己的事业。

李班长对情况很熟悉，滔滔不绝地跟我讲起了炊事班的现状：

“顺口溜既符合炊事班的实际，也反映了炊事员的心态，”他停了一下继续说，“炊事班六位战士，没有一位安心工作。我可以说是打好了背包随时准备走，只是连长反复挽留，才在这里发挥作用。”

我俩认真地分析了情况：烧火做饭看起来是不起眼的小事，做好了，同样出战斗力。其实呀！要做好比打枪投弹还伤脑筋。

炊事班的情况也确实不妙，有的炊事员对做饭压根就没兴趣。

怎么办？我主动对自己提出了质问。

改变人员结构，加强思想教育，搞好业务培训，努力提高素质。

这是智者的思索，也是勇者的呼唤。

我向连长汇报后得到了支持，循序渐进地采取了三项措施。

首先，在连队进行了三天的加强炊事班建设的教育和讨论。

接着，对炊事员进行了调整。现有炊事班人员安心地留下，热心军事训练的下班排锻炼；挑选了两名乐意进取的有志战士补充到了炊事班。

随即，又从奇台县饮食服务公司最有吸引力的奇台饭店请来了红案师傅张恒芝亲临培训，从刀功、作料到火候的掌握言传身教，使炊事班的整体素质得到了明显的提高。

技能培训最受班长李化清和全体炊事员的欢迎，自学成才加上有名师的指点收到了事半功倍的效果。

这些措施提高了食堂饭菜质量，受到边防连全体指战员的一致好评。年终总结评先会上，炊事班理所当然评上了先进。

边防营首长调整后，营长张保和教导员魏发明觉得营部食堂伙食欠佳，人员结构不尽合理，炊事班烹饪技术有待提高。

于是，我连炊事班班长李化清成为了营首长的首选。他调营部任炊事班班长后，表现很好，不负众望，受到营部干部战士的充分肯定。

问渠那得清如许，为有源头活水来。

我对炊事班人员再次进行了调整，四川籍副班长何元义被提升为班长。炊事班在和平时期做好饭菜并不难，关键是在炮火纷飞的枪林弹雨中能不能把饭菜做得熟送得上。

这时，一个更大的设想在我的脑子里酝酿——开展炊事班野战条件下的野炊训练。

这对边防部队来说是个新课题，也是准备打仗不得不面对的现实问题。

我的想法与刚刚提升为班长的何元义不谋而合，连长也十分支持。

说干就干，主要时间也还只得利用晚上。

戈壁滩的夜晚，明月当空，皎洁浩瀚。

从集训开始，我就和战士们形影不离，打成一片，用自己的言行带动和影响战士。

战士们练挖灶练点火练刀功练烹调练上送练分发。不仅在“练”字上下功夫，还在“巧”字上做文章。野炊挖灶不仅要快，更要科学。火力不仅要大，烟尘一定要散。

为了解决这些难题，我还组织班里的“诸葛亮”聚在一起研究野战灶的设计。一种“多囱灶”出炉，这就为野战背景下的炊事班做饭烧菜创造了有利的条件和奠定了坚实的基础。

功夫不负有心人，这种成功得到了后勤部门首长的充分肯定。

何元义班长也就成了当时这个边防部队后勤战线的知名人物。

1978 年 9 月，时任乌鲁木齐军区司令员吴克华来边防检查工作。

吃饭时，营首长介绍炊事班李化清班长是从基层挑选过来的，做得一手好菜。

司令员赞赏说：“这菜做得真不错，很好嘛！”停了停，司令员欣喜地说：“炊事班人选很重要，一定要把饭菜做好做香，让战士们喜欢吃。这也是战斗力。”

陪同的团营首长听在耳里，记在心里。首长的指示一定要好好落实。

于是，李化清被提任三个泉边防连司务长。

李化清是邓小平“准备打仗，要从战斗班提拔干部”的指示后这个边防部队第一个从后勤人员提拔的干部。

李化清人生牛刀初试，事业如鱼得水，名声鹊起。

不久，李化清又奉令调往我边防部队司令部管理股任管理员。

在司令部任管理员的他，常常挂在口边的是：“贺龙两把菜刀闹革命，我是一把菜刀起家。”

机遇总是给那些时刻准备着的人。

1983 年 6 月，原乌鲁木齐军区举行了师级单位建制连队比武。

参加比武的有野战部队，也有边防部队，比武项目十三个。既然是建制连队比武，肯定少不了野战条件下炊事班野炊比拼。

何元义班长应尚部队长之约，在建制连队比武中担任炊事班班长。

在严格训练过程中，炊事班喊响了一个口号“苦干加巧干，力争第一名”。

这种无烟“多囱灶”也只在几个月夜露过真容，挖了随即埋填，就是当时军分区组织比武训练的陈副司令员也被蒙在鼓里。

陈副司令员几次批评尚部队长不重视野炊训练，尚部队长总是胸有成竹地表决心说：“好戏在后头，请陈副司令员放心。”

9 月新疆的戈壁滩，白天阳光灿烂，晚上就有了些寒气。

竞赛那天晚上，秋风阵阵，细雨绵绵，十个战士密切配合，干净利落，用五十五分三十二秒力挫群雄，一举获得成功。

在一旁沉着观战的尚相勇，仿佛袁伟民当年看中国女排打世界锦标赛，那种神态无不表现出他充满自信勇于进取的实干精神！

他们不仅速度快，“多囱灶”减少了烟尘的浓度，做饭的隐蔽性得到了评委们的一致赞许，夺得第一名。

在军分区表彰总结大会上，陈副司令员亲自为何元义班长申报二等功获批。

野战“多囱灶”在当时的乌鲁木齐军区所属部队成为“香饽饽”。

不久，何元义被批准转为专业军士，后提升为干部，安排在这个边防部队后勤部门任助理员。

藏在深山人不识，一旦成名天下知。

李化清转业后，特别是部队在编写《北塔山之情》时，仍然还有很多战友惦记着他，甚至打听他。

1988 年 9 月，李化清随部队百万大裁军被安排在湖南岳阳市供销社生产资料总公司，与爱人李国容在一个单位。

当初，生产资料由国家统一供应，夫妻双双拿着大公司靠独家经营带来的丰厚收入喜形于色。随着社会改革特别是国家供销体制改革的进一步深入，统供统销体制被打破。后来，生产资料公司破产了，他们夫妻双双下岗。

在市委、市政府组织的下岗人员培训班中得知：他既可以按下岗转业干部拿津贴，还可以自谋职业。他喜出望外，毅然决然地选择了后者。

在市政府有关部门的支持下，他们夫妻在岳阳市旧货市场开了个门市部。因人勤快，脑子灵巧，经营峰回路转，事业柳暗花明，生意越做越红火。

他利用市供销社老职工这层关系，主动到市供销社系统的破产企业寻找货源，把供销社破产企业的旧货、废品都收购来出售，引起了同行的不满。

有人到市质检部门状告他，质检部门查封了他的门店。

他又找到市委领导，市委领导很重视，安排市纪委调查。结果市纪委支持他维权。查封了的门店又开封了。

岳阳市市委、市政府为民办实事有一项政策（零就业工程），双职工下岗或夫妻没有一位就业的，政府协调安排一位就业。这样，李化清被安排到了岳阳楼管理处新建的下河商业街做保安负责人。

刚开始，这些商业门面的生意不很旺。市政府在这里搞了一个创业人员孵化基地，门面不收租金。李化清也申请了一个门面，在这里开了一个锅饺店。

锅饺店由夫人经营，并聘请了一名厨师帮助打理。

管理食堂是李化清的拿手好戏。他白天上班做保安，业余时间到店子里盘馅包饺子。

由于饺子好吃，服务周到，店面整洁，名声很快就传了出去，慕名而来的客人络绎不绝。

经营轻车熟路，事业如日中天，水涨船高。

他俩的生意没几年就发了。

这时，他在岳阳市芭蕉湖风景区别墅群买了房子。当时交通不是十分方便，每平方米不足万元，如今涨到了四万多元。合理投资又使他的资产滚上了雪球。

就这样，李化清似乎成了一个看似简单、实则老练的传奇式的人物。

如今，他在岳阳市市区住着带小院的独立别墅，老婆经常开着小车带他在街上转悠。这既有改革开放后中国老百姓的自由与潇洒，更有一个中国部队转业军人的自信与精彩！

十五、寻找伊甸园

伊甸园是《圣经》中，神造亚当和夏娃的原居地，欧洲诗人但丁在《神曲》里进一步神化。上帝在这里撒满了金子、珍珠和红玛瑙，种上了各种树木和花草，鸟儿在空中飞来飞去，漂亮极了。

亚当和夏娃赤裸着绝美的形体，品尝着甘甜的果实。他们或款款散步，或悠然躺卧，或信口给各种动植物取名，过着随心所欲悠闲自得的幸福生活。

有一天，夏娃觉得有点厌倦和无聊，就在园子里走来走去。她看到花草丛中有条蛇在游动，就好奇地追了过去。她追呀追，不知怎么就是追不到。突然间，她抬头一看，前面枝头上有一个妖娆魔幻的鲜果，伸手摘来就吃了。

这时，夏娃觉得很兴奋，也很甜美。

不久，不知不觉中她的肚子也就慢慢地长大了。

亚当发现伊甸园的禁果被夏娃偷食，怕上帝追究，便带着她逃出了伊甸园。

上帝为了惩罚夏娃偷食禁果，让她生产时痛楚不堪。

他们在一个偏僻的地方生下了该隐和亚伯，该隐是农夫，亚伯成牧人。

这甜蜜美妙的爱情故事，传奇传神动听有活力，便成了青春期男孩女孩极力追寻的理想。

边境北塔山地区也上演了一场“亚当”“夏娃”寻找伊甸园的故事。

那是1980年8月一天的晚上，连长夏永贤洗漱后正准备就寝。电话铃突然响起，夏连长迅速拿起话筒。

“喂！哪里？”

“我是托浪岗派出所唐湘德。”

“唐所长你好！有什么安排或吩咐。”夏连长对唐所长很熟悉，十分谦虚地请求任务。

前几年，北塔山地区成立了军警民联防领导小组，两位首长经常在一块分析研判边境情况，组织军警民协同巡逻和处理边境事件，相互接触比较多。军人爽直的性格能使两人脾气相投，亲如兄弟，相互理解。他们在工作和生活中不管遇到什么困难，都会通报情况，予以支持。

“我们在边境牧区逮住了一对疑似外逃的青年男女。在隔离审查之前，按规定必须对嫌疑人例行脱衣搜查。我们派出所没有编配女民警，你有什么办法协助我们解决这个并不复杂而又十分棘手的问题！”唐所长开门见山直截了当地说。

唐湘德所长是从新疆喀什边防部队退伍安排到托浪岗派出所工作

的，他仍然保持着军人那种干脆利索雷厉风行的作风。

“我们这里虽然没有女军人，我一定会给你想出一个不须替代的万全之策，让你满意！”夏连长蛮有把握地说。

“不要兜圈子了，你怎么跟我解决好这个问题。”唐所长任务在身，似乎有点着急。

“那就派我们的朱副连长带着军医刘松良医生支援你们，怎么样？”夏连长不慌不忙地说。

“妙！”唐所长发出了爽朗的笑声。

夏连长立即派通信员通知刘医生到他的办公室开会。

当我听到过道里的脚步声时，就听到了隔壁夏连长敲墙壁的呼叫信号。我随即就到了连长的办公室。只见夏连长的脸上少了平时的笑容，十分严肃。

“今天安排一个特殊的任务给你们，一定要完成好！”夏连长有板有眼地说。

我莫名其妙一头雾水，觉得诙谐活泼的连长今天怪怪的，心里有点忐忑不安。

“今天连长怎么了，是一项什么为难的任务，这么严肃？”总有一副笑脸的刘医生滑稽地说。

“你俩火速赶往托浪岗派出所，唐所长给你们安排任务。”夏连长的声音刚刚落下，连队小车就停到了门口。

夏连长一般安排工作很具体，今天“火速”的辞令，让我们不敢迟疑。

平时派出所请求医生出诊，无非是接生或看病。

我与刘医生赶到派出所时，唐所长和干警们都等在了会议室。

唐所长简单地介绍情况说：“在牧民家盘查时，他俩不仅没有边境证，对自己进入边境的目的也难自圆其说，觉得他俩的形迹可疑，就决定带回派出所进一步审查。”接着就单刀直入给我们安排了任务。

男嫌疑人由民警进行搜身，女嫌疑人由刘军医搜身。

医生是个特殊职业，对于女人来说是没有隐私的。尽管如此，这既不是看病，又不是接生，面善心慈的刘医生犹豫了。

他进入审问室不久即出来说：“姑娘满脸通红，不愿意配合，却扭扭捏捏地说‘来了，来了’。”

见状，我跟唐所长建议说：“刘医生对姑娘例行搜身时，把她的未婚夫铐着双手站在那儿行不行？”

“就这样。”唐所长同意了这一方案。

刘医生对姑娘例行检查后，走出审问室时一脸苦相说道：“真的是来了。该检查的部位都检查了，没有发现任何物品。”

唐所长不得不找了些女人代用品送给姑娘。

完成了任务，我正准备向唐所长告辞。

这时，唐所长却主动说：“例行检查的任务完成得很出色，还有艰巨的审问任务呢。”

“当时夏连长给我们的任务，就是协助完成例行检查。”我说。

“我已跟你们的夏连长协调，把这次审问任务作为军警民联防的内容，夏连长很支持。”唐所长说。

我不是不相信唐所长的话，也的确是出发时夏连长没有安排我们审问的任务。

我只得打电话向夏连长求证。夏连长在电话中说：“唐所长已经跟我通气，我已同意你们参与审问。只是要以派出所民警为主，你们予以协助。”

夏连长心情沉重地提起了北塔山 M 国人员越界事件处理失当造成被动时说：“教训啊！部队首长在一次会议上痛心疾首地说，在事情没有搞清楚之前就把问题上交，是不负责任的行为。你们要把这次审问作为业务学习的机会切实做好。”

“是！我一定珍惜这次培训，完成好任务。”我斩钉截铁地说。

在唐所长的组织下，审问工作分别进行。

我与唐所长一组，他负责审问我负责记录。

准备工作做好后，民警将女嫌疑人带到了审问室。

当我的目光聚焦女嫌疑人时，她那疲惫的身躯并没有影响一个美人坯子跃入眼帘：中高个儿，不胖不瘦；大眼细眉，秀气诱人；小嘴厚唇，勾魂摄魄；睫毛稍卷，惹人注目；长发飘逸，招人喜爱；白里透红的脸蛋，一定让好多女孩儿嫉妒。楚腰纤细、曲线玲珑的身材，也会让更多男孩子疯狂。

她坐在受问椅上，倒有几分精神。铐住的双手抱在胸前，低垂的面庞不敢正视前方。

这些不是记录的范围，却是我心中难以磨灭的印象。

我不断地对自己提出责问：美不可亵渎，人不可轻佻，更不能因为美而放松自己的警惕，丧失自己的立场。

唐所长开始宣读政策："我们根据《自治区边境管理规定》对你进行审问。你要如实地汇报。否则，你要承担违法的责任。"

唐所长问："你叫什么名字？"

女孩回答："孟盈盈。"

唐所长问："多大年纪？"

女孩回答："十九岁。"

唐所长问："什么民族？"

女孩回答："汉族。"

唐所长问："职业？"

女孩回答："去年高中毕业，暂无。"

唐所长问："家住哪儿？"

女孩回答："乌鲁木齐市团结路×××家属院。"

军警对嫌疑人的仁慈和友善打消了他们的顾虑，回答得比较干脆。

唐所长接着问："你为什么会坐在这儿？"

女孩回答："漫无目标地逃婚误入边境禁区。"

唐所长问："有没有边境证？"

女孩回答："没有，也不知道在哪里办。"

唐所长问："同行叫什么名字？"

女孩回答："买买提。"

唐所长问："什么民族？"

女孩回答："维吾尔族。"

唐所长问："你们是怎么认识的。"

女孩回答："我们是同校学友。"

唐所长问："为什么逃婚？"

女孩回答："我们高考失败后，买买提在区政府机关谋求了一个驾驶员的职位，为机关员工服务；我托人在市外贸局谋求了一个临时性的会计岗位，也算称心如意。我们没有正式办理结婚手续，单位是不给分配住房的。我们情侣的小日子就不方便过。"

唐所长的故乡在湖北江汉平原，那里稻菽飘香，莲艳鱼跃，亲人们都在老家生活。他也是为了追求一个美丽的王姑娘寻找纯美的爱情而舍弃童年的眷恋来到了北塔山，在托浪岗派出所开发电机一步步晋升为所长。也许是相同的遭遇萌生了怜香惜玉情愫，或许是为了弄清缘由不偏不倚妥善处理最为棘手的说不清话不明的情感问题。他对嫌疑人滔滔不绝的陈述并没有打断，而是聚精会神地聆听，为作出正确的判断寻求复杂过程中的事理细节。

孟盈盈说着说着，眼睛泛起了泪花。看样子，她对这位未来的丈夫还是十分钟情的。

"1980 年开春，我俩张罗结婚事宜，遭到了买买提父母的极力反对。我未来的公公把自己人生失意，归咎到了儿子要娶一个没有行过洗礼的汉族姑娘身上，真乃天方夜谭。买买提的苦求、我的哀怨使他们提出了更加苛刻的结婚条件，那就是我必须接受洗礼并信奉伊斯兰教。公民有信仰的自由。这是对自己人格的侮辱，我就是终身不嫁也坚决不从。"

孟盈盈口齿伶俐，能说会道，纯朴天真，对自己的情感毫不掩饰。情窦初开，恬静情思让孟盈盈更加充满了对人生未来的憧憬。她是一枝带露的玫瑰，含苞待放，盼望旷蜂野蝶来欣赏！

我一字一句做记录，难免对这对有情人有点同情。我只得把这种情感掩埋在心底，担心表露出来影响办案的准确度。我侧面看了一下唐湘德所长的表情，只见他脸色凌厉，不时地点点头。

唐所长突然问道："那么大一个乌鲁木齐市，难道就没有你们的容身之处？"

孟盈盈回答："这时，我们的爱情到了如胶似漆、难舍难离的地步。买买提知道自己父母的性格，还有家族和阿訇势力的压力，不屈服是不行的。

"买买提提出私奔，到一个能容纳我们栖身的地方。不要有多大，也不要有多美！只要我俩能朝夕相处，形影相随就行了！我也偷偷摸摸看过一些言情小说，对里面的人物特别是那些美貌姑娘的遭遇既理解又同情，是一种复杂的心理。当自己即将面临的时候，又将何去何从，难以把握和定夺。买买提义无反顾的态度打动了我。我想逃！跟着心爱的人儿一起逃！逃到云的故乡，哪怕是天涯海角！私奔就私奔！我告诉买买提。这是我无奈的选择！我既怕离开这座熟悉的城市，但又更加担心自己失去深爱的男人。我更知道，是姑姑含辛茹苦把我拉扯大，节衣缩食供我上学。我不忍心自己长大了就要离开她。"

慢慢地孟盈盈眼里充满了忧伤的泪花！

唐所长心里明白，这样漫无边际地说下去，可以编写一部长篇言情小说，就向她提出了一个严肃的问题："你们怎么又到了北塔山边境地区？"

孟盈盈回答："我们不奢求优渥的物质生活，自己开荒种地，随心生儿育女；我们没有办理任何手续，包里装了一张高中上学时在新华书店买的中国地图，带了点换洗的衣服就出发了。情急之下乱投医吧！"

这对充满幻想并不成熟的青年，重情重义不顾一切的情侣，就像外出旅游一样，随心所欲去寻找爱情的伊甸园。

亚当、夏娃偷食禁果，逃出伊甸园；买买提、孟盈盈偷食禁果，却去寻找伊甸园。

她是一枝刚刚开放的玫瑰，花蕊滴香，等待心仪的人儿来采摘！

孟盈盈停了一会儿接着回答："前几天我们利用星期天不辞而别。天刚亮，我们就来到了乌鲁木齐市碾子沟汽车站。在那里，我们也有过徘徊。我们知道新疆地域辽阔。北疆水草丰肥，牛羊成群；牧民慷慨，吃住随意；光风霁月，景致明净，是理想的世外桃源。我们不由自主地买了车票，坐上了去奇台的班车。在县招待所吃中饭闲聊时，我们认识了一位到富蕴拉矿石的维吾尔族司机。我们谎称是表兄妹，要去富蕴看小姨，恳求司机大哥让我们搭车。"

唐所长紧盯着问："那你们是怎么溜过芨芨湖边境检查站的呢？"

孟盈盈回答："在离芨芨湖不远处，司机告诉我们把边境证准备好。听到这话，我的心里一惊，才知道奇台以北要办边境证。我们没有边境证，也不敢露声色。买买提随即拉了一下我的衣服，我转身笑着点了一下头。他知道我明白了。快到芨芨湖居民点时，我谎称下车方便。女人方便的事，司机也没敢怠慢。下车后，我们钻进芨芨草滩就没有出来。其实方便是假，逃避检查是真。可能司机不见我俩回来，他的心里也就明白了。他不便声张，也不敢报告。只得迅速启动车辆，在检查站例行检查后就逃之夭夭。夜幕降临后，我俩才乘着朦胧的月色，悄悄地回到马路上，提心吊胆地从检查站门前溜之大吉。"

芨芨湖是准噶尔盆地东沿沙漠唯有水源的地方，是东线进入阿尔泰地区最便捷的必经之地，这里离村寨很远。为了解决往返人员的吃饭问题，早期供销部门在这里开设了餐馆和商店。改革开放后，善于寻找商机的个体户们在这里增开了商店、餐馆和汽车修理所，总共也就那么几家。芨芨湖边境检查站就设在这里，周边的住户都有边境证，检查人员只对过往的车辆检查。过了检查站就是荒无人烟的戈壁沙漠边境地区。

北塔山就在阿尔泰山脉的东南端，我们边防连官兵和派出所干警常常在这里经过却很少停留。

现在，准噶尔盆地中线沙漠公路已经修通，2016年8月，我们全家去喀纳斯湖旅游，就是坐旅游大巴从准噶尔盆地中线沙漠公路到阿勒泰和富蕴的。不仅方便快捷，也不需要边境证。

孟盈盈似乎有点哽咽，也流露出一些伤心。她似乎成了进入故事情节的说书者，我们成了听书人。不过，我们听得很专心。

孟盈盈提出喝点水，唐所长允许后，我倒了一杯水递给她。

孟盈盈仅湿了一下口，又继续回答："这时我们既摸不清方向，也找不到住宿的地方，只得顺着公路往前走。我们走走停停，停停走走，整晚也就走了十多里路。天刚亮，后面来了辆汽车。我们看到车辆就像看到了希望。我们打着精神，装作有说有笑的样子朝前走。买买提边走边吹口哨，一副轻松自在的样子。车到跟前，我一招手就停下了。车门上有'昌吉州北塔山金矿'的字样，我们知道是进北塔山金沙沟金矿拉矿石的车辆，但也不能在这里坐以待毙。那就听从命运的安排吧！

"四五个小时的颠簸后，我们看见并排有两顶毡房，就像遇到了救星，强装镇静地下了车。我俩钻进毡房吃饱喝足，就蒙头大睡了一场。

"我们不敢在这里逗留，告诉牧民阿姨还要赶路，提上行囊就出门。我俩漫无目的地出发了。走啊走，走啊走！饿了进毡房吃喝，黑了进毡房睡觉。人是自由了！可目的地又在何方？两天后，我们又转回到了原来休息过的毡房。我们没有理由进去，也不敢进去，只得另找毡房。在另一毡房里，我们还没有进入梦乡，就被戴上了手铐。"

唐所长接着孟盈盈的话自信地说："其实，这是边境地区牧民为了防止有人偷渡国境修建的环形路。对于不熟悉地形的外地人，即使到了这一地区，也很难偷越国境。"

"如果我们遇见的是到阿勒泰或富蕴的车辆，也许就不会闯出这么大的祸来，也就不会受这般苦。"看起来孟盈盈很后悔。

“如果”是逻辑学“假设”的范畴。假设可以是推断也可以是经过证明了的正确结论。假设是正确的，但必须实践才有实际意义。也就是说，假设的积极意义更在于总结经验吸取教训。

假设他俩及时觉醒，早点折返，也不知道要少受多少罪。

也许这是命中注定，该你受的罪，你想躲也躲不过。

孟盈盈惭愧地说：“对不起，是我给你们添麻烦了！”

唐所长严肃正告地说：“是你们的异常行为，引起了牧民的怀疑。牧民群众主动报告了情况，是庙斯特夏牧场指挥部负责人吐尔松汗带着我们赶到了毡房截住了你们。”

孟盈盈反倒松了口气，十分乖巧善解人意地说：“四天的舟车劳顿，提心吊胆，一路折腾，使我俩筋疲力尽，浑身瘫软。我们戴着手铐坐在车上，反而觉得舒坦了很多。”

她是一枝成熟的玫瑰，心灵娇脆，身肢弱脆，究竟上哪儿去寻找肥沃的土壤、呵护的园丁和避风的港湾呢？

唐所长侧面使了一下眼色，我明白他的意思点了点头。

唐所长宣布审问结束。他按了一下电铃，民警把孟盈盈带出了审问室。随即派出所在会议室召开会议对情况进行了分析。两组负责人分别汇报了审问情况，大家各自都发表了意见。

唐所长作总结发言：“这次年轻人擅闯边境地区，从审问的情况看，他俩不涉及政治经济军事机密，随身也只携带有一张中国地图，偷越国境的动机不明显，也没有造成越境的事实。根据《自治区边境管理规定》，遣回单位作纪律处分。”

与会人员一致同意唐所长意见并形成决定。

最后唐所长深有感触地说：“伊塔事件中，那么多牧民非法越境，自愿回来的我们都宽大处理了，何况这是陷入迷茫的年轻人逃婚误入边境。人性化处理是我们的一贯政策，更便于当事人的转变。”

会议结束时，天还没有亮。唐所长向上级报告后，陪着俩当事人上车，踏着晨露消失在茫茫戈壁深处。

这对幼稚的年轻人为了爱情，差点导致越界涉外事件的发生，给自己带来终生遗憾。

不久，在公安部门人事制度改革中，唐所长被破格提升为奇台县公安局长。唐所长在县公安局长位置上，约我对买买提、孟盈盈进行了回访。

买买提、孟盈盈虽然没有找到伊甸园，他们的爱情却受到了特别的考验，相互之间的依赖程度到了不可割舍的地步。

随着改革开放进一步的推进，社会发展很快，人们的物质文化生活水平得到提高。孟盈盈单位改革转制成为自治区最早的上市公司，她也打破了临时工身份的约束，成为公关部总经理。买买提利用自己的人脉资源第一拨下海创业，捞到了政府促进改革施放红利的第一桶金。

买买提把赚到的钱全部投入了自己注册的商贸公司，据天时地利人和之优势，没几年就发了。他俩就在曾经最伤心处的马路对面买了一套一百三十多平方米的三室一厅两卫一厨的大房子。生了一儿一女。大儿子随父叫阿布都拉·买买提，小女儿跟母一个姓名孟娇娇。这样的生活真是让人眼馋。

后来，这位被称为北塔山“活地图”的唐所长出任了新疆昌吉州黄金局长，据说政府就是利用他对北塔山地形的熟悉。希望他找到“藏金洞”，挖出“狗头金”，为昌吉的经济建设发力。难道当年“昌吉州北塔山金矿”的车辆就是搭起这桩美差的金桥？

2016 年 8 月，我重游北塔山时，在三个泉边防连还见到了阿布都拉。这时的他已成为该连的连长。

阿布都拉连长对我说：“我爸妈对边防部队、边防派出所和边境牧民当年的仁义和大度，念念不忘，感恩戴德。希望我这一生一定要为边防建设服务。”

多么淳朴的情感！多么善良的人民！

我的眼睛湿润了。

情为何物？生死相许？不离不弃？

情为何物？俊男靓女？家财万贯？

家不一定要富有，但一定要温馨！富有和温馨也并不矛盾，它是幸福家庭并不依附的两个不同的侧面，是家的另一个层次。

应该说，世界上最美丽的风景就是自己内心的感受！

第二章

金融风华

1991 年 8 月，伴随部队百万大裁军的余波，戴着部队的军功章，我从大西北新疆的边防部队转业安置在湖南岳阳市金融系统。

“行到水穷处，坐看云起时”，是唐代著名诗人王维的诗句。这是一种自信力，也是一种人生境界。

职业的变换不是悬崖绝壁，一定会有某种必然的联系，就看你怎样去把握。

部队政治工作和银行政治工作就像一座客观存在的桥梁，也像王维诗句中的“水”与“云”的联系。即便水到头了，是它形成了汹涌澎湃的江河湖海。何况，翻滚呼啸的云团正在生成和孕育不可穷尽的水源。

我在边防连队的摸爬滚打、带兵训练、操枪弄炮以及到部队机关后的写写画画，虽然不能直接给金融工作带来效仿作用而立竿见影。但是，军人的素质、军人的作风和军人的精神则是最佳的难以估量的无形资产。

部队政治工作的优势这座桥梁，使我转业到地方工作能够很快地在金融行业站稳脚跟。还有一个条件，就是顺势而为地利用和发挥自己中文写作特长这个平衡器和加速器，有机地与金融工作相结合。小试牛刀，游刃有余，博得了当地金融界理论工作者和实践工作者的充分认可，为本地“三农”工作和金融事业发展做出了应有贡献，在魂牵梦绕的故乡洞庭湖畔为自己的事业发展和人生之路续写着一首首新歌。

一、人生摆渡船

八百里洞庭湖，号称江南的“鱼米之乡”。

八月的岳阳，火辣辣的太阳炙烤下，街面上的温度在摄氏四十度以上。

树上的知了拼命地叫，好像不知疲倦似的，给人更多的是焦躁和烦恼。

曾经有战友常常调侃我：只身去新疆，三人返故乡；收获多多，本事大大。

很多从湖南、四川等地入伍的战友和我一样，不仅把人生最美好的时光和青春献给了新疆，还在部队驻地找对象、结婚成家、养育子女，确切地说是“倒插门”式地“嫁”给了新疆人。

事实上，好多在新疆结婚生子的军人都留在了新疆，因为那里有他们比与自己亲生父母生活在一起时间还长的岳父岳母与亲戚姊妹，有他们熟悉的生活环境与城市，有政府支持边疆建设为留在新疆的转业干部安排工作的优惠条件。当然，更多的还是那种难以割舍的军营眷恋与军人情怀。

转业时，我在留新疆或者回原籍的两难选择中举棋不定时，贤惠善良智慧的妻子，或者说是读懂了丈夫的刘建玲，她的一席话让我更加感动：“奠荣，你把你都嫁给了我，你把最美好的青春年华献给了新疆，你把我的父母当成了你的父母，我心里都清楚；你现在转业了，我和女儿必须和你一起去湖南老家，也该我们一起侍候和孝敬你的父母了。”

爱爸爸、懂事理的独生女儿南南听到了也理解了爸妈的对话，又带有几分对洞庭湖景色的向往，迫不及待地说："爸爸妈妈，我们明天就出发吧！"

有了妻子和女儿的支持陪伴，当然我是求之不得的，心情是十二分的爽朗。

在这样一种如愿以偿的亲情与乡恋高度融合的状态下，我们一家三口恋恋不舍离开新疆，归心似箭地乘坐火车，飞奔到三千多公里外的湖南。

从此，开启了向下一个开心驿站、幸福港湾出发的人生与事业之旅。

当时的岳阳市，街道顺路而修，房子沿路而建，弯弯曲曲，东茅岭上还长满杂草。

同行的刘阿婆与我是同乡，其子与我不仅是同学，还是一个部队的战友。

她一生生活在农村，不久前到部队看望还在服现役的儿子，约好了同路返回家乡，相互有个照应。

她虽然六十出头，结实的身体并没有对这样的旅途有什么不适。回到故乡的感觉，似乎更加精神抖擞。

大件行李已托运抵岳，出站时还顾不上领取。

为搬运随行的小件物品，我叫了个力夫板车师傅，装了满满的一车。谈好价钱，问好路线，还没有等我们准备好，师傅就动身了。

妻子穿着高跟鞋，女儿刚刚满六岁，我们跑着跑着就拉开了距离。

刚到这里人生地不熟，我既担心东西被人骗走，更害怕走散后发生不愉快的事情。

"你等她们，我跟上。"刘阿婆在后面喊。她看到这种状况，心里也在着急。

她这种喊法，就像部队冲锋时首长的号令。这是她在部队跟儿子学的，还是部队军人本身就是人民群众的化身？

我没想到刘阿婆一下子就冲了上来，这下我才放心停了下来。

刘阿婆紧跟不舍，直到过了铁路扳道口上坡时，师傅才慢慢减速。他的身子几乎快贴近坡面，吃力地一步一步往上爬，阿婆俯身给板车使劲助力。

我们好不容易才追上板车，大家气喘吁吁，衣服全都湿透了。

上了坡，只见新修的铁路立交桥刚建好，还没有正式通车。

我们不约而同地停下，坐在路边的石头上休息。

我抬头一看，最高处是一个茅厕，污水顺坡流淌，到了街边才进入下水道，臭气熏天，给人的第一印象不像是城市。

女儿突然问："这到了什么地方？"

"岳阳市呀！"我的回答很犹豫，但又不得不面对现实。

从下火车到东茅岭，的确没有一条像样的街道，也没有像样的楼房。

不远处的岳东饭店，高九层，就有两层是地下室。

"还好意思说，这就是你们岳阳市啊！"妻子的埋怨不是没有道理，我只能低头不语。

转业前我曾专程来过一趟岳阳市，主要是联系工作，并没有在意这里的环境状况，稍有眉目后就回部队办理转业手续。

当时跟妻子汇报情况时，我是"三十中午的年饭——专挑拣了一些好的"。

为了让妻子和女儿一起随迁回湖南，不善假话谎言的我，还是口若悬河、天花乱坠地粉饰了一下岳阳。其本意，是不能让妻子和女儿在心理上有太多的失望和失落，也就是提前做点形象铺垫和一些思想工作。

没想到刚下火车，岳阳市脏、乱、差的一面暴露无遗地展现在了妻子和女儿的面前。

我因为在妻子和女儿面前说了假话而羞愧难当、无地自容。

妻子是第二代新疆人，生在新疆，长在城镇，家庭条件相对而言比较优越。她对内地的印象还不是很深。岳阳市还是一个新生城市，新区发展较快，老区变化不大，新老接合部的地段比农村环境还差。

我联系的拟接收单位岳阳市农业银行就在城市新老接合部。

快到岳东饭店跟前，我看见了田垄对面小山包上，那既不陌生也不熟悉的岳阳市农业银行。田垄里长满了蔬菜，五百多米长的田间小道不足一米宽。小道上往返人员擦肩而过。

我知道，绕道走马路有两公里多远。没有车，今天恐怕是走不过去了。

更可怕的是，铁路就在山坡边通过，火车通过时的汽笛震耳欲聋。特别是晚上，不习惯这种噪声的人是根本无法入睡的。

我心里有数，如果在这种环境印象和心理状态下，直接到单位去报到，可能会对妻子的情绪和生活造成更大的负面影响。

反复思考权衡利弊后，我改变了主意，暂时不去接收单位报到。

我想给接收单位打个电话，又给谁打呢?

在乌鲁木齐上火车前，我曾给岳阳市农业银行人事科发了一份加急电报，告知了到达岳阳市的时间和车次以及随行人员。在火车站，我没有见到接人的牌子，也就没有问，更没有去找。

“算了！算了！没人接更加逍遥自在。”自我安慰不是没有道理的。

我们先住下，再慢慢做些工作，让妻子有一个思想适应的过程以及情绪稳定的缓冲地带。

岳东饭店虽然不是很气派，但比起新疆小县城的宾馆饭店还是毫不逊色。

“今天累了，就在岳东饭店住宿。”我对妻子说。

“住下休息休息也好，确实也走不动了。”妻子很赞成。

女儿望了一下岳东饭店，有点惊奇地说：“这楼好高呀！”

“岳阳市还有比这楼更高更大的楼房，可漂亮啦！”我还没有说完。妻子就开始呵斥我了：“又开始吹牛了。”

“就是没有也不可怕，我们盖嘛！”我不是爱吹牛，只是想让岳阳市对这些未来的市民有更多的吸引力。

"不知什么时候，爸爸会盖高楼大厦了？"女儿歪着小脑袋反问我。

"不会还不能学吗？！"我谦虚地回答。

听到这话，我妻子就哧哧地笑了，也算笑得开心。

看到这一幕，也正是我想要的结果。这时候妻子的开心，比什么都重要。她影响我女儿的情绪。

板车停下，我付清了力夫费。

刘阿婆执意要回去，在我们的劝说下留了下来。

在火车上闲聊的过程中，我知道刘阿婆去部队看望儿子时，随身背着很多儿子喜欢吃的土特产，经过岳阳市也是匆匆而过。到了儿子部队的驻地——吉木萨尔兵站，没想到是在一个山坡边，连商店都是军人开的。

阿婆悄悄地问孙子："这里不是城市呀？"

生长在农村，已经八岁了的孙子对城市还没有概念。

老人早晨爬到后山的山坡上，向前一望，原来是一望无际的戈壁沙滩。

后来儿子跟她解释，正是这里茫茫戈壁沙滩，来往的军车和军人需要补给和吃饭。

老人虽然没有完全理解儿子的意思。但她知道，部队首长把儿子安排在这儿，就一定有他的作用。

农村人对城市是陌生的。对城市的向往和留念，是令人陶醉的。

我想让她在岳阳市的大街上遛遛马路，逛逛商店。回家后，也好在那些乡亲面前显摆显摆，吹嘘吹嘘，自己送儿子当兵，如今跟着儿子走南闯北，在大城市里的马路上，走来走去是何等的神气与风光。

我就将全家和刘阿婆安顿住在了岳阳市的岳东饭店。

登记住在六楼，我们带上换洗衣服和洗漱工具，其余行李寄存在楼下。

好奇的女儿率先爬到了六楼。服务员打开房门，女儿见一人一个床铺，也很高兴。

房间虽不是很大，但卫生条件很好，最给力的还是淋浴洗澡，配合我改变了些妻子和女儿对岳阳市的印象。

饭店里没有安装空调，洗完澡刚换上干净衣服不久，我就觉得房子里开始闷热。我打开吊扇，吊扇隔着蚊帐，也没有改变闷热的状况。慢慢汗水就湿透了衣服，妻子和女儿有些不适应。她们喜悦的脸庞开始阴沉。

在新疆过习惯了凉爽、干净环境的人，很不适应南方这种闷热潮湿的天气。

我不得不找服务员把房间换到了地下层。地下层的墙脚边就是水稻田，看到一片绿油油的长势很旺的晚稻，我的心里就凉爽了很多。

夜慢慢地深了，人也悄悄地静了。

一股清爽的凉风，从水稻田里飘来，沁入我的肺腑，滋润我的心脾，一种飘飘欲仙的感觉油然而生。

房子里的温度开始下降，也渐渐地凉爽了起来。

我坐起来，借着窗外朦胧的月光，依稀看到妻子那端庄安详而熟睡淡雅的脸庞，露出了久违的笑容。

我轻轻地下床，蹑手蹑脚地走到女儿的床边，端量她那稚嫩的小脸，洋溢着一种天真烂漫的神韵。

在部队时，几名城市兵夸我的女儿美，身材匀称，皮肤白皙，长了一双丹凤眼。

丹凤眼是何状我真的一直没有弄清楚。

今天才发现她那双美丽大眼睛的外角是上翘的。

她俩平稳安逸了，我的心也就沉稳安顿下来。

第二天清早，我带着妻子和女儿、刘阿婆到了岳阳市的南正街。南正街是岳阳市政府所在地，街道宽敞，楼房整齐，人流如织，比较热闹，有些城市的气派。

当走到岳阳市人民银行门前时，妻子站在办公楼前望了又望，很是羡慕，久久不愿离去。

岳阳市人民银行大楼高十一层，设计装潢雄伟壮观。离市政府不远，地处繁华的南津港路，直通南湖古渡南津港码头。

在这里，坐船向南可进入湘江直达省会长沙，朝北可以进入长江游弋中国江南三大名都武汉、重庆、上海。能在市人民银行上班，当然是最理想的单位。

妻子悄悄地问我："这个地方不错，能不能把我安排在这儿工作？"

"能！事在人为。只要努力，一定能！你对岳阳市人民银行有感触，说明你就有这种缘分！"我嘴巴这样说，心却嘣嘣直跳。

虽然没有任何把握，我又不得不做出这个难有结果的承诺。

我心里清楚，这也许是最能稳住妻子心情的一个办法，万般无奈之下又第二次在妻子和女儿面前说了谎。

欣慰的是，妻子的情绪明显好转，女儿的情绪也随之好起来。刘阿婆也许是看懂了我的心思，也随声附和起来。嘴里一直不停地说："是！"满脸笑盈盈。

十一点多，我们又回到了饭店。

吃午饭时，吊扇在头顶上呼啦啦地直响。

女儿几次问："吊扇会不会掉下来？"

"怎么会呢！"妻子不厌其烦地跟孩子解释。

晚饭后，我又带着她们到了南湖大道。参观了国际大厦，游览了金鹗山公园。

南湖大道宽敞笔直，中间主车道就有八道，两边慢车道各一道，之间由树田隔离。

树田里栽着丈二的阔叶玉兰，虽然过了盛开的季节，上面还有些零星的玉兰花照样显眼夺目。

人行道上的法国梧桐，夏天枝繁叶茂，是遮掩太阳最好的树种之一，能给城市带来一片阴凉；冬天落叶，在阴冷潮湿的时节给人温暖的阳光。它像变戏法一样，在人们需要的时候随之而来，在人们不需要的时候挥之而去，还有什么不惹人喜爱呢！

只是空旷的街道上行人稀少，有些冷清。

我并没有冷落之感，沉默之后是爆发，一个热火朝天大干快上建设高潮即将在这里上演。

这是岳阳人果断善谋的眼光，也是岳阳人改革开放的形象，更是岳阳人勇于开创的精神。

二十一层高的国际大厦俊秀挺拔，可与长沙市的最高楼蝴蝶大厦媲美。

国际大厦是原石油工业部为在岳阳市的中央石化企业、巴陵公司和长岭炼油厂的国外专家和国外购销人员，以及高级工程技术人员专门设计而造。

金鹗山公园古木参天林荫蔽日，盘踞在城市中央，孔子书院坐落在其间。金鹗山公园的东大门还没有建好，南湖大道两侧只有市委、南湖小学和巴陵公司三处盖了些房子，其余到处是空地。

“将来我们在南湖大道靠近金鹗山公园的地方买套房子，你们说美不美？”既然妻子都说我吹了牛，不妨再吹吹，我鼓足勇气又吹开了。

“好的！赞成！”妻子和女儿手舞足蹈，异口同声地喊了起来。刘阿婆也在旁边附和着帮我打圆场。

其实这根本不是在吹牛，这是岳阳市在我心目中的雄伟蓝图。社会主义经济建设就靠有一批大胆创新、敢于超前、精巧设想、脚踏实地的建设者。

回到饭店，我们都已筋疲力尽，洗漱之后都很快入睡进入了甜美的梦乡。

后来我才知道：雄性知了择偶时，它不畏盛夏酷暑骄阳，一定会发出爱的鸣唱！

二、欣然进银行

那天天刚亮，我们一家踏着晨露，将刘阿婆送上了东茅岭开往老家东山的公共汽车。

吃过早饭，我带着妻子和女儿，一家三口高高兴兴地来到了岳阳市农业银行机关报到。

抱有希望和幻想的妻子精神抖擞，步履更加轻盈。女儿在行进中总是蹦蹦跳跳。她们的前途和未来，将伴随着岳阳市的发展，像初升的太阳冉冉升起。

在人事科，熊庆元干事热情地接待了我们。熊干事从部队退伍后招考安排到了市农业银行机关。他年纪比我小，却抢占先机安顿就业。

杨辉科长开会回来，闲谈之后告诉我："你是科级干部，党委还没有开会正式讨论分配问题。你们全家暂时住在机关招待所等待通知，先好好休息休息。"

等待分配的日子如坐针毡，真有度日如年的感觉。

人事科科长的吹风意见是：农行接收你。机关暂时没有编制，只能做好下基层的准备，妻子不能同时进农行系统。

听到这样的消息，我真是掉进了"齐腰的冷水里——凉了半截"，根本无法向妻子交代。

我只得自己给自己打镇静剂，妻子不是想进市人民银行吗，着什么急。

我不得不多次找到杨科长，说明情况，特别是道明部队对照顾老边防的承诺。

其实，汇报反映情况只是一方面；另外，就是见机行事，在人事科找到为其做点力所能及而又能显示自己的特长的事；接触接触，打听消息也是任务之一。

我并不是一毛不拔，也尝试着利用夜晚，背着从新疆带回的最好的纯毛毯，乘着灰暗的月色，伺机钻进市分行"一把手"的家里。

刚有人出来，我就蹿到了门前。

我屏住呼吸，轻轻地敲门："咚！咚咚！"隔了两分钟又"咚！咚咚"！

这种敲门方法，我都请教了公关专家。专家说："这种敲法是'请开门'。"

出来的是一位体态适中、穿着华丽、十分漂亮的少妇。

"找谁呀？"少妇问罢，就开始打量我。

"见领导！"我的话还没有说完，少妇就下了逐客令："走！走！走！"

不管怎么解释，也无济于事，我被挡在了门外。

时间长了，杨科长也答应为我在行主要领导那里灌灌耳风，但不承诺能解决问题。

命运难以抗争，但机遇是可把握的。

在等待分配的过程中，金融系统的"教育、清理、整顿"活动开始了。

"机关政工科正式成立，人员还没有到位，科长还是个光杆司令。"这是熊庆元干事悄悄向我透露的。

人事科杨科长对我不是很了解，也不敢贸然建议把我安排在政工科。

熊庆元干事又悄悄向我透露："政工科长姚德胜也是从部队转业的干部。"这就有了接触的前提和共同的语言。

这个消息尤其重要，我如获至宝，也不敢声张露气。

有一天，姚科长来得很早，我也紧随科长进了他的办公室。

我把在部队政治部门主编彩印的《基层建设》杂志送给了他一本，并自我介绍起来："《基层建设》虽不是铅印，却也很精致，彩色的图案也很吸引人。"

科长拿着《基层建设》杂志翻了翻，眼睛就转向了我。

政工科是农业银行专门为这次开展"教育、清理、整顿"活动增设的，走马上任的科长只要有点抱负，送上门来的专业人才是不会放过的。

姚科长开门见山地进入了正题："政工科正需要一名能写会画，

特别是有自办刊物能力的员工。这些天还没有研究你的安排问题，能不能利用休息时间帮我整理资料、写点材料？”

科长的试探，这也是我最想听到的。

“没问题！”我满口答应，还表示：“就是利用早晚空闲时间也要把事情办好。”

有了共同的目标和愿景，谈话的气氛也就更融洽了。

我知道，政工科一般不会只编一个人，如果是一个人也就只能挂靠在其他科室。

人事科长已经表态，机关暂时没有编制这种说法对于我来说，是有很大的余地的。“暂时，不是永久；没有编制，可以先试用。”我心里是明白的，但这种话绝不能从我的嘴里说出来。

说来也巧，听说机关工会有位员工到龄退休，这真的是进机关好的机遇到了。

我的心里好像有了点底，进机关就在于能不能把自己的工作做好，只要能把自己的工作做好，刚上任的政工科长肯定会为我说这个话的。

几天后，我主编的《基层建设》杂志，随着政工科的报告一同送到了分管政工的副行长和分管人事的副行长手里，最后放到了“一把手”行长的办公桌上。

实际情况是，市分行党委还没研究，我就实习上班了。也许这就叫特事特办吧！

科长突然告诉我：“你的编制在工会，人在政工科帮忙。”

随后，我编辑的“教育、清理、整顿”活动《周报》送到主管单位——岳阳市人民银行，他们肯定了我市农业银行的做法，很快转发了我们的材料。

姚科长捧着市人民银行的通报，送到了各位行长和各位科长的手里，他们对这个《周报》没有一个不高兴的。

我记得有位哲人说过：机遇总会留给那些时刻准备着的人。我可能就是这条真理的受益者，时刻准备着。

有时候，光有准备也是不够的。也就是说，你要会把你的特长和能力巧妙地展现在需要的地方；从另一种意义来说，你展现的特长和能力要合时宜，不能弄巧成拙。否则，只能给别人添乱，给自己添堵。

当然，天时、地利、人和缺一不可。这只是条件而已，有时候次要矛盾又会转化为主要矛盾。

有人把部队干部转业说成是人生的转折点，不无道理。能到一个世人都羡慕的金融单位，又有了一个自己乐意的岗位，一切称心如意，为今后的发展创造了一个基本的条件。

这只是一个转折点，如同人生与事业的又一次长征，才刚刚迈出第一步。我决不能掉以轻心，今后的路还很长很长，必须一步一个脚印地走下去。

三、温馨港湾

自己的工作安排好了，可妻子的工作还没有着落。好事多磨。

军转工作开始时，市军转办的计划是把我的妻子安排在市农业银行，安排的原则一般是妻随夫走。可是，市农业银行的主要领导就是不接收我的妻子，给出的理由是专业不对口。

按专业对口的原则安排军队转业干部，对单位来说不一定是坏事，也不能说不是理由。但是，对于军队转业干部来说又不一定是好事，社会的发展往往就是在这种矛盾的斗争中交替前进。

在协商无果的情况下，市军转办又提出了第二方案，将我安排到岳阳师范专科学校去工作，承诺同时安排好我妻子的工作。

我已经安稳地坐在了岳阳市农业银行机关的办公室，得心应手地开展了工作，而且是处心积虑费尽周折才如愿以偿的。退出来，不仅颜面无处放，恐怕会影响妻子和女儿的情绪。

我不担心与知识分子打交道，也乐意与知识分子做朋友，但让知识分子接受我认可我还要有一个过程。

这不是急功近利，而是胸有成竹、顺势而为。

妻子去学校很高兴，却没有任何思想准备。学校的职工住房比银行紧张，这是不争的事实。

更具有吸引力的是市农业银行机关正在策划讨论新址选择问题，办公楼家属区一揽子方案规划图正摆在办公楼前。视而不见，退避三舍，毫无道理。

我在妻子和女儿对岳阳市市貌的第一印象黯淡时，特意到南湖大道去走一走，给她们鼓鼓劲并非空穴来风，而是因为市农业银行的发展蓝图在我联系工作时，就已有耳闻。否则，就是借上一百个胆我也不敢。

这时候，我也不甘示弱，以我是党务干部为由提出了进市委机关的要求。

我知道进市委机关的可能性不大，但有时候人逼急了在关键时刻也会抗争和给别人出难题，其本意就是不想放弃已经到手且快吃到嘴里的苹果。

今年市委机关的军转干部早已报到上班了，这个难题确实难倒了市军转办的领导。

我也知道，出的难题不要过大，要有利于化解矛盾，要适可而止，见好就收。不然的话，只能适得其反，带来副作用。在僵持的情况下我只得做出重大的让步。

有句俗语叫“退一步是为了进两步”。文人墨客不是常说“退一步海阔天空”吗？！

我真想给“狭路相逢勇者胜”来个新的注脚。在战场上，“狭路相逢勇者胜”是有道理的；在平常环境中，“退一步海阔天空”就意义更大了。

作为军人，特别是作为有点文化素养的人，对于理论的运用一定要恰如其分、恰到好处。

这个时候，我与妻子商量：在时机尚不成熟的情况下，暂时不安排她的工作，要求市军转办承诺“择机安排”。

当时妻子对此非常反感，不依不饶，有重返新疆的意图。

我不愧是一个思想政治工作者，充分发挥三寸不烂之舌的作用，又一次“连哄带骗”地把妻子的工作做通了。

市军转办也熬不过死缠烂磨，有点不情愿地还是在妻子的档案材料上签上了“择机安排”四个大字，盖上了岳阳市军转办的大印。过了一段时间，我的档案发到了市农业银行人事科，这才真正成为市农业银行的一名员工。

为妻子工作的安排，可以说费尽周折，也可以说水到渠成，柳暗花明。

妻子的工作如果没有安排好，对于我来说是有压力的。

她离开家乡，随夫远行，本身就是一种考验。何况在决定回湖南时，我就承诺要把妻子的工作安排好，以去除妻子的后顾之忧。

常言道：车到山前必有路，可路又在何方？也许这就是一条路，更加切实可行的路。

妻子没有了工作，从另一个角度来说也是好事。既可以一心一意地照顾好女儿的学习，又可以为我们做饭洗衣服，让我有了更多的时间去做好自己的工作。妻子在做好家务的同时，还进行了一些文化知识的学习，为下一步就业招聘打下了基础。

好在我和妻子既是一对乐观主义者，也是一对有点远见而不为一时一事斤斤计较的理想主义者。

1991 年 9 月 1 日，女儿按时在岳阳市东方红小学报到就读，这个小学是岳阳市的重点学校。我们在附近租了一套六十平方米的房子，离单位也只有两里多的路程，相对而言还是比较满意的。

到此，从宣布我转业、脱下军装、解甲归田、地方安置、报到上班的战略大转移和举家大迁徙，就算安居乐业了。

那不大的房子里，一家其乐融融，不时飞出欢声笑语！

四、铺垫

1992年6月，《时代周刊》公开发表题为《邓小平南巡谈话：谁反对改革，就让谁睡觉去好了》的署名文章。金融系统组织的“教育、清理、整顿”不了了之，自动终止。既没有进行文字总结，也没有召开表彰大会。这表明，改革开放的步子将会更快，力度将会更大。

在近一年的时间里与机关人员的交往比较密切，特别是与行领导接触比较多，我给大家的印象比较好。在市分行工会有个安身立命的地方，也就不担心下基层了。

下半年，国务院公布岳阳市为沿江开放城市，这为岳阳市的改革开放注入了一针强心剂，企业改革和金融改革进一步深入。岳阳市供销系统初期的改革，不痛不痒，断断续续，包袱越来越重，职工彷徨，怨声载道，看不到希望。岳阳市委、市政府决心改革首先从供销系统开始，直接把华容县供销社主任陈德礼提升到了岳阳市供销联社管委会主任的位置上。

陈德礼年纪不大，属于少壮派，敢于挺立改革的潮头。岳阳市农业银行投资支持的市供销系统第一家大型商业企业——九州大厦就是陈德礼一手策划的。当主体工程即将竣工前，他就在全市供销系统招聘了九州大厦的总经理。

陈阁辉任总经理后，对九州大厦的机构设置和人员安排也作了一些大胆的尝试。财务会计科按银行的架构和功能变更为内部银行，人员在岳阳市城区范围内公开招聘。

公布的条件：一是在企业担任过主管会计；二是大专以上文化程度；三是三十五岁以下；四是有银行工作背景。看到这四个条件，感觉就像是为我妻子量身定制的。

我将这几个条件告诉妻子后，我们不约而同地笑了。

妻子参加这次竞聘比较顺利，工作也就得心应手了。

在租赁户资金管理上纳入内部银行管理，切断资金外流渠道。掌握租赁自营户的经营情况，达不到要求的提高押金，不服从管理的清退出门。

部门进货渠道敞开，资金结算必须统一。既掌握部门进货的数量，防止多进少报、多销瞒报；也掌握进货的质量，严禁假冒伪劣、以次充好，树立在顾客心目中的形象。

资金货物统一管理，计划管理，严格滞纳金收缴制度，增加资金的流通周转速度，提高资金使用效率。

妻子的这几招，受到了九州大厦总经理陈阁辉的充分肯定。

有人说：人生道路一步不慎，就会满盘皆输。我认为：人生的道路只要目光是朝前的，心态是乐观的，工作是尽心的，能够认真地做好自己的每一项工作，前进的路上必然是鲜花多于荆棘。

1997 年春天，岳阳市人民银行的改革也拉开了序幕。

从外地调来任职的王一兵行长，在处理一些问题时觉得人民银行机关人员很有目空一切、高高在上的味道。

怎样才能接通地气、改进机关作风、提升业务能力，就摆上了领导的议事日程。他们计划在专业银行的基层单位招聘几名接触企业、热爱企业的专业人才。

我妻子这次又幸运中招了，成了岳阳市人民银行营业部一名专业骨干。与其说靠命运等机会，不如说具备了执着的追求和过硬的本领，那才是你打开成功大门的钥匙，那才是你到达幸福港湾和理想彼岸的风帆。

当然，也不能忽视军转部门“择机安排”这个尚方宝剑。

五、风流韵事

事情有时候会发生戏剧性变化。

有一次，这位“一把手”亲自打电话给我这个市分行保卫科副科长、机关工会主席说："请到我的办公室来一下……"

我受宠若惊，不敢怠慢，健步如飞地来到了行长的办公室。

"我儿子媳妇出了点状况，请帮我处理一下。"他直截了当地说。

他儿子媳妇的事，早就在机关院子里有很多版本的传闻。他儿子进派出所的事，我也是先期就知晓了。

"怎么了？"我装得若无其事地问。

"那小子不争气！太怄人了。先把他从派出所弄回来再说。"行长一脸阴沉，说话的口气还是比较平和的。

"我会用心巧妙地处理好这件事情的。"表了态，也就是领受了任务。

行政科对保卫科处理案情平时就很重视，要车有车，要钱有钱。

我带着保卫科杨福贵干事，火速乘车前往派出所。

市分行机关是这个派出所管辖范围，我们平时的关系处理得比较好。

"这个案子不大不小。但是，要说大也可以大，说小也可以小，就想听一听你们单位的意见。"派出所所长对我们说。

"人在哪儿？"我急忙问。

这样的政策我心中有数：人进了市拘留所，职权就不在派出所了；人进了市看守所，问题也就复杂了；人还在派出所，一切都好商量。

"人还没有移交呢！就等你们的态度！"所长说。

所长这种商量的口气，没有拿大帽子压人，也没有卖关子，说明我们平时与派出所的关系处理得比较好。

"你总得把基本情况跟我讲清楚嘛！"我一本正经地说。

我安排随行的杨福贵干事做好笔记。

所长向我们一五一十地介绍起案情：

"今天凌晨一点许，我们接到市一医院急救室的报告：有名女子受伤不轻，正在接受手术治疗。"

“受害者怎么没有直接报案啊？”我插问。

“这就是案情复杂蹊跷的一面。我们赶到市一医院时，案犯还守在那儿。据了解，医药费还是案犯支付的。”所长感到案情比较复杂也在这儿，不禁摆了摆头说。

“是不是情感纠纷引起的误伤呢？”我想将事件引导到非刑事案情上，拐了一个弯问道。

“有这方面的因素，但也不完全是纯情感问题。不过，在问话笔录时，女孩没有严厉指责案犯的情节。”所长似乎对案情的动因产生了一定的怀疑，“女子”变成了“女孩”，变换了一点态度说。

办案时，警察的认知态度对案情有至关重要的作用。

“女孩豆蔻年华，窈窕身材，青春靓丽，气质高雅，是位多情动人、人见人爱的女孩。岳阳大学在校三年级学生，与案犯是湘阴县同乡。”所长对女孩的美丽十分看好。

“是不是女孩有在我们市农业银行谋一个职业而主动接近或者引诱的因素？”我完全调换了一个角度说。

“哦！有可能。”所长基本同意我的看法。

“女孩伤势怎样？”我开始反问。

“没伤内脏，伤口很深，顺皮而进，流血不少，缝了八针。医生说：‘观察观察就可以出院。’”所长回答说。

“你们很忙，能不能把这个案子交给我们进一步调查处理。调查结论和处理结果及时报告给你们。”我向派出所请求任务。

“我们研究研究再说。不过你们交保证金后，可以把人先领回去。”所长原则同意。

杨福贵干事办完手续。我们带着市分行“第一公子”回到了机关。

领导交代先带回其子的任务完成，也就可以说完成这项任务的大功告成。我简单地询问了一下当事人的经过。他留下那女孩的电话号码就回家去了。

下午上班后，在保卫科戴科长的带领下，我们代表单位和当事人的家属到医院看望和慰问了受伤女孩。女孩出院后，第一时间来到了市农业银行保卫科。我和杨福贵干事一块儿对女孩进行了调查了解。

我们并没有掩饰，开门见山进行了问话。

女孩开始还是犹抱琵琶半掩面，吞吞吐吐，拐弯抹角，不敢面对现实。

“公安人员在审理男女关系案件时，那一定问得比我们更细，什么肉麻的话不怕你不说。他们就是通过当时男女之间沟通的话语来判断是自愿还是胁迫。”我先是提醒。

“这里是工作。男女情爱，人性欲望，私心杂念，没有什么是见不得人的。你实事求是地把过程跟我们讲清楚，也许我们还能帮你。这点你心里应该明白。”我也是警告。

女孩一改扭捏之态，稍微大方了些。她说：

我叫李静雅，是岳阳大学的学生。

两年前，我们同学在岳阳“百乐门”跳舞时，同乡介绍认识了甘哥。甘哥风流倜傥，仪表堂堂，是“百乐门”的老板。我在岳阳没有什么熟人，就主动互留了电话号码。

大学毕业面临着找工作，能安排在岳阳当然是我梦寐以求的事。甘哥可能猜出了我的心思，经常星期天约我到茶座聊天。有一天，他突然问我哪些单位好，我当然钟爱金融或政府。他夸口银行没问题。

有次在百乐门听到别人说他爸是市农业银行的行长，我就动了心。

你来我往，日久生情。

为了实现人生理想，我也开始设计达到目的的途径。我也谨慎小心，始终保持着最后一层不可轻易被捅破的膜，也就是说绝不可能上他的床。甘哥曾在国际大厦开过三次房，一直都没有得手。明年毕业，马上就要实习了。我不能让快到手的鸭子飞了。这次是我主动开的房，他带上水果按时赴约，又在服务台借了水果刀。

青春萌动的我们，温柔缠绵，他有必得之心，蠢蠢欲动，软缠硬磨；我是处处设防，强忍冲动，就是不解带。

甘哥顺手拿起水果刀说："不行你把我捅了，或者我就把你捅了。"

我相信他不会做出这样的傻事。

甘哥翻身就骑到了我的双腿上，我如坠云雾。他双手抱着刀顶着我的腰，我的双手也就抱着他的手，并没有夺刀之意。就像男女做那种事一样，到底是他用的力，还是我使的劲，真的无法说清楚。

当时我并没有感觉到什么痛。我松开手，他也松开手，刀子就掉到了地上。我们俩都发现自己的手上有很多的血，才知道了问题的严重性。他撕了一条床单给我包扎，也没有止住血。

甘哥就开车把我送到了医院。

女孩一口一个"甘哥"，并没有流露一丝胁迫之意，是青春男女你恩我爱的人性自然迸发。只是两者各自都带有自己的目的，还不到水到渠成的地步，也验证了"心急不能吃热豆腐"的告诫。

我熟悉公安处理这类事情的原则：男女关系，只要不是公共场合或聚众淫乱，公安是不宜介入的。我真佩服公安人员审理这类案件时的淡定与从容，也不知道他们这时的面容与表情。过于严肃、过分轻浮都有碍于案情进展，何为恰如其分呢？

事后，我们保卫科给派出所去了一份报告。除过程外，结论是：婚外情并没有发生到通奸，双方说不清伤害是谁使的劲谁用的力，男方负责住院的医药费。

其实，医疗费早已由她的甘哥支付了。也就是说，只要派出所同意我们的结论，也就算结案了。

这件事只有领导的儿媳妇不太满意，她找到我问为什么！我笑着告诉她："有些事情特别是情感问题，你拦是拦不住的，只能顺其自然。对于你的丈夫，最好的办法就是增加你对他的吸引力。你吸引不住他就放手或者是你毅然离他而去！"

一场闹剧就这么结束，不久后也就风平浪静了。

有次在基层检查工作时，恰巧碰到了这位女孩。她红着脸悄悄对我说："我是清白的，也是无赖的。"

我认真地告诉她："不用问你的工作是怎样来的，只要你努力工作，对得住这份工作就行了。"

六、逐波扬帆

常言道：知识就是财富，知识可以改变命运。

随着改革开放的进一步深入和社会对文化程度的更高要求，大专学历已经不适应新的形势了。

怎么办？自己心里非常清楚，再次走进课堂是不可能的。

但还是有两种办法：唯文凭而文凭，参加函授学习是一个最简单的方法；如果要提高文凭的含金量，那就只得参加自学考试，任何捷径都是难以达到提高自己素质之目的。

学什么专业好呢？如果不能掌握自己的现状，又何以把握自己的未来？我决定从研究自己开始，从自己的学习兴趣着手，揭开自己素质的真实状况。假设学其他专业，只得从头开始。二十多门课程，从精力和时间上都没有保障。

我在新疆昌吉学院学习汉语言文学专业时，已完成了十三门中文专业课程的学习与考试，再进一步完成《语言学概论》《文字学》《中国文化概论》《教育学》《心理学》《比较文学》《儒家文化的现代价值》等十一门课程后，即可获得本科文凭。这既是一条捷径，又能获得高一层的毕业文凭，进一步加强自己的文化功底，何乐而不为呢？

参加自学考试的难度可想而知，对于课本教材必须认真通读，来不得半点马虎和轻视；对于概念性的东西，必须死记硬背，来不得半点虚情假意。

当你走进考场，信心来自于扎实的功底。也就是说当你拿上卷子，扫视一下卷面时，所有题目都似曾相识并不陌生，这样才可能有一个满意的答卷。

当我进行第一场考试时，走进的是我女儿一年级的教室，监考老师又是我女儿的班主任李老师。

这真是一种巧合奇遇，父女同室学习竞技，不能说不是一种难得的境遇和机缘。

自学考试对于成年人来说，还是有一定难度的。我没有贪功好大，急于求成，而是稳扎稳打，一步一个脚印。

每年攻克两门课程，没有耽误和拖延。挑灯夜战读课本，六年寒窗寻梅苦。

这时候，就同部队打仗时攻克了一个又一个山头，最后冲上山顶，夺取了战斗的最后胜利。

十一门课程终于大功告成，顺利地拿到了烫金的大红毕业证。

我的这种刻苦钻研、学而不厌的精神，也感染和启发了我的女儿。她从小学直至硕士毕业，可谓一路劈波斩浪、顺风扬帆。

在银行从事政治工作不是我转业的初衷，却是我的必经之路，并且是不可逾越的。在这个路途，我没有碌碌无为、虚度年华，反而学到了也摘到了很多不可替代而且是终生受益的东西。

政治工作包括政治思想工作和党建工作两个大的部分。先在银行从事政治工作对我来说起码有两大优势，一是轻车熟路，自己有比较丰富的部队政治工作经验；二是在做好银行政治工作的同时，有一个学习和掌握银行专业知识的过程，不至于自己是门外汉。

党建工作在金融系统也有一个发展变化的过程。顾名思义，党建工作就是党的组织建设工作。

党组领导体制和党委领导体制，同样是党的领导，但在领导的方式和方法上是有区别的。党组领导的重点在于保证党的路线方针政策在某个部门的贯彻执行；党委领导不仅要保证党的路线方针政策在某个部门的贯彻执行，还在于领导的方式和方法的重要性。那就是充分发挥党组织和党员领导干部在教育和管理党员中的优势，用自己的影响力、党支部的战斗堡垒作用以及广大党员的先锋模范带头作用，来实现党委的意图和目标。

党组领导体制和党委领导体制，是毛泽东建党学说重要组成部分的两个侧面，各有其侧重。两者之间最大的区别在于：党组没有培养、发展、管理、处分、开除党员的职权；而党委才有这个职权。

当初，金融系统作为经济工作部门，按党章的规定设有党组。党组对业务工作具有领导职能，但对党员的发展和管理没有管理职能。

党组领导体制时期，党员的发展与管理是由机关党委（支部）履行其职责，接受地方机关党组织的管理。这就带来了业务工作与党务工作的不协调、难配合，使业务和党务管理脱节，党支部的战斗堡垒作用和党员的先锋模范作用难以发挥。这就形成了各级领导和机关重业务轻党建的倾向，能力强的人员都选配到了业务部门，能力弱的流向了党建部门，造成了党务工作不规范、不完善的状况。

不管怎样，自己曾经是部队的专职党务工作者。自己心里更清楚，越是别人不愿意做的工作，可能就会更好地发挥出自己的优势。

这时候，我根据部队党员发展的程序和要求，为机关党委撰写了一篇《党员发展程序和规范》，受到了机关党委书记陈亚伯的重视和关注，很快在岳阳市金融系统得到推广。

还帮助机关党委建立了“三会一课”等党员管理教育制度，设计布置了党员活动室，使党员的管理教育工作慢慢走上了比较规范的路子。这一炮，又打响了。

这些做法，我又想法在湖南《城乡金融报》和《岳阳日报》上变成了铅块字刊登出来，让更多的人看到，在更大的范围推广。这一炮，打得更响。

个人的发展与成功，有时与人的机缘是难以分开的。

就在这个时候，全国金融系统实行党委领导体制，党务工作人员就成了香饽饽，也就给我提供了一个大显身手的舞台。

根据新的精神，成立党委的市级金融机构必须将机关党委与人事部门合并，在党委领导体制内设组织部，在行政机构中设人力资源科，成为两块牌子一套人马。

党务工作更加引起了各级领导的重视，更重要的是加强金融工作中党的建设成为当务之急。

理论是先导，从理论到实践都必须进行新的尝试和探索。

经过酝酿和准备，我的党建论文《开展批评与自我批评，进一步加强党的建设》呼之欲出。

这是一篇纯理论文章，先在《岳阳日报·理论学习》（1999 年 1 月 14 日）摘要刊出，后在《学习与研究·理论·旗帜》（1999 年第 7 期）和湖南《农业政策金融》（1999 年第 10 期）两个刊物上分别全文刊登，并被中国社会科学出版社收入《新世纪探索·全国理论创新文论》一书。

一场声势浩大的、全党性的以“讲学习，讲政治，讲正气”为主要内容的“三讲”教育活动全面铺开。这项活动不仅在金融系统如火如荼，各行各业也在地方党委的统一领导和安排下不断深入。这次活动的主要形式是通过自我学习，在党内开展批评和自我批评，达到自我提高之目的。

这又使我撰写的《开展批评与自我批评，进一步加强党的建设》一文有了更加不凡的影响。

根据活动的要求，我又进一步地对开展批评和自我批评的方式方法，用《再论开展批评与自我批评》（《学习与研究·理论·旗帜》1999 年第 9 期、《岳阳日报·理论学习》2000 年 8 月 10 日）进行了系统的阐述，报刊纷纷刊登和转载。

岳阳市政研会组织优秀政治理论文章评选时，《再论开展批评与自我批评》一文夺冠，成为唯一的一等奖。

我真是受宠若惊，不敢相信自己的耳朵。

也还有人透露了一个内部消息，岳阳市更高层次的由市委、市政府组织的社会科学成果奖即将举行。《再论开展批评与自我批评》将作为岳阳市政研会具有代表性的作品，推荐给岳阳市第三届社会科学优秀成果评选委员会参评。

2000 年 6 月，论文评选结果出来，果然不负众望，《再论开展批评与自我批评》获得岳阳市第三届社会科学成果奖，我成为岳阳市军转干部和农业发展银行系统获得此项殊荣的佼佼者。

在岳阳市，政治理论为市委宣传部独霸、党的建设为市委组织部独揽，这两个部门的笔杆子林立，专家如云。其他部门要想在政治理论或党的建设两方面有所建树，那是难上加难的。

我可能缘于军人敢于挑战、永不言败的气质和风骨，虽然误入了笔杆子的“狼群”，却杀出了“舍得孩子，才能套得住狼”的虎威。

接着，我又陆续撰写了《党支部书记“三会”》《关于加强基层党支部建设的几点思考》和《基层党建工作要在“三个结合”上下功夫》等加强基层党支部建设的系列文章，在《农业发展与金融》《学习与研究》和湖南《农业政策金融》等杂志上发表。

这些在《农业发展与金融》《中国经济时报》和湖南《金融经济》等报刊上发表的和比较有影响的文章，都被《中国知网》收录。既供需求者阅读，也可以下载。

这就是机遇，机遇在于把握。机遇就像战机，稍纵即逝，难以再有。也可以说，当你发现机遇时再去准备，那时一切皆成往事。

一路走来，虽然借风顺水成就了自己，我坚持读书学习，不断丰富自己的知识，补充新的能量，不能不说是一个特点和优势。而始终笔耕不辍，探究理论，著书立说，不能不说又是为自己走向成功搭建了平台和阶梯。

在日常生活中，也常常见到一些人无所事事，怨天尤人，总看不到别人的特点，更看不到自己的弱点，指望有一天突然从天上掉下一个大馅饼来满足自己的欲望。

一名银行从业人员，光知道政治工作往往是不够的，还必须要有一定的或是比较丰富的金融知识，这些都必须经过刻苦努力的学习和钻研。在从事政治工作的同时，我还把对金融知识的学习作为一个努力的方向，希望今后能派上用场。

我从新华书店买来了很多金融方面的专著和书籍，有《货币银行学》《会计学基础》《金融学》《宏观经济学》和《金融市场学》等十多种，业余时间几乎都泡在书里。

不进行系统的学习，就连“资本金”和“资产负债”等最起码的常识都搞不清楚，怎么能往更高层次发展呢?

有人说万事开头难，我认为坚持更加难。这里有一个决心和毅力问题，只要有了决心和毅力，才能坚持下去。

我又拜读了库勒的《货币战争》。

事实证明，在社会发展进程中自从有了货币，货币战争从来就没有停止过，并且比兵器战争更加残酷，是一场骷髅遍地而不见鲜血的战争。

这些年，美国之所以把他们的军事重点从欧洲以及中东调整到亚太，甚至印太，军舰、航母在我南海横冲直撞，就是因为中国的人民币在国际上的崛起，冲击和动摇了美元在世界上的霸主地位。

殊不知，当中国的人民币进入特别提款权（SDR）货币篮子后，这些进入的人民币就可以作为现有的黄金和美元储备以外的外币储备。这样就可以提高人民币的货币地位，实现人民币的国际化，促进中国金融体系的改革开放。这表明中国的大国地位被国际社会的认可，并将极大地提高国内外投资者的信心，而这些恰恰都是美国不愿看到的。

七、洪流激荡

2002年年初，邓小平改革开放的理论经过十多年的实践，更加发力。

省农发行党委顺应改革开放的历史潮流，酝酿着一场较为深刻的干部管理制度的变革。这似乎又给那些有志之士带来希冀与曙光，而我则庆幸自己身强体壮正当年，逐波扬帆正逢时。

农发行株洲市分行在全省农发行公开招聘高级管理人员，这是一次挑战，也是一次机遇，更是一次考验。作为一名有抱负有担当的人，面对挑战毫不犹豫，面对机遇胸有成竹，面对考验勇往直前。

有的人盼改革，望改革，一旦改革的浪潮席卷而来的时候，又有些畏缩或犹豫。进与退、攻与守就在于一念之中。

不能彷徨，要有主见。否则，就会乱了方寸。

交流干部两地分居在生活上是会有一定困难，公开招聘的职位肯定也是有一些特殊性的情况。直白地说，就是有一定难度的。

这个人生与事业的课题再一次摆在了我面前。思来想去，考虑再三，困难是可以克服的，难题是可以化解的；夫妻分居又给我提供了全身心投入的有利条件。

解决问题并没有什么难：一靠用心，二靠智慧，三靠能力，吸引人心，激发热情，精心布局，就可以扭转颓势，稳步发展，出奇制胜。

首先自己得有这种自信和勇气。

实力加上勇气，竞聘得心应手，任职一帆风顺，到位雷厉风行，这就是改革的力量。

我到株洲后，上电梯碰到的第一批人员，就是省分行调查株洲市分行基建违规调查组的人员。尽管省分行人事处黄新处长没有详细介绍情况，但在竞聘过程中关于株洲市分行的问题已略有所闻。

就职大会上，人事处处长宣布了省分行党委对我的任命文件。

我就职演说的时间并不长，也许是思路清晰、言简意赅、切中要害，掌声和气氛显得十分热烈。

“在座各位骨干的能力其实都比我强，每个人都有自己的特长和优点。”我的就职演说就这样开始了，没有形容词，没有客套话，而是对大家的尊重和肯定。

第一句话对各位骨干的肯定调节了气氛，低头的几位科长开始抬头注视我，我也觉得这样讲效果好。

有时候，别看台下人对你表面上不屑一顾，两眼蔑视。其实是在看你肚子里究竟有多少货，你那几斤几两能不能压住他这秤砣砣。压住了，他就会向你靠紧；压不住，他就会把你悬在高空，叫你下不了台。也还有些关切的是与他的利益是否有关。

我接着说：“今后株洲市分行的工作搞好了，成绩是大家的，中层骨干都可以竞聘当行长。”

其实真正想当行长的并不是很多，但对株洲市分行前任领导的工作满意度确实有不少人是打问号的，这个我心里是有数的。

“当然啰！选拔行长还必须有一个程序，不然大家都挤在这儿，怎么个当行长。我有我的特长和优点，是省分行党委按程序竞聘选拔上来的。”我的话还没落，就有了些掌声。

曲径通幽，循序渐进，就看你能不能抓住职工的心，把大家引导到自己所关注的问题上来。

这时，我压了压稍微有点激动的情绪和语调继续说：“今后，如果我说得和做得不对的地方，请大家指正。或者说，谁对听谁的。这个问题很好解决，办法就是多开些‘诸葛亮’会议。”我把市分行管理的方法也直接亮了出来。

这些话肯定了职工的主人翁地位，尊重了职工的民主权利，也是共产党执政最基本的民主形式，是普通员工最爱听的。

没有侃侃而谈，没有豪言壮语，更没有装腔作势。也许他们还觉得这个就职演说干脆利索、朴实无华，由衷地给予了热烈的掌声。

有了掌声，有了共鸣，大家的情绪就好，热情就高，劲头就足，也就为我今后顺利开展工作铺平了道路。

认识了解株洲市分行，掌握第一手资料是当务之急。

自己曾经是一位部队的思想政治工作者，有足够的工作经验。先没有大张旗鼓地召开什么座谈会，而是深入食堂、库房、会议室和招待所等公共场所察看一番，掌握实情。

这些地方更能反映一个单位干部职工的精神状况，听到员工的心声和呼唤。很快，株洲市分行党委召开会议明确了各位班子成员的分工，我的分工和任务艰巨肯定是意料之中的。

财务会计是株洲市分行的短板，前段时间违规现象比较普遍，一些违规情况尚在处理之中。

向行长报告同意后，我第一次带领办公室、财务会计、纪检监察几个部门的负责人，深入基层开展调研检查。

沿途走了几个县支行，所到之处受到热烈欢迎也是可以理解的；所到之处的所见所闻，却是难以置信的。

几个支行都是新购或新建的办公营业场所，这里根本没有一丝银行的味道。办公楼当街的是清一色的商业门面对外出租，营业部不是在院内就是在楼上，几乎成了商业公司。

这里给我的第一印象似乎很糟糕，很唐突。

农业发展银行本身客户不多，业务量不大，还自圆其说，美其名曰："一切为了安全"。

"一切为了安全"的提法不科学，何况资金的安全并不只有刑事犯罪分子的侵害。

银行经营的"三原则"的标准答案是流动性、盈利性和安全性，这出于"银行是经营货币的特殊企业"的属性和"货币在流动中增值"的概念。当然也有人把安全性或盈利性放在第一的，这脱离了银行的属性和经营的宗旨。

殊不知，货币的流动不仅指贷款，还有交易、买卖、存储和结算等，都是货币流动的范畴，都是银行盈利的途径。所以，货币的流通是受人民银行监控的，“代金券”是一种违法犯罪行为。

在商业银行对企业的贷款发放后，企业的回笼货款必须缴存到商业银行。企业直接再次用于进购生产原料都是违规行为，是要罚息的；企业将流动性贷款或回笼货款直接购进生产设备用于扩大再生产，是更严重的违规行为，商业银行不仅罚息，还会收回贷款予以惩戒。

这就引出银行的另一大属性，那就是服务企业，老板发财；活跃经济，商行得利。在市场经济循环过程中比比皆是。

我们来到某先进支行时，支行年轻的周行长正在二楼围着瓦工师傅转，设计营业间的营业柜台。

他见到我们也很热情，开口的第一句话就是：“管财务的行长来了，给我们带来了多少钱啊？营业间装修正缺钱呢。”

“你还需要多少钱？”我的态度很严肃，但没有发火。

因为是第一次见面，他也摸不清底细。他看了一下我的表情，就报告起了他的需求。

“到底需要多少钱，明天上午到你的办公室再研究。”说完我们就回到宾馆，开了一个调研小组会议。

会上我直接问财务会计负责人：“营业间建在楼上你们是什么态度？基建你们是怎么管的？你们下来检查过没有？”

“我们觉得不妥，也向领导反映过。”财务会计负责人觉得很是委屈，也觉得自己权力太小。

“今天不要妥不妥的说辞，只要行不行的态度。”我态度很严肃，也很严厉。

几位负责人看到我的态度很坚决，都纷纷表明了态度：不按设计图纸建设，超标准装修都是违反财经纪律的。

大家的意见统一后，这就更加坚定了我扭转株洲市分行基建违规陋习的决心。

其实机关部门负责人时刻盯着你，看你领导有没有政策水平，有没有敢于负责的精神，有没有敢于碰硬的底气。只要你有，他也就会有；只要你含糊，他就会更含糊。

这是见风使舵者的处世哲学，也是应付昏庸领导的保位哲学，在政府和各部门很有市场。

违了规，违了纪，下有支行，上有领导。

检查时走马观花，发现问题视而不见，表示态度模棱两可。这是市分行机关中层骨干的一种普遍现象。

我暗下决心，必须尽快纠正、妥善解决好株洲市分行基建的那些棘手的问题。

“银行就得有银行的样子。营业场所是银行的‘脸面’。这个‘脸面’就像一个人的脸面，怎么能够藏起来呢？尽管我们目前的客户还不是很多，业务量还不是很大，首先得要把我们的形象树起来。”我的话语很平和，大家听得认真。

“恐怕这些门面出租的目的，是为了干部职工的福利。”我针锋相对一针见血地指出了少数员工的真实意图。

“总行已经作出了开正门、堵后面的决策。对株洲市分行基建问题的调查，我们再不能不闻不问，我行我素，重蹈覆辙了。我们一定要有高度政治敏感性和判断是非的洞察力。”我的话观点鲜明、态度坚决，得到了大家的认可。

第二天上班时刻，我们提前十分钟就到了支行的会议室。

会议按时开始，支行班子成员及中层骨干也悉数按时参加了会议。

支行周行长主持会议并作了开场白，最后“欢迎市分行领导讲话”。

“先由市分行几位科长讲讲，我最后讲。”我把硬担子直接交给了几位随行的科长。

“营业场所一定要从二楼搬到一楼。”财务会计科科长的话还没有说完，支行主管基建的黄副行长就开腔了，并且是反诘的口气：“已建的营业柜台怎么办？”

“该拆的拆。一定要按你们上报的设计方案施工，并要保证营业场所的面积，按时开门营业。”我接过黄副行长的话，态度很坚决，似乎没有商量的余地。

对于基层这样不理智的人员，我毫不客气，这也是对机关中层骨干的支持。

我知道，一些上级领导为了推卸责任，在上报楼堂馆所建筑设施方案时，一般都不偏离规定的建筑面积和限定的投资要求，把违规的责任转嫁给下级。

他们在检查时争只眼闭只眼，再有上级检查发现时，就巧舌如簧地为其辩解说好话。

一旦既成事实，能过关就蒙混过关；过不了关就上蹿下跳，欺上瞒下，托人情，找关系，想法化解。如果化解不了，上级执意要予以处理，那就大事化小，避重就轻，轻描淡写。

其实里面很复杂，也有一些事件是上级领导授意的，也只能由下级来承担责任。

有时候，对于违规人员的处理文件刚到，违规人员又到新的地方任职去了。也许，这种情况就是下级为上级承担了责任所得到的补偿。

一时间，这种作风还视为所谓的本事，为数还不少。

这个支行的行长心里很清楚，违规必定受到查处。但就是没有领导出面敢于担当，大喝一声予以纠正错误。

对于这种情况，中央又不得不发文明确：根据对受处理人员处理的轻重，规定受处理人员在不同时间内不能任命同等职务。

这次严肃纠正违规建设营业办公用房问题，在株洲市农业发展银行掀起了不小的波浪。有鼓掌的，有观望的，也有说三道四的。

不管怎样，自己始终要把握住两点：一是要行得正，挺得住；二是要把握政策，不偏不倚。

不久，我组织市行机关和各支行开展了“违规的代价”大讨论，收到了事半功倍的效果。

从此，株洲市农发行违规事例得到收敛遏制，风清气正、干事创业的氛围逐渐形成。

八、巧接地气

不多久，一位年轻员工来到了我的办公室。

我还没有沏好茶，他坐下就滔滔不绝地说开了。先是奉承了一番我敢于纠正偏差的雷厉风行的作风。

“不敢当！不敢当！”他夸我时，我连连摆手。

“今后还得靠机关员工的大力支持。”我满脸笑迎，热诚应承。

其实这个人我很面熟，他就是市分行机关传达室的门卫。他的基本情况我也清楚：函授中专毕业，在信贷科从事过内勤工作，机关老职工的子女。

接着他就申诉自己在市分行机关改革中受到的不公正待遇。

我不便于先表态，更不能说些不置可否的话。

于是，我就主动问他：“你自己有什么想法和打算？”

“看你是个好人！”他恭维地说。

“我是不是好人，这里不谈。你能说心里话，我倒想听听。”我和蔼地说。

好人的标准是可以说清楚的，但在这个时候又是难以说清楚的。

因人的心态不同，理解就不同。如果我满足了他的要求，也许他就认为是好人；达不到他的要求，也许就不一定是好人了，甚至是不识好歹的坏人。

“那我就把真心话跟你说了，我是被个别人整下来的，不想当门卫。门卫既不光彩，也不自由。”他看气氛很好，毫无顾忌地说出了自己的真心话。

这个时候说人与人的关系，弄不好会钻进圈套出不来，反而造成误会，带来今后工作的被动。

人际关系是社会关系的重要组成部分，是不可否认的。这里有正常的人际关系和庸俗的人际关系，处理好了可以给我们的工作带来方便，处理不好会给今后的工作带来麻烦，这点我的心里是清楚的。

当然，人家能敞开胸怀面对领导，这是对领导的信任。

我拐了个弯给他来了个反问："你想干什么工作？你能干好什么工作？"

"我给你当秘书，给你提包，跟你跑前跑后，一定会搞得很好。"他不假思索地说出了自己的真实想法。

他只看到秘书在领导面前八面玲珑的一方面，根本不知晓秘书还要为领导当好参谋，出谋划策，提供数据，拟写材料，几乎都是夜晚进行的另一面。

"你这个想法很好，只是我还不够配秘书的资格。跑前跑后就不用劳驾你，也没有那个必要了。不过，能当秘书在办公室还是有用武之地的。"我对他的想法还是给予了肯定，既说明自己还是一位普通的领导，又给他指明了工作的方向。

这时，他的心里美滋滋的。

"当秘书得有秘书的特长，写文章是当好秘书最基本的条件，光能跑还是不够的。"我的话锋一转，来到了怎样当好秘书的话题上来。

他似乎没有思想准备，两眼紧紧地盯住我。

我看出了他的心思，似乎他不善于写文章，也不善于言辞。

"这些天，我接触了几家农发行所属粮食收购企业负责人，他们遇到了一些粮食流通体制改革所带来的特殊情况。这些问题不予以解决，将对粮食流通体制改革产生不利的影响。"我看他听得很茫然。

"我给你写个提纲，一个星期后交一份三千字左右的调查报告好吗？"我以问话可否的形式给他提出了明确具体的要求。

我顺手在电脑上操作起来，打印好后交给了他。他拿着提纲，匆匆地离开了我的办公室。

这篇文章的提纲与其说是交给了这位职工，不如说是自己揽上了这项任务。

如果说这是一次竞赛，那我只能赢，才能在员工中建立起威信。我要把这篇文章作为见面礼送给市分行全体员工。

要写好一篇文章，特别是写好调研报告，深入调查是非常重要的，这也是我了解所属企业和掌握第一手资料不可或缺的一步。

第二天我就抽调了一名客户部门的经理作为助手随行，随即到了株洲市粮食企业改革改制比较彻底的攸县和相对滞后的醴陵市调查研究。

我们起得较早，轻车简从，不到十点就到了攸县粮食局所属城关粮食收储公司。

在这儿开会的不仅有县粮食局的主要领导，还有主管粮食流通体制改革的主管县长、县农发行行长、城关和新市两个粮食收储公司的负责人，以及中层骨干十多人。

攸县粮食局原有粮站九家，正式职工三百多人，收粮旺季临时人员加起来不下五百人。

改革改制后，只保留了城关和新市两家，都更名为粮食收储有限责任公司。人员削减到七十七人，其他人员以每人三万元买断工龄和补足养老统筹为前提，与粮食部门脱离了隶属关系。

资金来源是原单位的盈余资金（银行存款）和仓库折款，一次性付清。

攸县粮食流通体制改革得益于统购统销时，经营管理得当，长期与广州市粮食部门有密切的协作关系。有稳定的粮食资源和销售市场，得以较好的发展，是当时攸县最好的国营企业。

城关和新市两家新公司有效仓容七万五千吨，其中国储占库四万一千吨，但能投入收购储粮的仅有三万四千吨。

这些数字都来自于企业报表。

改革的关键时候，国家正式启动了我国第一次粮食最低保护价收购政策。

国家虽然在启动前作了一些调查，但我国产粮区域大，情况复杂，粮食流通体制改革进度不一。

这样就需要我们解剖麻雀，为国家执行和调整政策提供第一手资料。

会议由农发行行长主持。彭行长简要介绍情况后，我即说明来意。

“攸县粮食部门，在计划经济时期和改革开放初期，是湖南粮食系统的一面旗帜。这次粮食流通体制改革仍然走在前面，起到了领头雁的作用。国家为了保护农民利益，启动了粮食最低保护价收购政策。因为是第一次启动，难免有政策的不平衡性和地区的特殊性。请大家根据攸县粮食部门的实际情况，对照最低保护价收购政策的适应性和对进一步促进粮食流通体制改革的作用，结合攸县的实际谈些看法。”我开门见山地说。

尽管只有这么几句话，前一天晚上也是做了点准备，看了些资料和学习了最低保护价收购政策，可以说是深思熟虑的。

我的普通话不标准，平时说话像放连珠炮一样，今天尽量压低嗓子，咬准字音，防止大家听不懂。

我的话音刚落，粮食局陈局长抢先发言：

“关心农民，保护农民种粮的积极性，是党的一贯政策，我们坚决拥护。最低保护价收购政策是保护农民利益的具体措施，一定要落实到实处。”

陈局长资历较老，讲话也是一套一套的。他停顿了一下，对视了一下县长，环顾了一下参加会议的人员，接着说：

“就我们攸县而言，改革比较彻底，一切都已按部就班。根据政策要求，国有收储公司和国有控股收储公司才能发放保护价粮食收购贷款，承担保护价收购。我们只有两家符合政策，其他七家都不符合政策。从目前的粮食市场来看，保护价抬高了粮食收购价格，改革改制新产生的民营企业也只得跟进提价。否则，就收不上粮食。承担政策性收购的企业不仅能得到充足的资金供应，还有收购费用、保管费用、损失损耗、政策托底，具有明显的优势。保护国有粮食企业是对的，但我们的七家民营企业是去年改革改制刚刚到位的，而且这些人员也是刚刚从国有粮食企业分流下来的。政策差距太大了，不利于粮食收购，也不利于改革改制的进一步深入。”

陈局长喝了口茶继续说：

“民营企业还存在着价格波动的风险，在政策性银行贷不到款的情况下，其他商业性银行肯定不会发放贷款。这样，又派生出来另一个问题，即便国有收储公司有资金，但没有人员，也没有仓容，网点也少，更不方便群众交粮；而民营企业恰恰相反，既有人员，也有仓容，网点也多，很方便群众，就是没有资金。这种状况如果得不到有效解决，保护农民的利益也只会是一句空话。”

他的发言振振有词，博得了大家的掌声。

我在认真做好笔记的同时，心灵也受到了冲击。心想，有了这样的素材和第一手资料，不怕你写不好调研报告。

主持人招呼大家补充，有的摆了摆手，有的摇了摇头，表示没有其他意见，掌声表示了一致的支持意见。

“其实，国有收储公司和民营收储公司是一对亲姊妹。为了适应社会主义市场经济的发展，姐姐出嫁了。国有收储公司与民营收储公司在最低保护价收购中，能做到优势互补才是最佳方案。我们作为两种收储公司的主办银行，管了国有的，不管民营的，那民营企业的老贷款自然会产生更大的风险。”主持人的措辞很准确，补充的意见很在理。

一个企业，没有后续资金的供应，必然产生资金链的断裂，造成企业经营的困难，甚至倒闭，后果不堪设想。

主持人没有忘记自己行长的角色，他的担心不是没有道理的。

最后主管县长作了总结性发言：“政策的制定具有普遍性，一些问题具有特殊性，政策的实施不能千篇一律。一项好的政策，贯彻执行的过程也是一个不断调整完善的过程。希望我们市农发行的领导客观地向上级反映情况，以促进我们攸县粮食流通体制改革改制稳定向前发展。”

座谈会开得很成功，发言者无拘无束，畅所欲言，各抒己见，气氛和谐，展现了政府、企业和银行间的融洽关系。

下午，我们一行察看了城关粮食收储公司的仓储设施。

第二天，我们看望和慰问了新市粮食收储公司的员工。粮食系统员工们的劲头十足，热情高涨，库存保管到位。

我们回程路过醴陵时，在改革改制相对滞后的醴陵市粮食部门停留，约见了粮食局局长。

这位局长四十多岁，个头不高，人特别精明，也能言善辩。

到他的办公室不久，他就旁若无人地讲起了他的政策经和预言：

“我早说了，改革不能急于求成，要边等多看。这次又让我揣测对了，社会主义离不开国有经济，共产党依靠国有经济。只要你们农发行能满足我们的资金供应，我们可以把收购网点设到整个株洲市，让那些民营经济和个体经济都依附到我的旗下，我当老大。”

这个局长的口气很大，也很具有火药味。他的底气来自于在领导面前阿谀奉承，平时生活中不修边幅，一般人拿他没有办法。

也有人说：这个人上蹿下跳，左右逢源，上能讨好领导，下能忽悠群众，中能拉拢职工，是醴陵市的一个“活宝”。

这个人善于研究政策。机关不到三十人，他就设有一个政策研究室，专门负责对中央及省市粮食政策的研究。研究人员可以直接与中央及省市粮食部门的特定人员联系，建立特定关系。

这个人更善于钻空子，只要上级有政策可以支持的，上级有政策可以补贴的，上级有政策可以核销的，总是文件还没下发，他就做好了一切准备工作。

这个人也确有一定的能耐，也被一些领导和部分员工视为“能人”。

我尽量引导这位局长对粮食流通体制改革和粮食收购政策谈些看

法，但他的举止言谈无不透露出他的得意与自傲。我也郑重其事地给他谈了政策，明确了纪律，提出了要求："能揣摩到政策，这是好事，我们一定要把政策用好。当前主要的任务就是要腾出足够的库容，最大限度地把农民的余粮收上来。你们醴陵市也是一个粮食大市，不能盲目乐观，要多想到问题，也要多估计困难，充分做好准备。收购资金不成问题，但绝不能挤占挪用和亏损挂账。收购上来的粮食一定要管理好，上要对得住党和政府，下要对得起黎民百姓。"

他对醴陵市的农业情况和粮食系统的基本情况的确很熟悉，没拿笔记本一口气说出了全市早稻面积有多少亩，预计商品粮有多少吨，仓容有多大，员工有多少人，资金需求有多大。

他说的，我都一一记到了笔记本上。

我知道他这里的仓容是够的，人员也是充足的。

在行政管理上他还是敢管，有魄力。我们在市周边几个网点检查了一下，他的收购准备工作还是做得比较好。

一路上给予了表扬和充分的肯定，局长的心里乐呵呵的。

这些年，醴陵市粮食系统职工的福利待遇比较好，市委市政府、市要害部门及其关系户的家属子女都安排到了这里，人员臃肿现象比较突出。

我也知道，国储省储在这里是不敢存放的，因为他总是以各种理由耗损，在株洲市是出了名的。

敢于管理，善于批评，严格要求，是我的风格和特点。

晚饭后，我们回到了单位。随后，我到行长办公室将检查和调研所掌握的情况向行长作了具体的汇报。

行长指示，第二天召开行务会讨论收购资金供应与管理办法。

回到宿舍，我对一路的所见所闻，特别是座谈发言和职工群众的建议作了一个回顾总结。觉得感受不少，收获颇多，心情久久难以平静。

第二天，我把这次对粮食收储企业的检查和调研情况向行务会作了较为详细的汇报，随行客户经理也作了补充，谈了一些自己的看法。行务会成员都发表了自己对国家第一次出台保护价政策的建议和准确把握落实政策的难点等问题发表了意见，讨论了最低收购价实施细则的框架。

行长在概括性发言后安排，在办公室材料准备好后他要亲自率客户、信贷部门负责人到省分行进行汇报，以得到省分行对一些具体问题的明示，谋划和安排好下一步工作。

九、文随影行

几个晚上，当我拿起国务院《关于实行最低收购保护价，切实保护农民利益的通知》阅读后，总是心潮起伏难以平静。

国家启动保护价收购农民的余粮，表现了党和政府对农民的亲切关怀。只有政策真正落实到位，才能让农民得到实惠。

每当铺开纸张拿起钢笔时，觉得这支钢笔沉甸甸的，难以下笔。

在保护农民利益上，有很多赞歌可唱；在宏观政策把握中，有很多经验可谈；在微观现实生活中，却又有很多差异难以把握。到底从何处着笔，重点应该放在哪里？一个农发行员工和领导者的责任感应运而生。

当最低价收购政策与粮食流通体制改革发生了一些矛盾时，上级政府和上级领导要在第一时间把握，以便调整思路，进一步完善制度，推动粮食流通体制市场化改革。

反复思考后，最后落笔在粮食保护价收购政策对粮食流通体制改革的排头兵——株洲市攸县粮食部门的影响上。

又是几个不眠之夜后，一篇名为《莫让最低收购价成为双刃剑》的构思和题目跃然纸上。

第一手资料已经掌握，文章的中心思想和题目敲定后，下笔如有神，行文一溜烟。

三个夜班，三千多字文章的第二稿完成。

文章不仅客观地反映了启动粮食最低收购价政策对粮食流通体制改革的影响，还重点提出了要确保粮食最低价收购政策和粮食流通体制改革同步推行，相互促进。建议政府不仅要调控粮食收购价，还要调控销售价格；不仅要调控市场价格，还要调控供求关系，保持粮食市场和粮食价格的相对稳定，使最低“保护价”收购成为“托市价”。这“保护”与“托市”两字的变化，彰显了中国农业发展银行的职能和地位，为中国粮食市场和粮食价格的稳定作了理论铺垫。

几天后，《莫让最低收购价成为双刃剑》一文，通过株洲市农发行编辑的《要情反映》，在省分行加“按语”后上报到了农发总行。总行领导在材料上签字后送到了主管部门——总行粮食信贷部。

主管部门负责人用电话与我核实了几个具体问题后，随即将材料送到了《农业发展与金融》杂志社和《中国经济时报》编辑部。没几天，这篇文章陆续在《农业发展与金融》杂志和《中国经济时报》刊登。不久，湖南《金融经济》以封面文章转载。

农发总行领导向国家相关部委进行了汇报。国家相关部门组织粮食政策协调小组对基层所反映的最低保护价收购中出现的问题进行了研究。

不久，农发总行对最低保护价收购的贷款主体资格进行了调整，民营企业也纳入了最低保护价收购贷款发放范围。这一措施不仅促进了粮食流通体制改革的进程，也活跃了粮食收购市场，促进和引导更多的民营资金进入收购领域，减少了国家基础货币的投放，对于国家金融市场的稳定起到了一定的促进作用。

十多年来，这一政策一直沿用至今。

十、新苗破土

过了一段时间，我用电话与还在传达室岗位上工作的小刘联系，询问交给他写的文章出来了没有。

“还没有，正在准备。”从电话里我就听出他有难言之隐，一时无法完成。

“不用急，慢慢来，也许好事多磨。”我一边安慰他，一边给他打气。

“没有时间限制，写好了就给我送来。我们再认真地分析探讨，争取把文章写好，向上级客观地反映一下株洲粮食流通体制改革的实情。”我既不能给他压力，又得让他树立信心。

“那我就认真地准备吧！”尽管他遇到了难题，也不好意思直说，也就顺水推舟地把事情应承了下去。

这一等，不知道过了多长时间，那篇文章我也没有见到。

当然，他一直也没有再找我调换工作，更没有谈当秘书的话题了。

小刘想当秘书的传闻，在株洲市农发行范围内一时也发过酵。

有人当面半开玩笑提意见，我并不回避这个问题。

我在员工大会上公开亮出：“不拘一格选人才，毛遂自荐、考试招聘都是好办法，只是好事一定要办好，绝不能以好的形式招摇撞骗，行拉帮结派之实。”

有段时间，一到夜晚，就有些具有真才实学的员工拿着文章到我这里探讨。

其中，湖南大学财经学院毕业的小彭是农发行招聘的员工，经过几年的实践对农发行的前景充满了希望。

他在基层工作锻炼了几年，正跃跃欲试，听到机关办公室招聘员工的传闻后，约了几位同学到我的办公室交流。

交谈无所不及，包括金融管理、人事改革、社会风尚等。

交谈气氛融洽，好像变成了自由论坛和人生漫谈。

我与年轻人在一起，似乎自己又回到了追梦的年代。

我待人诚恳、亲和友善、举重若轻、没有架子的形象，被几个年轻人在株洲市农发行也就慢慢地传开了。

小彭离开时我送给他一本《农业政策金融》杂志，杂志上有我一篇《农业发展银行的人才现状及开发》的文章。

我是有意的，但也没有直接跟他说明。他却很留心这本杂志。

有一个晚上，小彭给我送来一封信就急急忙忙地走了。

他刚走，我就迫不及待地打开信封看了起来。信中写道：

尊敬的朱行长：

您好！

读到您的大作，十分荣幸！

想不到现在我们做的课题，其实您几年前在岳阳市农发行时就已经做了。

我反复研读了几遍，觉得您提出的观点贴近农发行的现实，是一个农发行人事干部对农发行人才现状的最深层次和最富现实意义的概括。

其中提到的“选才不能高谈阔论，要实事求是，从农发行的实际需要出发，这是解决农发行人才问题的关键所在；片面追求高学历不适合基层行的实际”等。

这些观点都是经过深入的调查研究得出的真知，对农发行选人用人具有相当强的指导意义。

相对而言，您的观点比我的更成熟、更严谨、更科学、更具有操作性。而我的观点最多只能算是一介书生的井蛙之见，可能更多看到的是农发行目前人才和用人现状的不足，有“愤世嫉俗”之嫌。

我提到的要建立激励机制、加强员工系统培训等观点，与您的某些观点不谋而合，幸甚！

前次与同学谭蜀湘到您的办公室小坐，得以聆听您关于中国经济和社会改革的一些观点，尤其是其中关于政治经济学的研究，我深以为然，获益匪浅。

希望以后能经常得到您的教诲和指点。

此致

敬礼！

学生：彭伟奇

2003 年 2 月 27 日

这封信说明农发行的职工群众特别是年轻的职工群众，对人事制度改革是抱有迫切希望的。

对于肩负起改革重任的领导层特别是刚上任不久的新官更是责无旁贷，义不容辞。株洲市农发行人事制度改革在自己的职权范围之内，也在上级改革的范围目标之中。于是，一场人事制度改革在株洲市农发行风生水起，如火如荼。

不温不火、按部就班是改革的一种办法，但耗时过长，效果难佳。胸怀志向拖不起，业务骨干等不及。

另辟蹊径，选准突破口更具挑战性。

我们就从正在开办的电脑培训班开始，在培训的同时，边宣传边动员，在这里撕开了一个口子，改革的春风拂面而至。

市分行压缩其他开支，机关人人配备了一台电脑，信贷员配备手提电脑用于办贷。

在为难了一些人的时候，也的确提高办贷效率。

在中层骨干竞聘时，使用电脑作为一项重要条件，这样就使一些不会使用电脑的老同志主动退到了二线。一批从大专院校毕业的学生走上了机关中层骨干和支行的领导岗位，小彭就是其中之一。

我在株洲市农发行工作的几年期间，信贷管理、财务制度、干部聘任、考核评比等，不仅走在省农发行前面，在农发总行也很有名气。在省农发行达标考核获全省第一，总行来复查时得了满分。也许这是个原因，株洲市分行年轻的谢行长任职两年就被总行选调提升为总行机关的部门副总经理（副厅级）。

十一、含情花怡然

异地交流干部的夜晚是难熬的。

读书写作的兴趣，也可以冲淡寂寞和无聊。即使有那么一些应酬之后，只要拿起书本或者铺纸提笔，其他欲望都一股脑抛到九霄云外。

男女搭配，干活不累，这是人们在社会交往实践中总结出的经验，也是纷繁复杂的自然现象的科学诠注。相互吸引是交融的告白。女性在工作中的亲和力和胶着力不可低估。

动物和植物都有一种同生共长，杂居互攀的特征。同类物种在一起的语言交流是从情感交替开始的。其他群种或其他物种误入无法进行情感交流，将必然会被驱离。

从植物生长中我早已发现这种现象，真正理解还是退休之后，起因是一块小菜园。

有次我邮购几棵辣椒苗，销售园艺师问我雌雄怎么搭配。我虽然不惊讶，却解开了一个多年的谜。

那是大集体的时候，我年纪还不大，生产队队长在安排种南瓜的妇女时，必须考虑是不是生过小孩。小孩生得越多的妇女种南瓜的机会就越多。

在江南，水田里的农活较多。妇女能安排在旱地劳动是一种奢望，也只能是少数人如愿以偿。

其实这种自然密码早已被农艺科学家破译，只是当时农村文化教育还很落后，历史对人类美好的愿望的传承掩盖科学的真相。

我印象中的那一片片同类植物生长茂盛，植株相差不大。而那些异类植物，要么雄健在上，或者低矮在下。那些脆弱的慢慢灭迹，倔强的渐渐改变习性，成为低矮的喜阴厌光植物。

于是，孔子著名的“道不相同，不相为谋”的论断应该增加新的内容：习性不一样的动植物是不宜同生共长的。

一个人如果完全拒绝和回避与女性的交往，也不是一个正常人的状态。但在与女性特别是美女的交往和接触中要恰到好处，不远不近，不亲不疏。

工作与交往之中摆脱不了红颜美女相伴，但单身男人特别是成功的单身男人，在夜晚是不宜孤男寡女在一块儿的。

有时候，就在夜深人静时，或许突然会有妙龄女郎挑逗你的神经。

一天晚上十点多钟，我洗完澡就坐到桌前正准备看书。手机里传来了“嘀嘀！嘀嘀！”的音响，我知道这是信息。我赶紧拿起手机打开，一条“人生得意须尽欢”跃入我的眼帘。

我再仔细一看，手机上并没有显示姓名，信息也是无头无尾，我觉得莫名其妙，就放下了手机。

我也是个古诗词爱好者。这句脍炙人口的诗句，是唐代诗仙李白著名诗篇《将进酒》中的名句。诗人借酒消愁，引题发挥，豪放高歌，抒发了忧伤难平的人生感慨和愤激情绪。诗中交织着失望与自信、悲愤与抗争的情怀，体现出诗人强烈的桀骜不驯的个性，但也摆脱不了诗人低沉消极的人性弱点。

“我站在太行山下，仰望山顶，月光如水，诗情画意，心潮澎湃。对不起！我本来是发‘会当凌绝顶，一览众山小’给你的。不知怎么就是想不起来了，就把李白《将进酒》中的‘人生得意须尽欢’错发给你了。”我再次拿起手机时，心里也就立即明白是何许人也。

“你手机怎么不是原来的号码了？”我问。

“前两天我的手机不小心丢了，今天买了一部新手机。”她解释说。

“不用说明。我理解！”我还没有发出去，她的下一条又来了：

“一个月马上就要结束了，情急之中就动了‘歪脑筋’。想起了你的电话就发给了你。”

女人就像孔雀开屏一样，善于把自己的美丽展现出来，让别人欣赏。

对于一个楚楚动人文采飞扬的少妇来说，你的冷酷漠视也是一种残忍。

“莫使金樽空对月。”我情不自禁地就给她补回了下句。

“高山流水。”

“纯美爱情。”

……

“伯牙摔琴。”

“痛失知音。”

共同的兴趣爱好，就容易在心灵深处产生共鸣！

这里仿佛有一种林黛玉葬花的伤感！嫦娥乎！美女也！更有一种小凤仙遇蔡锷的妙音！知己乎！文学也！

她回来后，到我办公室汇报工作时，一脸无赖地说：“上级安排三十天的财务会计辅导检查实在是时间太长了。路程那么远，星期天也不能回家。我们大多数都是婚育期妇女，在一起口无遮拦，闹得俩男生不敢近我们一步；几位姑娘成天红着脸在那儿埋头工作，晚上竟然责令我们搬去和男生一块儿睡。日子真的是熬出来的。”

我理解她们，有次侧面向上级财务会计部门的领导暗示了这件事。领导嗤笑我是“妇女队长”。后来，省际的财务会计辅导取消，市际的改为相邻间安排，人性化管理更有利于调动工作积极性。

在株洲市分行也有人调侃我说：“以前株洲市分行的交流干部与家属是‘半月谈’，朱行长来后变成了‘周周乐’！”

“那你们不是成了‘天天读’吗？一定要悠着点，身体是革命的本钱。”我立即回敬了他们一句，这里面有很大的取乐的成分。

在交流期间，每到星期五晚上，妻子就在那儿翘首以待，等着我回家。这是政府给的权利，也是夫妻间的义务。遇特殊情况，都会提前告知，从来没有望穿秋水的叹息！

我也真的当了一次“妇女队长”。

那年“三八”节与星期天连在一起，我曾承诺过带机关妇女到张家界搞活动。

安民告示可以带丈夫，费用必须自理。上车左等右等也不见一个丈夫出现。

“怎么都成单身婆了？”显然我有点不爽。

大家都不吭气，给了我一闷棍。

“都说你太小气，不如在家里当几天自由神。”机关妇女主任说话了。

“看样子机关妇女在家里还蛮有权威的了，那些烟鬼酒鬼色鬼（爱跳舞）麻将鬼，都应该好好管一管了。”我嘻嘻地说。

“那不都成气（妻）管严了。”还是没有其他人吱声，妇女主任说。

“那有什么不好！妻管严不得艾滋病！”大家哄堂大笑。

该出发了，我只得临时通知机关工会主席参加。单枪匹马是不能与女职工出差的，政策管死了不轨之徒利用出差晚上钻进女职工房里睡觉。

一路上，歌声笑声不断飞出车窗外。

回来后，有职工问我：“你们看了些什么地方？”

我郑重其事地向大家宣布：“爬了‘两座峰’，游了‘金鞭溪’。”我故弄玄虚地逗得个个乐呵呵。

在场的女士面面相觑，各自猜测到底这位领导爬了谁的山；几位男士的目光总是在那些漂亮的和性格大方的女士中扫来扫去。

“遗憾的是，我没敢进那‘黄龙洞’。”我不慌不忙慢条斯理地补充说。

在场的女士比男士笑得更厉害，有的捧腹，有的流泪。

到过张家界旅游的人都一定知道：那里群峰林立，星罗棋布，鳞次栉比，气势磅礴；险、奇、怪、绝、峻、峭、灵、秀是其特色，给旅行者无限的想象空间，是一幅美不胜收的山水画卷，令人依依不舍。

但是，已经开发的，游客能亲身体验的，也就是那么几个标志性景点。

黄石界——听听广告词就知道它的魅力：不到黄石界，枉到张家界。这不是，花了钱总不能白跑一趟吧？

袁家岭——进了张家界景区，导游一定会给你讲袁家岭那美丽传奇凄楚动听的爱情故事。随着导游两片嘴唇的搅动，倏然让你心旌摇曳，春情荡漾，就像有一根绵绵红线牵着你的心，你能不去吗？

如果不是夫妻随行情侣同伴，不用渲染润色，当你讲给那位听的时候，她（他）一定是含情脉脉地梦呓：咱们游金鞭溪吧！

金鞭溪——九曲回肠清泉幽，一线天开暗香流，芳草若茵掩溪怨，劲松陡壁翘头愁。

黄龙洞——就隐匿在路边的山坡上，不留意难以发现。口小洞深，洞中有厅，洞中有河，是当今世界上已探明的喀斯特溶洞最经典最杰出的代表之作。石笋、石柱、石幔、石枝、石管、石钟乳、石珍珠和石珊瑚千姿百态，琳琅满目，异彩纷呈。

到了黄龙洞旁，你能强忍自己的欲望不进去饱览绝世奇观吗？

为了弥补我们没有进洞的失落感，后来我陪着妻子重游了张家界。

游完之后，妻子深有感触地说："不游张家界，完美人生留遗憾；进了黄龙洞，心情愉悦浑身爽。"

"我们领导还有这一手，好像还没有发现。""快嘴科长"笑得满脸泪花地说。

"快嘴科长"是市分行财务会计科科长，不仅长得漂亮，嘴巴甜蜜，性格温柔；还腹有经纶，伶牙俐齿，眼疾手快，办事利落。"嘴"在株洲的土话中跟"计"同音。所以，"会计"就成了"快嘴"，而这个"快嘴"又与她的性格相似。我一喊出去，这个"雅号"就不翼而飞了。

"我身上你还没有发现的东西多着呢，能让你知道不就麻烦了。"我顺从了"快嘴科长"一句。

"你又开始耍嘴皮子了。"她与我斗开了嘴。

"我早几天耍嘴皮子，把你们乐得像猫一样叫，那我是应付不了的。今天你们谁敢像猫一样叫，我就打电话给你们的丈夫，亲自把你们一个一个领回去，把你们收拾得舒舒服服。"

大家乐不可支，笑逐颜开。

上班时能使员工尽职责，休息时能让员工乐开花，是没有搞不好工作的。

有人发来了滚烫的而让人陶醉的现代诗《不要忘记我》：

不要忘记我

佚 名

什么是缘分呢？
一见钟情？
相知相惜？
平平淡淡？
日久生情？
我想，
只有真正努力的人，
才能遇到好缘分。

请把这三个感谢，
转寄给你认为是"好朋友"的朋友吧。
亲爱的朋友，
想对你说三个感谢！
第一个，
谢谢你让我走进你的生命，
做你的朋友。

或许我不是你最精彩的，
但是我会尽力做得更好。
第二个，
谢谢你愿意走进我的生命，
扮演朋友的角色。
或许你不是唯一的！
但却是我生命中最精彩的。
第三个，
谢谢你一路走来，
很多的包容、安慰、关心、用心……
所有的深情都在你给我的回忆中。

在这美丽的夜空，
你在想谁呢？
我当然想起的是你啦……
亲爱的好朋友！
有缘做好朋友也是很难的，
只有彼此将心交出，
没有事是不可能的。
不过，
千万不要勉强！
请把我的祝福送给你最喜欢和最关心你的人。
当然也可以送回来哦！
我等你。

人的思绪是复杂而凌乱的……
当夜深人静时，
你又会想起谁呢？

我会想起，
与你认识后的林林总总；
也会想起，
曾经发生过的点点滴滴。
直到我们都年老时，
是否会像现在这样，
坐在电脑前，
互倾心声。

我想到那时候，
我们都老得无法打字了。
不管如何，
我们永远都是最真诚的好朋友。
如果你同意我的看法，
请把这个信息再传给我。
让我知道，
你是多么地在乎我！

职员特别是交流干部在情感问题上，是不能含糊的。路边的小花不能采，就是再怡人的鲜花也不能摘。她有她的空间，你有你的局限。你要有距离，但不一定要远离；你可以呵护，还可以欣赏。这就是大家的风范和情怀：花自怡然花怡人，放怀欣赏两相宜。

我便即兴赋《株洲感怀·五绝》一首以表心怀：

感悟人生短，
情添夜更长。
红颜知己美，
简案淡茶香。

这首诗我在赋吟的时候，第四句还是“难捧芳心尝”，这是我的原意。寄给我的诗人朋友后，他给我改成了“滴滴用心尝”。他告诉我“滴滴用心尝”，符合千奇百怪各种人生梦想的人，这样读者群就会大些。当然也包括我。不同身份素质和不同理想追求的人，有不同的情怀，也就有了成百上千种不同“品尝”的方法，这就是诗人的情愫与浪漫。我反复推敲斟酌后，来了句彰显我这种性格特点人物的叹韵“简案淡茶香”。

这里，也包含了我对夫人的一片情意！

心潮澎湃之余，又即附短文两篇以自省。

都是“银子”惹的祸

一位富人请教一位哲学家：“为什么自己有钱后并不比过去快乐，而是越发狭隘自私了？”

哲学家没有正面回答，只是将他带到玻璃窗前。问他：“向外看，你看到了什么？”

富人说：“我看到了外面有许多人。”

哲学家再将他带到一面镜子前。问他：“现在你又看到了什么？”富人回答：“我自己。”

哲学家笑着说：“窗子和镜子都是玻璃做的，区别只在于镜子多了一层薄薄的银子。也就是因为有了这点银子，便教你只能看到自己而看不到世界了。”

读了这则故事，我不由想起了另一件事。

某单位一位职员，原本体魄强壮，性格开朗，日子过得有滋有味。

后来，他得了一些不义之财，便把这些钱放在家里藏了起来。从此，他上班时小心翼翼，察言观色；下班回家也很少和家人说话，经常一个人喝闷酒，生闷气，最后忧郁成疾，卧床不起。

到这时，他突然领悟：是贪婪的恶魔控制了他的身心。

后来，他投案自首，得到了从宽处理，又重返生命的正道，找回了曾经失去的快乐！

无论是那位向哲学家请教的富人，还是这个得了不义之财的职员，其遭遇均缘于两个字："金钱"。

不错，金钱可以使人富足，但金钱也可以挡住人们的视野，奴役人们的灵魂；金钱可以买到物质享受，却买不到平安、快乐、健康和幸福！

当你缺少金钱时，你可能"忙碌并快乐着"；当你拥有金钱时，特别是得了不义之财后，则可能失去许多比金钱更宝贵的东西……

每个当权者都一定要耐得住寂寞，挡得住诱惑。

不为"孽情"来障目

古人云：一叶障目，不见泰山。

在茫茫人世中浮沉的我们，有时总不免对事物产生错误和肤浅的认识。然而有谁想过，蒙蔽我们真实双眼的，也许就是每个人都具有的"情"呢？

以情障目，不见泰山；孽情障目，岂止不见泰山而已！

情近，则信任、亲近；情疏，则怀疑、冷淡。这只能是一般人之常情，恐怕不能成为党员领导干部的人之常情。

然而这或亲与疏的情，特别是权贵们见不得人的孽情，却往往在很大程度上左右着他们的决策，使之认知浅薄，失之偏颇。

翻开中国古代王朝兴衰史一看，竟有如斯感叹！

君不见，为博褒姒一笑，周幽王的三百里烽火不仅烧出片刻的欢喜，更吞噬了周王朝的大好河山。只因"六宫粉黛无颜色，回眸一笑百媚生”的妹妹，杨国忠便在一系列提拔中平步青云，扬眉吐气，唐王朝的衰败也由此而起。而吴三桂情动之下“冲冠一怒为红颜”的劣迹，千百年来仍然令人发指。

愤激致死的屈原，惨死风波亭的岳飞，之所以成为令人扼腕的悲剧，除了统治阶级的利益冲突，难道就没有很大一部分是与君王疏远的原因吗？

只因君王之目为情所障，看不到有幸埋下忠骨的青山，只看见前呼后拥巧言善媚的奸佞。

统治阶级腐朽没落的思想在当今一些政客中也有所蔓延，少数贪官用人民的血汗豢养成群的“红颜”，则为人民所耻。

为情所障，不见泰山；不为情所障，则得真知灼见。

“横眉冷对千夫指”的鲁迅，若不能挣脱出“人情”的枷锁，又怎能成为天地间最不屈的斗士和中国最硬的脊梁？

过多地考虑恩情亲疏，只会为自己的认知带来不必要的障碍。因此，我们必须做到理智、清醒地对待自己的感情，勿以情障目，勿以亲疏论英雄，更不能以“孽情”扰乱了我们蓬勃发展的建设事业。

每个当权者都应该始终牢记，权力是人民给的，我们应该为人民服务。

在一次同学聚会上，我兴致勃勃地说起了我的《株洲感怀》后。就有同学说：“当权者都有你这样的情怀，不愁反腐不成功！”

十二、烫金本

在文笔上的那点儿优势和自己的勤奋笔耕，为后来的职称评聘创造了一定的条件。

其实，我在竞聘株洲市农发行副行长之前的十年，也就是1992年3月，就被岳阳市农业银行评聘为机关政工师。

这期间，我抽调在岳阳市农业银行政工办协助工作，正可谓吉人自有天相。

那次金融系统初次评聘政工系列的职称，岳阳市农业银行在等待之中擂鼓开张。

市分行已经有了经济系列的职称评委，政工系列的评委理当由市分行班子成员和政工部门的负责人组成，材料审查集中在政工办。这一方案的初稿是我起草的，至今记忆犹新。原因是金融系统的政工部门是新成立的，经验不足，而我曾经在部队政治部门组织过职称评定，驾轻就熟，胸有成竹。

那个时候，金融系统能拿起笔杆的人为数不多，即便有几个也都集中在业务部门。这样一来，职称初审的任务就落在了我的身上。

为了把握政策，在材料尚未交上来之前我就收集了上级行关于职称评聘的文件资料，对其内容进行了认真阅读，重要的还做了笔记，有些在文件上还做了标记，以便在评审过程中对没有理解文件精神和有疑惑的，或者关注和参评的员工进行解惑释疑。

文件明确规定的硬性条件中有：从事思想政治工作八年以上，在省级以上报刊发表文章三篇以上……其他条件则伸缩性很大。看着看着，一股激情在自己的胸中升腾。

按这个文件精神和条件，我是符合申报高级政工师的。我反复对文件进行了斟字酌句的推敲，并没有发现其他什么玄机。

这期间，我对自己的材料也进行了认真细致的收集整理。

在部队时，《解放军报》《人民军队报》《新疆日报》《支部生活》等报刊登载了我不少的长篇大论。就在几天前，湖南《农村金融报》也刚刚发表了我的《影响安全工作的心理因素及矫正的方法》。这些材料我不仅留有原稿、刊载的报刊和稿费邮单我都整齐地收存在这里。按说这些发表的文章对评审工作来说是最好的佐证资料。

对其他人的上报材料，我急忙进行了预审。

在这些申报材料中，没有一篇文章是曾经在哪里发表过的。不说是省级的，就是市级的也没有，几乎都是工作计划、会议讲话和总结报告。会议讲话还署有名字，而工作计划和总结报告不可能署个人的名字。

一般情况下，这些材料应该是办公室或部门起草的，那些领导只是这些材料的敲定签发人。

我还发现有些材料连时间都搞颠倒了，也有的概念不清、层次混淆。

岳阳市农行申报高级政工师职称的名额只有三个，而恰好市分行领导申报就有三人。也就是说，没有高级经济师职称的行领导都在这次申报名单中。

这时候，我的心里打起了货郎鼓，怦怦直跳。看样子，我要申报高级政工师是不可能了。

不管怎么说，自己还是有底气，因为我是符合那些申报资格的硬条件。不管行不行，也得找机会跟领导汇报汇报，反映反映情况再说。

我便借此机会去接触领导，壮着胆子走进了领导的办公室。进门看见领导正在窗户下的鱼缸前欣赏非洲鱼。

“领导好！”我对领导满脸春风，面带笑容。

“请坐，请坐！”领导对我客气地让座。

领导回到了大办公桌后的老板椅上，一副官腔对我说：“职称评审，政策性很强，牵涉着很多人的利益和荣誉，难啊！”领导难为情地跟我诉起了苦。

“这有什么难的？符合条件就申报，不符合条件就拉倒（算了）。”我如实地说出了自己的想法。

“哪有那么简单！符合条件的多着呢，想评职称的更多，难平衡啊！”领导满脸难色地又向我解释，“在那些中层骨干中，有很多优秀人才，都可以评聘中高级职称。可是，政策就是不行。”领导一个劲儿地摆头，那语气好像是在说政策不公平。

我不甘示弱地来了句：“文件没有规定中层骨干不能评聘高级职称呀？”我的反问似乎点中了领导的命穴、死穴。领导的脸色开始阴沉下来。

“文件是没有规定中层骨干（科级）不能评聘高级职称，但在省分行职称工作会议上省分行领导明确地讲了：高级职称主要是在处级干部中产生，不宜在科级干部中产生。”领导放慢了讲话速度，一字一顿，有眼有板，就怕我没有听清这些政策是出自上级领导的讲话。

其实，这点我是清楚的。领导的讲话也是用正式文件下发的，一样具有文件效力。

但是，我在查看文件时，特意仔细反复地查阅了领导的讲话。领导的正式讲话中是没有这一规定的。

“印发领导讲话的正式文件里，好像没有这样的规定？”我据理力争。

“难道领导在会上讲的不是正式的吗？”我的话音还没有落，领导就吼叫开了，而且领导的讲话越来越急促。

我想，也许是这种政策会影响广大基层干部的积极性，不宜在文件中直接表述，也就由领导脱稿而讲了。

在那个时候，只要是领导讲的，哪怕是在个别场合所讲的，虽然不具文件效力，却具有很大的影响力。

一般情况下，只要自己的态度温和，不与领导直接顶撞，讲道理领导还是会接受的。即便当面给你一个下马威，若事后领导想清楚了，也会对你敬畏三分。

于是，我把话锋一转，提起了既与评聘职称有关但又不直接对抗的话题：“现在大专院校职称评聘，主要对象是做学术和做学问的教师。领导干部（校长、处长）评聘职称，还必须从事教学。”

“这就对了。我不是每天都和员工打交道，搞调研吗？没有职称，怎么领导机关中层干部从事调查研究呢?”领导的反问使我瞠目结舌,难以启齿。

评聘职称,是表示你有没有相应的学识水平,而不是你领导不领导做学问的。这不就是给“外行领导内行”一个托词和金色的光环吗?

“金融系统的领导与大学的领导是有区别的,不能混为一谈,更不能用别个单位的经验来指导我们单位的工作。改革要大胆,要有力度,要出成绩。”领导明火执仗,毫不掩饰地又给我上了一堂生动的政治课,我无言以对。

后来随着改革的深入和制度的完善,加之一些有识之士的无私进言,使金融系统的科级干部也可以评聘高级职称了,这是金融系统在用人选人制度上的一大进步。

也许是金融系统工作的特殊性,后来的职称评聘也就无所谓了。一是银监局进行银行高管人员任职资格审查时,没有了技术职称的要求,现在二级分行的高管几乎都是助理师技术职称。大学本科的在职职工,满两年后填一张表,就是助理师职称了。而中级职称必须参加政府主管部门组织的统一考试,考试是有一定难度的。二是工资奖金只与行政职务挂钩,职称工资一般都成了档案工资,退休后方能显示出来。这些规定很现实。那么,对那些无用的东西,又有谁再去刻意追求呢?

交流到株洲市农发行任副行长后,金融经济师职称成为我追求的另一个目标。

从事政工出身,具有政工师职称,还可以评聘高级政工师,按理说应该心安理得了。

作为银行二级分行的高级管理人员,从事的是金融经济高管的决策事宜。要做好这件事,当门外汉而听从于别人是不行的。

考职称必须先学知识,好在刚进银行时就到新华书店购买了有关金融的、经济的、财务的、会计的、货币的等十多本专业书籍。这些专业书籍我都用业余时间进行了比较系统的通读,在这方面我有一定的准备。

这次又有人事部印发的《金融经济师统一考试复习大纲》作指导，只要花点时间，下点功夫，我是有一定把握的。但不能掉以轻心，任凭时间匆匆而过。

从报名到考试的那半年时间里，只要有点空闲我就拿出书本来读。特别是晚上，几乎消磨在书本中。

也正好，异地交流干部有比较充足的时间，吃职工食堂不用做饭，茶余饭后也可以啃上几口书本。

2002 年 11 月 17 日，我记得是个星期天。

当我参加考试走进岳阳市第四中学校园时，熟悉的和眼熟的人很多，其中岳阳市农发行系统就有十三人，大多数是全日制本科毕业生，这对我而言其压力可想而知。

每个考场里只安排二十人就考，一人一张桌子，讲台上和后排各有一名老师监考。监控探头闪着绿光，手包手机尽收讲台，巡考队定时在讲台上敲桌子，表示他们的存在，让人有一种戒备森严的感觉。

市农发行系统仅有三人考试合格，我实现了自己的心愿。

2004 年 3 月，农发行五年一次的高级职称评审工作开始。

我的附件资料准备得比较充分，申报工作非常顺利，这些都得益于自己平时的勤劳笔耕。

是年 10 月，专家答辩会议在河南郑州市举行。

答辩室里，台上坐着总行和来自全国农发行系统的专家，好是威严。

抽题有五分钟的准备时间，提问当场作答。虽有点紧张，但在“过五关斩六将”之后，我终于拿上了烫金的大红本资格证书。

这个过程与结果，是对自己知识积淀的测试，是心血付出后的回报，是重振雄风的新号角，更是下一步展示自身价值、从军人转变成为金融行家的加速器。

十三、香妃怨

在新疆部队生活了十八年，从天山博格达雪峰下的天池旁往返的次数是无法统计的。

那个年代，除部队纪律约束外，旅游对于中国人来说，还是一个陌生的词汇。随着改革开放，人们的生活水平不断提高，重游新疆的愿望开始萌生。

2005 年 8 月，也就是女儿出国深造的前夕，我带着妻子和女儿，历时半月在天山南北飞来跑去，改变了对新疆的认识。

香妃的故事耳熟能详，我把行程的第一站就安排到了喀什。

不到喀什，不算到新疆，就不知道新疆的神奇。

第二天，妻子起得最早。她不停地催促我们，就怕耽搁行程，影响旅游计划。

我们从乌鲁木齐地窝堡国际机场出发，天山、雪峰、达坂、戈壁、沙漠、原野、河流、绿洲、城镇、乡村尽收眼底，好一幅自然山水水墨图。

三小时之后，在喀什机场降落。

我背着行囊，妻子和女儿跟在我后面形影不离，就怕走失上当受骗。走出航站楼，我在一个报刊亭旁停下，笑逐颜开地说："买张喀什地图。"

"是要交通旅行图还是市区地图？"售报员的提醒使我措手不及。

这不是紧张，而是自惭形秽。我自以为内地什么都比边疆先进发达。没想到，自驾旅游在这里已经时兴。

售报员是位维吾尔族妇女，她的汉语说得很地道。

"市区地图！市区地图！"我反而有些紧张起来，不由自主地就重复了一遍。

我付钱拿图后随即离开，带着家人在市区中心地段的真尼瓦克国际宾馆住下。

大型宾馆有旅游接待点。工作人员力介红旗拉甫边境旅游，最少三天，多则五至七天。最直接原因是我在边境守防八年，对边境再了解不过了。最后协商敲定，就游市区具有维吾尔族特色的景点。

在出发前，我就与妻子和女儿商议，到新疆后的第一顿就吃新疆特色手抓肉。

我们走了几家维吾尔族小饭馆，都没有清炖羊肉。

“哪里有清炖羊肉吃?”我问一位维吾尔族掌勺大师。

“清炖羊肉太肥，城市里不再大吃清炖羊肉了。你想吃，我可以给你择一碗纯羊肉，保管你吃顿美食。”这位厨师的话语打动了我。

不应该是城镇没有清炖羊肉了，而是这位大师经营到了精妙绝伦的地步。

你想吃?你还能不吃?

“行!行!行!”我也不好意思再去多说，就答应了。

这顿别具一格的手抓肉不油不腻，让我们全家吃了个美。

我们的旅行，一般都是到当地后先住下，再联系旅行社安排行程。这样可以从容不迫，不慌不忙，不用早起晚归；既是旅行，更是休闲。

那天早晨我们睡了个大懒觉，是导游催醒了我。

真尼瓦克国际宾馆就坐落在老城区，步行不久就到了维吾尔族民俗特色一条街。

导游交代后，他自己就到出口等待我们去了。

在喀什民俗一条街，我们尽情地欣赏，自由地参观。

“这个好!”妻子指着一个维吾尔族风格的茶壶说。

“全手工制作。我是我们家族第五代技术传承人，还有特色产品证书呢!”店主随手拿出一个盖有他们家族长者签名的证书在我面前摇晃。

“买吧!”我看了一下，不仅漂亮，而且很精致。

"我很喜欢这个！"我女儿手里拿着一把长弦冬不拉说。

"我是新疆冬不拉弹唱非物质文化传承人，国家还给我津贴补助呢！"店主说着说着就抱着弹唱了起来。

店里响起了一阵悠扬悦耳的冬不拉弹唱声。

"好的！"我应接不暇。

女儿要到美国去学习，我更不能吝啬。

我们一路看，琳琅满目；我跟着一路买，背的东西越来越多。

商家建议我们邮寄。我掏钱寄走，也就轻松了。

在参观维吾尔族民居时，实在太累。我们租了一辆毛驴小车，在传统的小街上跑了一趟。导游安排到一家旅游接待户参观、喝茶和休息。

这些家庭都是经过旅游部门支持，精心装潢布置了的，确实都很精致豪华，给人一种少数民族居民富裕自由的感觉。

一路走过，我们担惊受怕的心态烟消云散。

新疆民族地区呈现出一派安居乐业、歌舞升平、繁荣昌盛的景色。

瞻仰香妃墓是我们这次新疆之行的重头戏。

在前往香妃墓的途中，导游就给我们介绍了香妃墓及其家族等情况。

香妃陵寝坐落在喀什市东郊的浩罕村。这是一座典型的伊斯兰古典建筑群，也是伊斯兰教圣裔的陵墓。墓内葬有玉素甫霍加家族五代七十多人。

玉素甫霍加是伊斯兰教著名的传教士。他死后，其长子阿帕克霍加继承了父亲的传教事业。明末清初，喀什伊斯兰"依禅派"的势力迅速得到扩展，阿帕克霍加成为著名的传教大师，并一举夺得了叶尔羌王朝的政权，他的名望一度超过了他的父亲。

阿帕克霍加死后，也埋进了这座陵寝。后来人们即称这里为"阿帕克霍加墓"。

埋葬在这里的阿帕克霍加后裔中，还有一位叫买木热·艾孜姆的女子更有声望，她是清朝乾隆皇帝的爱妃。

据导游介绍，买木热·艾孜姆自幼身体中就有一股沙枣花香，被称为“依帕尔罕”（即香姑娘）。她被乾隆皇帝选为妃子，赐号“香妃”。

传说香姑娘进宫后，非常思念自己的父母和故乡，成天闷闷不乐。乾隆皇帝知道后，为其修建了专门的宫殿，并接来了其嫂苏德香伴随左右，终因不服京城水土而病故。

香妃殒命清朝宫廷后，由她的嫂嫂护灵，一百二十四人抬运棺木，历时三年将其尸体运回故乡喀什，葬于“阿帕克霍加”墓中。从主墓室中尚存的一乘驼轿可以看出，香妃归陵一路跋山涉水的艰辛。

此后，人们又将这座陵墓称为“香妃墓”。

当我们到达香妃宫陵前时，参观的人流接踵而至。

香妃宫陵富丽堂皇，穹隆形的圆顶上有一座玲珑剔透的塔楼。塔顶之颠，又有一镀金新月，金光闪闪，端庄威严。

走进宫陵，里面鸦雀无声，庄严肃穆。

我跟着导游的引导，蹑手蹑脚，就怕惊扰了安息的灵魂。

我怀着一种复杂的心情在“香妃墓”前驻足停留。

香妃的墓丘都用玻璃砖包砌，上面再覆盖着各种图案的花布。墓丘前用汉文和维吾尔文两种文字写着她的名字，表示对香妃的尊敬与怀念！

美人啊！你们的命途为什么那么多舛？只是因为你们长得美吗？

香妃确有其人，她的命运是悲凉凄惨的。她与发动“大小霍加之乱”的波罗尼兄弟都是堂兄妹，也是阿帕克霍加的重侄孙女。

其实，香妃的出身并不重要，她的命运不可重演。她是连接汉族、维吾尔族多民族友谊的桥梁和天使，永远值得我们敬仰！

在香妃的墓前，我深深地鞠了一躬！

不到伊犁河谷，就不知道祖国新疆的富饶。

从乌鲁木齐市出发，到伊犁的首府伊宁市，五百多公里的路程，我们乘车走了十三个小时。如今高速公路开通，六七个小时不在话下。

旅游车宽敞明亮，行驶在312国道上，途经石河子、奎屯和独山子等城市，我们无心顾及。

准噶尔盆地西沿的戈壁滩上，密密麻麻地长满了齐腰高的梭梭柴和骆驼刺，引起了大家特别的关注。

在一处国家天然林保护标牌前，司机倏然停下了车，导游跟我们介绍："这里的天然林看起来不显眼，它却成片成片地覆盖着戈壁沙滩，耐旱耐寒耐盐碱，是防风护土最好的植物，它的价值比一般的森林还要大。"

在进入赛里木湖景区后，气温开始渐渐变凉。季节正值酷暑盛夏，这里仍然凉爽宜人。

导游一路昏昏欲睡，直至进入赛里木湖景区时才打起精神。

下午六点许，我们到达了赛里木湖。

导游高声地喊着："二十分钟时间，不能耽搁。还有比这里更美的果子沟，你们自己把握。"

我们不顾一路的颠簸和疲劳，也不顾导游的提醒和警告，在湖边散开。

有摄影的，有照相的，也有一些姑娘弓腰采摘野花。

我站在湖水边，湖水浸湿了我的旅游鞋。

湖面平静如镜，湖水清澈见底。天空的白云和对面的雪峰倒映在水里，把天湖山融为一体，明净而又幽静。

我站在那儿木讷了。

突然，一群白天鹅飞来，打破了这种平衡。水波纹的动荡，就像粼光闪闪。

我的心随波漂动荡漾。

"这是世界上海拔最高的高山湖泊，是西王母沐浴的洗澡盆，也是最适合情侣旅游度假的绝佳胜地。"从导游麦克风里传出的话语又给这神秘的大湖增添了几分神秘的色彩。

这里停留时间太长，果子沟观景台也就只能等下一次了。

果子沟九弯十八拐，风景瑰丽。旅游车在山路上蜿蜒前行。

“提起平乱收复新疆，大家一定会想到大名鼎鼎的人物左宗棠。其实，还有一个人物我们千万不能忘记，那就是曾国藩的次子曾纪泽。这里面还有一个并不复杂而又十分离奇的故事。”在车上，导游十分神秘地说。

曾国藩是湘军领袖，镇压太平天国农民起义为清廷立下赫赫战功。但是，在绞杀中崛起的地方势力，朝廷一定是小心谨慎，防范有加。

朝廷以曾国藩次子纪泽袭侯爵而出任驻英、法大臣，换其隐归故园。

“塞防”派人物左宗棠出任朝廷钦差大臣，接管湘军，督办新疆军务。

年近古稀的左宗棠怎敢食言，只得掌印披甲，挂帅出征，抬棺随行，以表其志。

左宗棠幼读兵书，统领军队后即整军经武，严肃军纪。所属军队攻坚克难，所向披靡，很快就平定叛乱。

当清军兵临伊犁城下的时候，沙俄蚕食我领地的野心昭然若揭，强行与清廷驻俄外交大臣崇厚签订了不平等的《里瓦几亚条约》，史称《崇约》。

在国人的愤怒干预下，朝廷起用曾纪泽兼任驻俄大臣。履职后，他赴彼得堡与沙俄政府谈判。

在谈判过程中，他巧舌如簧，据理力争。历时半年，终于与沙俄政府重新签订了《中俄伊犁条约》。

当时国内舆论称纪泽“折冲樽俎，夺肉虎口”。

这是中国外交的胜利！也是中国人民的胜利！

听到这个故事，我心潮起伏，久久不能平静。突然想起了我们岳阳市某公司的一条宣传广告：“战争年代去打仗，和平时期去经商”。

是的，在中国的历史上，也有“文官把笔耍，武官跑死马”的说辞。虽有道理，不可偏废。

毛泽东主席在赴重庆与蒋介石谈判时，周恩来等中央首长十分担心他的安全。毛主席却说：“你们在前线的胜仗打得越多，我就越安全，谈判就越顺利！”

这就是辩证的文武关系。

不过，我们一定要记住这位在历史上曾经为中华人民共和国疆土做出杰出贡献的民族英雄。

“霍尔果斯”是蒙古语“准噶尔”的意思。

早在汉宣帝时期，就设立了汉朝对西域的直接管辖机构——西域都护府。

苏联解体后，中国和哈萨克斯坦共和国共同设立了中哈霍尔果斯国际边境合作中心，成为世界上首个跨境自由贸易区。

习近平总书记关于“一带一路”的倡议，这里将是连接亚欧大陆的桥头堡，一定会发挥更大的积极作用，也将给世界人民带来更多的福祉。

我们在这里参观游览了一整天。

伊犁河谷位于我国天山山脉西部，它三面环山。大西洋的潮湿空气沿河谷向东不断抬升，充足的水汽形成充足的水源。

这里温和湿润，属于温带大陆性气候，是新疆最湿润的地区，森林覆盖率百分之十六以上。

这里自然条件优越，有利于发展农牧业和旅游等特色产业。

伊犁河是新疆境内流量最大的河流，也是一条重要的国际河流。它发源于天山西段，流经哈萨克斯坦共和国汇入巴尔喀什湖。

从伊宁出发向南，我们行驶在阡陌纵横、溪流密布的乡间公路上。

公路两边一幅幅优美的村庄农舍田园画面向后流动消失；一个个农家小院庭院整洁，苹果挂满了枝头，农夫在树荫下小憩。

恬静舒适的家境，闲云野鹤般的生活让我们无不留恋回头张望。

傍晚时分，晚霞铺满山坡上平缓的草场的天际，大地泛起一片金色的光芒。

羊群早已进入木桩围起的栅栏，牧羊姑娘在毡房里点燃炉火，炊烟袅袅升起。

停下车，我才知道到了那拉提大草原。

晚上，我们就居住在别具一格的毡房里。

第二天上午，导游把我们带到了那拉提民俗村。她给我们介绍活动内容后，就各自按兴趣爱好选择游玩项目。

据导游介绍，民俗村的组织机构比较健全，每天按部就班，各司其职。项目由民俗村统一设计安排，牧民的马匹和骆驼以入股的形式按年分红。这里的牧民已经转行从事专职的旅游项目而不再牧羊，成了拿月工资的职员。马匹统一分配，职员统一着装，给人的印象是整齐有序。

项目负责人来回地走动维护秩序，嘴里不断用汉话嚷嚷地安慰着："不要急，也不要挤，听从安排，注意安全。"

大多数游客对骑马骑骆驼感兴趣，一会儿就排起了长队，我们不前不后挤在骑马游客的中间。

马队每六人一组，第一匹马是由职员牵着骑，其余马匹跟在其后。我接过职员手中的马缰绳就翻身上马，动作仍然比较标准，但骑马的激情不如当年。我用力拉紧缰绳，紧紧跟在妻子和女儿的马后，不敢超前半步，生怕影响她们骑乘。

我们翻了一道梁，过了一条涧。大概一小时，就返回了原地。

也就是在号称天马的故乡体验了一次天马旅行。虽然是旅游，心中的满足感难以言喻。

返程那天，旅游车沿库（古龟兹王国都城库车）独（独山子市）公路缓缓而行，我们坐在车上，饱览天山独特风光。

进入天山腹地，满眼松柏苍翠，充耳涧水潺潺。

涧流逐渐形成溪流，慢慢汇集成河，汹涌流出天山。

旅游车在山间盘旋，我们随着车体摇摆。

在行驶到悬崖绝壁处，从导游那儿不断传来提醒声：“安全带不能松开！”

在冰川冻土上行驶时，车速明显减慢。

车辆绕过冰峰，穿过隧道。还有那冰斗、冰垄、冰丘、冰舌、冰谷、冰珠等特殊地貌。有些我还不认识，导游不断地给我们介绍。

冰峰上，有云彩飘过；达坂处，有云彩掠过。

天山的惊险，使我出了一身冷汗。

驶出天山，我终于松了一口气。

旅游车加速赶路，飞快地驰往乌鲁木齐。

游了北疆阿勒泰地区，才知道新疆的美丽。

我们夜晚乘火车去，坐中巴返回，节约了一天时间。

在那里两天，游览了喀纳斯湖，细听了水怪的传说；漫步了边境小镇禾木，体会了那里边民的安逸生活；目睹了五彩滩，欣赏了大自然鬼斧神工的杰作；穿过了胡杨林，感受了那活着千年不死、死了千年不倒、倒了千年不朽的精神。还有那雅丹地貌、硅化木和石钱滩，无不令人梦牵魂绕，乐不思蜀。

最后，我们来到了我曾经驻守了八年的三个泉边防站。在这里受到了官兵们的热烈欢迎！

我在妻子和女儿即兴拍摄的照片中，各挑选了一张具有特殊纪念意义的画面，赋配词《天净沙 · 夏闹》与《天净沙 · 夏思》，以表情怀。

天净沙 · 夏闹

夕阳军马山岗，
蓝天垂柳白杨，
竞技排球场上。
欢声笑语，
边防自有风光。

析文：

夕阳西下，战士们骑着膘肥体壮的军马，朝着熟悉的洒满阳光的山岗，策马向前，快速奔跑。进入沟谷，一股清风扑面而来，凉爽宜人，洗尽浑身疲劳。小溪边，垂柳摇曳，好像婀娜多姿的姑娘翩翩起舞等候从远方归来的男子汉；道路旁，成排的冲天白杨不断摇晃，就像列队的武士耍弄刀枪，夹道欢迎凯旋的勇将。晚饭后，战友们利用短暂的时光，聚集操场，围成一圈，既是竞技，又是休闲。排球托起腾空，在晚霞照耀下，一半黝黑，一半净亮。打球热情一浪高过一浪。欢呼呐喊声久久回荡在祖国边防。边防军人训练场面浮现在眼前。

天净沙·夏思

蛐鸣哨卡营房，
小桥亭影成双，
夜静幽兰待放。
是谁守望，
心中美丽姑娘。

析文：

一轮明月东升，银色的光芒照耀着哨卡和营区为班长准备的新房。哨兵目不转睛两眼注视着边境线，警惕着风云变幻。营区一片寂静，小溪缓缓流淌，石桥贯通其上；流水声潺潺，树叶沙沙作响；水塘旁戍边亭倒影成双，在水面荡漾。夜深了，还有那幽雅的兰花含苞待放，散发着一股股淡淡的清香。更有蛐蛐儿和唱，扰人心烦。刚刚下岗的班长和衣躺下，辗转反侧，久久难以入眠。我在深情地等待，你一定也在盼望！我心中美丽的姑娘，你什么时候来到边疆，我们喜结连理，共进温馨梦乡，携手保卫边防。边防军人心境情怀展现在眼前。

我的意图很明显，就是用积极浪漫的情调感召年轻人，社会在发展进步，祖国在日益强大，生活水平在不断提高。希望女儿在科学技术比较发达的美国学成之后一定要回来，为国防建设服务。

元代散曲家马致远的《天净沙·秋思》描绘了一幅凄凉悲苦感人的晚秋图，羁旅之苦和悲秋之痛跃然纸上，被誉为“秋思之祖”。

天净沙·秋思

枯藤老树昏鸦，
小桥流水人家，
古道西风瘦马。
夕阳西下，
断肠人在天涯。

析文：

天近黄昏，一群乌鸦落在枯藤缠绕的老树下，发出凄惨的哀鸣。

小桥下流水“哗哗”作响，小桥边庄户人家炊烟袅袅。

古道上一匹瘦马，顶着西风艰难地前行。

夕阳渐渐地从西山落下。

凄凉的夜色里，只有孤独的旅人漂泊在那遥远的地方。

简短五句二十八个字勾勒出了一幅游子深秋的远行图。

马致远被称为“散曲状元”。他的散曲题材领域广阔，艺术意境高雅，语言跌宕豪爽，声调明快悠扬，在我国文学史特别是戏剧史上有一定的成就和影响。

他辞官归隐后，感慨“隐居山林其乐悠悠”，表现出他看透世态炎凉和人生惆怅，从此就过上了平淡悠闲、幽雅恬静的乡村田园生活。

《天净沙·秋思》是马致远晚年生活的感叹，人生孤独寂寞的无奈之举。社会现实和人生结局与他的愿望抱负相差甚远，凸显出社会的惶恐、人心的漂浮。

马致远高超的艺术造诣、精湛的语言技巧给人美的享受的同时，那悲观低调的人生态度虽然有其历史的局限性，但也要用哲学的观点来审视。

他名为致远而近视，目光短浅而遗憾。不去抱怨，才少遗憾！

新疆在两百年之前都还是蛮荒之地。无数仁人志士离开故乡投身于新疆的建设之中。左宗棠把湖南的大米在昌吉米泉县落根生长，王震将军号召八千湘女上天山，一些军人献了青春献子孙。袁隆平的杂交水稻在沙漠试验成功，标志着新疆的千里沙漠将变成稻菽飘香的良田。

新疆将成为汉维哈等多民族的大融合的乐园！

十四、顺势而为

从株洲市农发行调回来后，我的身份发生了变化。副行长是金融高管，成了领导干部，有了管理和决策的职权。

如果与那些曾经同甘共苦的同事，处理不好个人与工作关系，那是更难开展工作的了。有时候得放下身段与员工平等相待，相互商量；有时候也得理直气壮去管理，甚至是批评。

由于领导的器重，从分工上我集贷审会和财审会于一身，也就是说外部贷款的发放和内部财务费用的分配与使用，都要我组织会议进行讨论审批，审批通过的贷款才能报行长签批前台发放。特别是费用管理“一支笔”的原则和制度，从行政计划、后勤采购到会计列账都要我签字。忙不用说，细不可少，面对职权更不能飘飘然。

岳阳市农业发展银行的业务发展和企业培植，一切都在预见中，一切都在掌控中。操持用权得心应手，指挥安排顺理成章，这得益于在株洲市农发行的摔打锻炼。

政策性银行其根本就在于它的政策性，农业政策性银行又约束了它的投资方向。

农业发展银行是一家直属国务院领导的农业政策性银行，其主体业务范围是由国家根据国民经济发展和宏观调控需要，并考虑到农发行自身的承办能力来界定。

农发行自成立以来，国务院对其业务范围进行了多次调整。建行初期从农行代理到全面自营，既是一个发展过程也是发展的必然，更是一个发展目标。要实现这个预期的目标，也是一个艰难的过程。

由于经验问题，当初的业务界定范围较大，管理人员相对较少，实践经验明显不足。管理难以到位，这就造成了一些部门脱节。

也有一些中下层领导盲目理解“以农为本”的战略，急于求成。也有迫于地方政府“形象工程”的压力，为领导和自己树碑立传。误以为只要是对农村发放贷款，就是对“三农”建设的支持，形成了“重放轻管”的被动局面。

一些农村与“农”字很不沾边的项目打擦边球也成了农发行支持的对象，粮食收购资金供应管理明显偏松，粮食流通体制改革改制占用资金得不到有效控制，形成粮食收购资金与账库台账严重不符。

这些问题，党中央国务院领导明察秋毫，及时对农发行的业务范围作了调整。

这个时候，国务院主要领导明确指示：“农发行何去何从，你们自己决定。”言外之意，你们办得好政策性银行，就让你们办，办不好那就算了。并且停办了农业综合开发和专项扶贫贷款等业务，专司粮食系列贷款，包括粮食种植、收购、储运、加工贷款的发放和管理，使农业政策性银行成了粮食政策性专业银行。

农发行业务范围调整后，业务缩小了，但责任则增大了。

各级农发行都把粮食收购资金的供应与管理摆上了议事日程，要求市、县两级行大量减少行政人员。明确县级支行信贷员要达到百分之六十以上，市级分行信贷员达到百分之四十以上，县级支行信贷人员一律驻信贷企业的收购粮库打码单。也就是说，要做到收多少粮、发放多少收购贷款，这成了一项铁的纪律。

这一做法，有效地抑制了粮食部门多要贷款的想法和做法，库贷比例明显提高。

这些措施，得到了党中央国务院的充分肯定。

2005 年 8 月，农发行的业务范围逐渐得到恢复。

2006 年 4 月，湖南省农发行的主要领导调整后，第一站就来到了岳阳市云溪支行。

省分行主要领导通过报表分析，从所属九十八个县级支行的业务量的情况看，大多数支行业务量是客观的，但有那么几个支行的业务量少得出奇，云溪支行就是其中一个。省分行主要领导亲自来督战，随行的办公室主任主持云溪支行中层干部会议。省分行主要领导和随行人员坐在主席台上，一个个都是一脸严肃相。

岳阳市分行三位行政领导参加了会议，和云溪支行的领导及中层骨干都坐在台下。

大家都知道，省分行领导的工作作风强硬，批评起人来是不留情面的。

云溪支行张学海行长提前就准备好了汇报材料，已经印发给了与会人员。

张行长照本宣科还没有念上几句时，省分行主要领导就插上了话："材料我昨天晚上就已看了一遍，如果没有新的补充就不用再汇报了。我开始提问。不过，岳阳市分行的领导不许回答。"

这时的张学海行长满头都是汗水，领导的葫芦里究竟卖的什么药，心里没了底。

他壮着胆子说："请首长多作指示。"

"我今天不作指示，只提问。指示由你向支行的中层骨干作。"主要领导一开始就将了一军。

张行长是银行科班生，三十几岁的年纪，显得比较年轻，反应也快。

他立即站起来说："请首长提问。"

这时的张行长心里清楚，多的客套话也只能招来批评，干脆单刀直入。

"你先坐下来，我来提问。你想好了就答，也不要慌。"主要领导也还是个直爽人，并没有过分为难他，气氛也就慢慢融洽了很多。

"农发行贷款利差是多少？"主要领导先提出了一个很简单的问题。

这个问题并不难，作为行长，回答易如反掌。

"百分之一点六二。"张行长不假思索脱口而出。

"那你们支行五千万元的贷款，一年有多少利润？"主要领导提的这个问题，直拉戳到了岳阳市农发行市、县两级行领导痛处。

"八十一万元。"张行长停了一下，就算出了结论。

"每年给支行八十一万元费用，你们能不能运转得过来？"这位主要领导调湖南省时间不长，但在湖北省农发行抓绩效考核是有一套的，我们略有所闻。

还没等张行长表态，主要领导接着说："你的汇报材料中，要求每年的费用增加到二百五十万元，我在这里答应你。"主要领导舒了口气。他继续说："你们支行今年年底贷款余额少于三个亿，我倒刮皮给你们算账分费用。明年底贷款余额少于五个亿，我就把你们支行降级了。"

我作为岳阳市分行贷审会和财审会一肩挑的副行长，对于省分行主要领导的真实想法和要求，是最能理解的。

如果余额三个亿，还有其他成本，那是难以达到二百四十三万元利润的，只有年均三个亿才能达到这个数。

如果利润都给了你，那各级机关的费用又从何来？

看来，这次省分行主要领导来岳阳，是给我们压担子来了。

领导给基层压担子，是一种信任的表现，起码这里是有希望的。不然，领导就不会来了。

这时，各位与会人员紧张的心情开始舒展。

“今年年底三个亿，明年年底五个亿，后年年底十个亿，三年三大步。达不到目标，到时候就自动请辞。”张行长这个态表得很好，很坚决，很有气势。

省分行主要领导带头鼓起掌，会议在一片掌声中结束。

中餐就在云溪支行食堂，这是省分行主要领导的意思，已由随行人员与食堂管理人员协商落实。

午餐时，省分行主要领导提议喝了点红酒，没有推杯换盏，只有礼仪相敬，显得庄重而又文明。

回市分行后，我的心情久久不能平静。

从株洲调回岳阳市分行，省分行主要领导是寄予了很大希望的。

在这样的情况下，省分行主要领导通过对县级支行施压，促进岳阳市分行业务的发展，可以说是用心良苦，助力我于无言之中。

这些年，我潜心钻研金融经济之道，得出了一个自己较为满意的结论。对于一位银行高管来说，投资必须把握两个原则：一是开发投资，必须要有地域的优势；二是企业投资，必须选准把舵人——老板。

从某种意义上来说，市场风险和操作风险可以给企业带来灭顶之灾。

我跟岳阳市分行主要领导报告工作思路和行动计划之后，第二天清早就赶到了云溪支行。

云溪支行是岳阳市城区唯一的支行，区位优势明显。北临长江，通江达海；东倚京广，南通北达。京港澳高速、京港澳复线和杭瑞高速在这里交会，发展经济具有得天独厚的条件。

吃过早饭，我就和云溪支行张学海行长交换了意见，真是英雄所见略同。

据我们分析，省分行主要领导带领工作组亲临云溪，发出了两个信号：一是责任制考核将以效益为中心，今后的工资奖金和费用分配肯定和利润挂钩；二是必定把云溪支行作为一个后来者居上的典型来抓，在信贷职能和投放上予以支持。

这些不仅有利于云溪支行的业务发展和干部职工的切身利益，也将对岳阳市分行的业务发展有很大的促进作用。

意见统一后，我对张行长建议说："前些天岳阳市政府组织的市级各金融机构主要负责人对各县（市、区）信贷支持现场考察时，亲眼目睹了云溪区政府拟在长江边毗邻城陵矶附近的一块河滩荒地上新建一个开发区。京港澳复线—随岳高速岳阳长江大桥正从这里通过，大桥已在建设之中。这里还是一片处女地，是开发建设的极佳位置。"

听完陈述后，张行长表示同意我的观点，我们俩一拍即合。

张行长立即叫上信贷股长，我们一行前往现场。

在现场，建桥处机声隆隆，一片空旷的平地跃入眼帘。这地方是建设开发的理想位置。

农发行业务范围扩展后，省分行主要领导现场督办，真是天时地利成机遇。有政策的优势，有领导的支持，就靠我们努力去奋斗了。

蜀吴赤壁大败曹操，造就了三国鼎立之势。

今天若能抢占临港先机，必将成就云溪农发行乃至岳阳市农发行的崛起之势。

事不宜迟，看完现场，我立刻与云溪区时任党委书记宋爱华女士联系。

这时，宋书记正在市区参加岳阳市人大会议，相约当晚在市区某茶楼见面。

这个时期，银行主要领导特别是上级银行的主要领导晋见当地党政负责人，一般都不会怠慢。

我们与宋书记几乎在同时进了茶楼。

一阵寒暄之后进入正题。张行长先说明省分行主要领导来云溪支行视察的情况。

“省行主要领导来云溪，怎么没有向我报告啊！我几次在云溪区金融工作会议上强调，你们的上级行领导到云溪区来一定要报告，我要亲自接待。这里要当着你们的领导批评你张行长，今后一定要记住。”宋书记看起来很严肃，也很认真。

“这次省分行主要领导来之前，有明确规定：‘不准惊动地方党政领导’。除这个原因外，我们意识到，主要领导要批评云溪支行。”我只得耐心向宋书记解释。

“那我们也可以给你们挑挑担子，减少压力嘛！下不为例啊！”书记停了一下接着说，“我这个大家都认同的资深美女，要在领导面前求情，肯定是一炮两响。”

看样子，地方党政领导善于调节气氛，紧张的空气才烟消云散。

根据农发行先期文件精神，政府可以作为平台直接贷款，但贷款的偿还得由政府承诺在财政支出中作出安排，报同级人大常委会研究同意，正式批复文件作为贷款的重要附件材料。

而变化后，也就是当时的文件精神，政府不能作为贷款平台，只能由政府财政控股的投资公司直接贷款。

得到这一消息后，宋书记喜出望外。当即电话约来了田文静区长面授机宜，指示成立云溪区城市建设投资责任有限公司，由区财政局副局长兼任公司总经理，常务副区长兼任董事长。同时责成区政府尽快拿出方案，并报区党委常委会研究决定。

机遇难得，事不宜迟，政府与银行分头行动。

运行机制的建立，催生出了“云溪临港产业开发区”的挂牌。

银行由我带领岳阳市分行信贷部门负责人陈平科长、云溪支行张行长和信贷部门负责人刘琪荣股长，到省分行向主管行长张松柏副行长和相关部门负责人进行汇报。

领导和部门负责人明确指示：只要条件符合，资料齐全，程序规范，随到随审随批。并透露，省分行将对城区周边综合开发贷款在规模上优先考虑，以增加项目和贷款的规模，大力支持地方经济建设。这也是省分行主要领导调整后作出的重大决定。

有了上级的指示，我的心里踏实多了，关键是材料准备的速度和质量。

一般情况下，项目可行性报告要先于项目的调查。项目的可行性报告由云溪支行委托给了实力雄厚、人员充足的岳阳市投资咨询公司。

这个公司以实力和速度闻名于岳阳。

在这个过程中，我多次与云溪支行张行长和市分行贷审会成员及相关人员深入调查，组织市农发行贷审会进行认真的反复研究，还邀请云溪支行张行长列席市分行贷审会发表自己的观点。

功夫不负有心人。这笔三亿元的综合建设贷款，也是湖南省第一笔综合建设贷款，在三个月的时间内从立项、调查、审查、审批到批复，没有走过重复路，充分显示了我们岳阳市农发行系统的信贷队伍是有战斗力的。

得天独厚的条件，明显的区位优势，得到了省分行的高度重视。

随后，省分行主要领导几次莅临云溪临港产业开发区进行考察调研，并把这里作为省农发行支持岳阳市地方经济建设的重要抓手。几年贷款余额达十四亿多元。

云溪临港产业开发区的迅速发展，有效带动和促进了岳阳市城区周边经济的迅猛发展。

2008 年 6 月，岳阳市组织重大项目融资签约仪式，时任中国农业发展银行岳阳市分行副行长的我，在台上与临港产业区管理委员会主任签订贷款协议。

这时，临港产业开发区升级已经走上了议事日程。

云溪区宋爱华书记提升为岳阳市副市长后，又极力促进了云溪临港产业开发区升格。

下面这些时间节点和数据，展示了岳阳市农业发展银行的基本态势和发展后劲。

2009 年 9 月，经省人民政府批准，云溪临港产业开发区升级为岳阳市经济开发区，并更名为岳阳市临港产业新区。由岳阳市市委副书记盛荣华兼任书记，副市长宋爱华兼任主任。

接着，申报国家级长株潭“两型试验区”获批准。

2010 年 4 月，在湖南省融资合作洽谈会上，时任中国农业发展银行岳阳市分行行长的我与市重点企业的主要负责人签订融资合作协议，使我岳阳市农业发展银行在岳阳市经济建设中的贡献和影响进一步扩大。

2010 年 12 月，岳阳市市政府对市农发行扶植临港产业新区的行为给予现金重奖，但市农发行原封未动地退回了市政府。

临港产业新区逐渐得到省委、省政府的高度重视和支持，以临港新区为基础的国家级“岳阳城陵矶综合保税区”获批，成为湖南对外开放、通江达海的重要港口。

2012 年 9 月，在岳阳市政府的支持下，经国务院批准，岳阳临港产业新区在岳阳市农业发展银行成功发行十亿元企业债券，走出了一条企业直接融资的新路。到 2017 年年底，临港产业新区银团贷款余额达到三十六亿元。

2018 年 4 月 26 日，习近平总书记考察长江经济带路过湖南省岳阳市时，曾在岳阳临港产业新区驻足，并走上长江城陵矶水文站瞭望，对长江和临港产业新区一望无遗。习近平总书记对长江经济带的重视，势必引起党中央国务院的高度关注，带来部门和客商的大量投资。岳阳临港产业新区的基础设施建设已经到位，新一轮建设将给岳阳市创造更大的辉煌。

十五、名扬中华

经营者选准了，经营者可以预测风险，也可以驾驭风险，直至化解风险。这就是哲学上所说的，人具有主观能动性，是生产工具的第一要素。

岳阳市巴陵油脂责任有限公司，原来是一家名不见经传的私营小厂。

厂长刘建军是位满腹经纶的儒生，曾在某大型国营单位从事销售工作，积累经验后下海创业。

其实，企业的销售流程和管理远比生产流程和技术深奥得多。在掌握了生产技术的同时，其销售市场就显得更为重要。

2006年年初，该企业与岳阳市农发行建立信贷关系，几年下来业务发展很快。

这个企业主要的特色就是销售网络遍布长沙、上海、南京、天津、成都等大中城市，产品供不应求。

我几次带领信贷人员到该企业进行调研和考察，当进入厂区时，不管是预先通知了还是没有通知，送原料的和拉产品的车辆络绎不绝，排成长龙。流水生产线和成品车间，工人热火朝天，劳动秩序井然。

这样的状况使我坚信，这个企业生产正常，管理有序，其生命力来自产销两旺的景象。

对于这样的企业，在组织贷审会审查时，我总会从内心释放出一种自信的笑声。

2009年年底，这家企业贷款规模突破两亿元。

2010年年初，该企业又分别在成都和南京收购兼并了两家油脂加工企业，其发展速度一发不可收。

企业生产增加，产品销售增加；经销渠道畅通，货款回笼及时；在贷款不变的情况下，货款和存款不断增加，成为了农发总行的黄金客户。

企业越做越大，越做越实，越做越强，这是银行高管最得意的事。

2011 年 3 月，该企业进入上市准备阶段。

2013 年 5 月，该企业进入上市培植检查阶段。

随后，这家企业的“道道全”广告做到了中央电视台。

2017 年 3 月，这家企业在中小板成功上市。当年产品销售额达三十三亿元。

这些年，我不遗余力地物色、培养和造就了一批像巴陵油脂这样具有足智多谋和果敢决策的领头羊，具有雄厚资金实力和适销对路品牌的企业，为岳阳的经济腾飞做出了积极贡献。

企业这一系列成就与闪光点的背后，既有老一代农发行人打下的坚实基础，也倾注了我作为新一代农发行人的一份心血。

从部队转业到地方金融系统工作的二十四年里，我如同一头永不知疲倦的老黄牛，用自己的汗水和心血耕耘在洞庭湖畔；用伟大诗人屈原的“路漫漫其修远兮，吾将上下而求索”的精神，不断探索金融经济工作的规律并在实践中不断创新发展，在理论探讨和金融实践中取得一定的成绩。我多次被省农发行评为优秀党务工作者和先进工作者，逐步成为研究和实践金融工作的行家里手。

四十多年来，我把读书学习作为提高和充实自己的途径，把书中的知识与学问作为成长进步的阶梯，把工作中遇到的每一次压力与挑战转化为人生和事业之歌的美妙音符！

第三章

旅途偶得

一、邂逅飞机上

5月的一天，在飞往西藏的TV9944航班上，熙熙攘攘的乘客接踵而至。我打开行李箱将随身携带的旅行包刚放了上去。

“请帮帮忙。”一个娇滴滴的声音传入我的耳膜。

“没问题。”我顺手将一个小旅行箱放好。低头一看，只见美女似曾相识，笑容可掬，坐在了舷窗边。

“刚才你是不是从3号出发门进来？”美女主动地问开了。

她的提醒更加深了我的印象，我们应该是同时到达出发层的，现在又上了同一架去西藏的飞机。

“是啊！”难怪一见如故，已经不是第一次见面了。

那个镜头又浮现在我的眼前：当我刚跨进候机大厅时，只见一位个头高挑、皮嫩肤润、峰挺腰细、双瞳剪水、风姿绰约、小鸟依人的妙龄女郎拖着行李箱，站在那儿四处张望，似乎在等谁。第一次擦肩而过就给我留下了深刻的印象。

“那我们是一个旅游团的团友了。”她接着说。

“有美女伴随的旅行一定是开心的。”似乎失言，我难免有些尴尬。

“是真的吗？”她的反问，弄得我有点难为情。冒犯美女，弄不好会招来众人的指责。固然不能妄自菲薄，这里边也有肯定的成分。

“当然啰！”本分的男人，不去主动地挑逗美女，与其搭讪总还是可以吧。

没想到，她似理不理地靠着舷窗睡觉了。我丈二和尚摸不着头脑，心里犯起了嘀咕。怪不得有人说：“少女的心，秋天的云，说变就变。”

她挡住了我的阳光！但又仿佛看到了一个灿烂的太阳！

她睡得十分安闲自在。似乎很困很疲倦，就像昨天晚上根本没有入睡一样。地方很小，也确实不好睡。她辗转反侧，我实在也不好去多关心。

我开动脑子，想与美女聊天消磨时间。你想开口，她却双目紧闭；你不顾及，她又好像要与你攀谈。你说她在睡觉，时常嘴角又露出微微的笑容；你说她在思考，看起来却又有轻松愉悦的神情。

过了片刻，美女从随身携带的坤包里拿出了巧克力，顺手放了一个在我的小桌板上。她望着我笑了一下，那双会说话的眼睛好像在说“吃吧”，自己就吃了起来。

这时我也不敢再去望美女，也就不知道她的表情。

当飞机爬上正常的高度后，空姐们开始送饮料。

“你爱喝些什么？”美女睁开蒙眬的眼睛，轻轻地说。

“咖啡吧。”其实自己平时从不喝咖啡，也不太喜欢那种味道，只是觉得喝咖啡时髦。

“那就咖啡。”美女应了下来。

“两位喝点什么？”空姐把我们当成了同行的旅伴。其实我们在上飞机前，彼此还不认识。

“咖啡！”这个时候，就是咖啡再苦也得喝下去。

空姐递过来两份冒着热气的咖啡，我传给美女一份，自己加了点糖就喝了起来。我用嘴唇抿了一下，舌尖刚接触咖啡，一种甘苦味儿传遍全身。

“加点牛奶味道更好！”美女看到了我的表情，微笑着说。

“不错！不错！”我随声附和着，也不好意思再加牛奶。男子汉大丈夫，也不能总听命于美女。

“这咖啡虽然有点苦，但味道很纯。牛奶也不敢放多，不然会长胖。”美女抿着嘴，慢声细语地说。

“你很会生活，还讲究营养。”我自然地点了点头，表示肯定。

“喝这玩意儿，不能急。要慢慢地品，才能一口一个味道，越品味道越好。”她甜甜地笑着说。

我开始学着品尝咖啡。

刚入口时，咖啡在舌尖上漫舞，口腔中回旋，随即浸润舌苔，触摸味蕾，顺势下喉，直抵胃脾。缓缓地，满腔由内而外的舒坦携带着甜美溢出心神，恰似炎炎夏天一缕微风吹拂面庞的清爽。再慢呷细咽，又从舌翼两边生出回甘，在嘴里激荡，柔绵而又隽永。刹那间，浑身似乎出现了一种轻松爽快的感觉。

这可能就是咖啡因作用的结果吧。

真是味道越来越好，似乎有点欲罢不能的感觉。

这时，我对咖啡又有了进一步的感受和认知。

美女琢磨出了我的心思，滔滔不绝地说：“会喝咖啡的人，最容易读懂人生的音符。生活的艰苦，伴随奋斗的甘甜，必将博得人生的精彩。这是社会不朽的真谛。”

“精辟！”我不由赞许了几句。

我的话音还没落，她转了一个身，又闭上了眼睛，似睡非睡地又打起了瞌睡。

“凡事要多用点脑子好。”美女乜斜着眼睛，似乎在提醒着什么。

“那是！那是！出门在外，多加小心是对的。”不管怎样，我只得肯定。

“我这次去西藏，就是想见见世界。都说西藏离天最近，是一个可以追逐星星的地方。”男人的善良使美女的提防心有所放松。

巧遇天仙般的美女一路去旅行，有点宿命同归的感觉。就不算是一次艳遇，也算是一种难得的奇缘吧！

“我也听到曾经去过西藏的人说：藏族人很虔诚，什么事都先到寺庙里祈祷。”我不想打断她的思路，只好顺着她的意思来。

其实在旅行中，只要留意，其余同行的人都是一道不同的风景线。

喝完咖啡，收起小桌板。我随手从前座后背袋子里拿出一本《航空知识》翻了起来。难免有点心猿意马，总是走神。

这个时候，不如与美女攀谈来共度时光。

我脱口就问开了：“好像没有看见你的朋友或家人，怎么一个人出来旅行？”

没有听到美女吱声，我睨了一眼。只见她靠在舷窗边，双目微闭，两颊泛红，嘴角留笑，像位天使。或舒或卷，或伸或屈，不管怎样，都是一种美态。我也就不好再说话，恐怕惊扰了她美梦。

也许是美女有意回避。埋怨自己冒失，问了不该问的问题。

其实她是听到了的，只是有意在装睡，摆了个若即若离的姿态。

受到冷落，我也只好放缓靠背，两手放在扶手上，半躺了下来打个盹儿。

蒙眬中，我依稀听到了她的声音：“这次只身旅行，也是为我的终身大事，祈求佛祖的保护，能找一个称心如意的郎君。”

不知是什么，到底是什么魔力，打动了她的芳心，打开了她的心结，使她毫无保留地敞开了心扉，把自己的想法全盘端了出来？

哦！原来是只“单飞雁”。宇宙阴阳调和，物质正负缠绕。那我不就成了一个“独行侠”了吗？

看来这位美女很有个性，敢于独来独往，不怕迷失方向？也许本身就有很好的方向感！

“你还年轻，又长得这么漂亮，一定会找个高富帅的小伙子。”我并没有恭维，女孩的确年轻，也还算水灵。越是漂亮女人，越希望别人夸耀自己。

她瞟了我一眼后说："这次来了个说走就走的旅行，放飞心情，享受阳光，领略自然。"

这时，在我的脑海里又激起了千层浪。说走就走，哪里那么简单？单位要报告，工作要安排，朋友要招呼，家人要告别。

这也许就是现代女郎的特色，也就不敢多想了。

她靠着舷窗睡了一会儿，忽然又侧向舷窗，靠到了我的左胳膊上。这时的我也想抽出胳膊，又怕惊醒了她的春梦，只得忍住胳膊的麻木而坚持。

但女人有女人的腼腆，如果没有中间扶手的隔离，一切将不会发生。这时的我不敢妄想，更不敢造次。

其实，男人的胳膊不是女人的摇篮，男人结实的肩膀才是女人的靠山，只有男人宽阔的胸怀才能让女人踏实地进入梦乡。

时间长了，我不得不轻微地动了一下胳膊。她又靠向了舷窗，我这才轻松地舒了一口气。

一会儿，她也向后放低靠背躺了下来。

这时的她，脸庞净白像云朵，面颊绯红似彩霞，樱桃熟透待采摘，蓓蕾含露欲滴洒，金鞭溪边草怡情，黄龙洞前蝶惹花，少女的羞涩荡漾在眉宇之间，高耸的酥胸挺拔在衣襟之下，随着呼吸一起一伏，仿佛在向你点头示意。

她的睡姿，展现出一种平静与安详；感受到一种气质与韵味；透露着一种纯真与性感。

她的神态，就是一尊活灵活现、楚楚动人的中国版的维纳斯。

女人是尘世上最有活气的美妙艺术品。

男人善解风情是最受女人青睐的，我的骨子里就缺这种元素。

不知不觉，空姐推来了午餐。

"吃饭了！"我只得轻声叫了一下。她似乎没有听到，继续做着甜蜜的好梦。

"美女可能节食不吃午饭了。"我说。

“等会儿需要时再叫。”空姐说。

“好的。”我应付了声，自己即开始吃起了午饭。

吃完饭，我继续躺下。

这时的心情，久久忐忑难平静。

我漫漫地沉浸在了一种无尽的回忆之中。

那时，我在部队提副连长不久，请假回家探亲。经人介绍，在县城认识了一位姑娘。

她姿色姣好，身材苗条，还算是一位漂亮可爱的姑娘。

虽然认识时间不长，还没有到谈婚论嫁的地步，但也还是相互中意，彼此倾心。这时期，电视还是奢侈品，还没有惠及普通家庭。电影院就成了相亲见面、恋人约会的主要场所。我们白天逛街，晚上一同看电影。

就在返回部队的头一天晚上，姑娘的母亲说：“几部电影你们都看了，晚上我们也想去看场电影。”意思是想让我俩留在家里。我们也都异口同声地答应了。

吃过晚饭，两位长辈也就出了门。我洗完碗筷，她收拾了一下房子，天也就黑了。掩上房门，姑娘也就进了卧室。她说她胆小，我就跟随进去了。

卧室摆设很简单，一张床，一张梳妆台，但也很整洁。卧室里没有椅子，进去后我们都坐在床边。开始我说了一些外地的见闻，两人都是喜笑颜开。她时不时两眼望着我。我喜出望外，心也扑通扑通地跳。

坐了一会儿，她羞羞答答地说：“我累了。”顺便就斜躺在了床上。

“这几天你既要上班，又要做饭。实在也是辛苦了，那就早点休息吧。”我不好意思地说。

“不！不！不！”她连说了几个不，我也就没有离开。

我还没说上几句，她就闭上了眼睛。

“你还是休息吧！”我嘻嘻地一笑，拘束地说。

"再坐会儿。"她又睁开了眼睛。

我坐在那里只好望着她。她又闭上了眼睛。只见她脸上泛起了红晕，嘴角流露出了微笑，仿佛沉浸在那种无与伦比的快乐与幸福之中。

这时我的心情是复杂的：恋人长相厮守就是一种幸福。恋爱还没有热乎就得分别，这是恋人最不愿看到的。

姑娘翻来覆去，神情不安，情感也难抑制。

一会儿，眼角似乎有了点泪花。

在这时，违背特殊身份的考量和不受约束的冲动，摘食禁果也是不负责任的。

军人有军人的情操，我更在乎天长地久的花前月下，高山流水般的春宵苦短。幻想与我爱的也爱我的人一辈子生活在一起，每天开开心心做自己想做的事。

我只得回到堂屋，在那里静静地等候。

姑娘的父母回家已是深夜十一点多了。

听到敲门声，我立即去开门。

"我女儿呢？"她妈连忙问。

"在卧室。"我说。

她妈三步并作两步，马上进了卧室。

她妈从卧室出来，我们在堂屋里坐了一会儿。

"她想跟你到部队去。"她妈郑重其事地说。

前些天，她父母也跟我谈起过到部队去的事，也讲过"女儿大了不中留"的道理。

"女儿大了不中留，留来留去结成仇"是我们那里的一句俗语，意思是女儿大了就该嫁出去。

留得住身，却留不住心。也就是说，女儿有了男朋友，出了嫁父母也就省心了。

"我先回部队，处理好工作，办好手续后就可以安排探亲的战友过来接。"我心直口快，没有思索，还是把工作放到了婚姻的前面。

"女儿大了，也有自己的心思。"她妈又补充地说。

"那是的。"我顺便答道。当时也就没有多想。

姑娘大了有心思也是正常的。

第二天起床，我也没有发现姑娘有什么多大的变化。但有一点不一样，就是不跟前跑后了。

我想，是不是折柳在即，在一块儿有点难为情。

吃过早饭，姑娘的家人一起送我俩上了开往岳阳市的公共汽车。

在车上，我们坐在一起。但我觉得姑娘的态度还是有了点变化，不像刚认识时，总爱听我讲故事，特别是有关部队的故事。更直白地讲，就是我俩在一块儿，总有说不完的话。

现在话少了，我也理解。马上就要分别，难免有点难舍难分吧？

到了火车站后，我先是买了下午就回部队的火车票。

当我把买好的火车票给她看时，她做了一个怪相说："不能在市里再陪我一天吗？"语气很是凝重，也有点祈求。

"这次是部队给我最长的探亲假，再耽误就要犯纪律了。"我的心里也很矛盾。从谈上恋爱，我俩还没有到过岳阳市。

那个时候，县城的女孩子能到岳阳市逛逛就有一种幸福感。在岳阳市买些服饰，那也是值得夸耀的事情。

就是给部队发封电报，说在路上耽误了或直接给部队首长说明，在岳阳市陪自己心爱的姑娘遛了下马路，逛了下商店，也无不可。

我没有这样做，也就是对自己身上的职责太在乎了。

午餐我要姑娘自己点，她没有作声，只得自己去点了几个比较贵的菜。服务员端上来后，她只拿了一下筷子，我也没有好好吃。我劝她吃点，她还是不吱声，只点了点头。我说回部队后就打结婚报告，她也不吭气，只是笑了一下，脸上难免略带一点苦色。

这时，我不敢再看她的表情。

沉默了一会儿，她挥起手腕让我看手表。"上车的时候快到了，你该走了。"她快快地说。

我急忙起身结账。

我俩一块儿到车站寄存处，取上行李。

她把我送上了月台，总是默默地望着我。

是不了解或是不理解，我都是接受的。

我俩在月台上等着列车进站。

列车刚停稳。她就说："你先上车，我再把行李从车窗递给你。"

手里没有行李，上车也就方便了很多。

我上车后，赶快挤到了窗口招手。她只得吃力地将两个旅行包一个个递给我。

接过行李，我就站在窗旁，目不转睛地望着她。

只见她就像一朵亭亭玉立的小荷花，静静地挺立在那儿。

列车徐徐开动。

我不停地招手，她还是一动不动地站在那儿。

似乎她眼眶中闪着泪花，仿佛有些无助。

窗外那漫山遍野的一树树野杜鹃花和一簇簇野百合花，静静地从灌木丛中探出粉红色和素白色的身影缓缓而过。

她那倩影慢慢模糊，渐渐地消失在青山绿水之中。

我还是深情地久久地伫立望着那儿。

离别的凄楚，一股脑儿涌上心头。

路途上的日子是难熬的。

回到部队的当天晚上，我的第一件事就是给她写信。

我按承诺每个星期给她写一封信，更盼望的是能早日收到她的回音。

在边防，通信是比较困难的。一个月没有收到她的来信，这是常事。

就是有什么变故，我不愿这么想！还是不变承诺，坚持写信。

两个月多过去后，才收到了她的第一封信。

内容既简单，而又实在："信都收到。夜深人静，月光摇曳，人非草木，何以为家。这种烦恼越是抑制越上心，叫我怎么熬啊！”

是的。漂亮姑娘，少不了接踵而至的追求者；深情恋人，少不了卿卿我我；美满婚姻，少不了夫妻生活。这些，你能给得了吗？你能满足得了她吗？

这段时间，她的父母也给我来过几封信，寄了些东西。

在她父母最后给我的一封信中说：“女儿大了，我们也的确是管不住了。说她，她不听；骂她，她就跑；打她，她不回。我们又担心她在外面出事，只得把她找回来。我们想把她托付给你，就是希望你把她带到部队，跟在你的身边。”

父母的愿望怎么能左右女儿的婚事呢？

父母的心，我是理解的。

我告诉她父母：“只要她幸福，我愿意！”

在恋爱婚姻中，两心相悦是不够的。你喜欢的人却有另一种想法，再留恋也注定是一场空；有时候，换位思考也是一种爱，一种无私的博爱。

秋水长天，落霞孤雁，顺随其美，水到渠成才是幸福。

这就是我的初恋，虽然时间不长，也是刻骨铭心的。回想起来意味深长！

我结婚后，把这件事原原本本地告诉了妻子。妻子说：“嫁给军人就是一种奉献。那种情况，她希望跟你亲热，也说不定把你当作了一个性无能！”

触景生情话感悟，人生惬意诉初衷，此情非彼情；人面不知何处去，新颜仍然送秋波，时过也境迁。

史钧沉月，初恋弥香。

初恋时的禁锢，黄昏后的际遇，人生也许就在这种不经意的阴差阳错中留下了传奇。

这次到西藏，在寺庙里我反复琢磨出了一个道理：在人生中，有些是不属于你的，就是你刻意追求也许终生也得不到，主动放弃是一种福；有些是你不曾期待的，却在峰回路转中不期而至。这就是缘，有人归结为命。

“飞机开始下降，请系好安全带。”空姐开始广播了。

我们不约而同地系好了安全带。

我侧过身去，望着舷窗说：“飞机下降后，能不能让我拍摄几张外景照片。”

“不要急，我拍摄好后发给你。”她很自信地承诺了下来。

在美女面前本来就不够大方的我，也就不好再说什么了。

“坐飞机到西藏，就是要在高空上拍摄一些地面的景物。否则，就等于没有到西藏，少说也是一种遗憾。”美女笑着说。

她拿着手机，眼望着舷窗外。我也望着外面，但不敢靠得太近，再近也就贴到她的身上了。

她看出我的神色有些呆板，她大概明白了意思，做了一个吃惊的怪脸。

我俩的目光注视在一起时，都会心地笑了。

“美女往往受到关注。”她看了一下我的表情，诙谐地说，“你能关注我，来历也不一定很浅。”

是我关注太多，还是她主动挑衅，我一时说不准。

看样子也是一个跑江湖的。不然，她怎么会说出这样的话？

我有点莫名其妙。可话又说回来，出门在外不能斤斤计较。多包涵，不仅是一种美德，也是为人处世的良方妙药。

随着飞机不断下降，我的耳膜开始有些鼓胀疼痛。我靠在靠背上，张开嘴，用指头把两个耳孔塞住，疼痛明显减轻。

这时的她，喜形于色，仿佛更精神了。她用手机对着舷窗，“啪啪啪”地拍开了。

“下飞机的时候，你帮我拿箱子。等行李的时候，我把照片发给你。”她毫无顾忌地给我下起了命令。

在等行李的时候，她拿上我的手机，把我加成了她的好友。

随着“叽叽叽”的微信声，二十多张带有飞机机翼、高空俯拍的具有西藏特色的照片就传到了我的手机上。

这时，我才知道她的芳名叫瓶子。

是她开启了我心中的另一个世界。

二、旅行美食

在西藏高原，这里天空湛蓝，云彩洁白，疆野广袤，民情率真，佛像美轮美奂，唐卡五彩斑斓。还有那香气四溢的美食城、沁人心脾的酥油茶、漫山遍野的格桑花、悠扬深邃的诵经声。

这个地方，的确和我原来生活的世界不一样，一切光怪陆离、五彩缤纷。

我们刚走出拉萨贡嘎国际机场离港大厅。美女丢下行李，不顾劳顿，跑到广场，双手张开，仰望天空，视若无人地疾呼：“我已平安地到达。俯视和仰望的感觉果然不一样，高原很美，心情也很美。”

瓶子这种率真性格表现得淋漓尽致，使我进一步了解了她。

对于我来说，来到拉萨，让我的人生向前迈进了一大步，但它似乎还不能安抚我那躁动的灵魂。

我赶紧拉上美女的旅行箱，告诉她：“接机导游举着牌子正在前面等着我们。”

她急忙跑过来说：“我是不是有点失态？听到的和看到的果真不一样！不到这里，真的不知道西藏真的美！”

美女还真是性情中人，情感随着情景溢于言表。

“那倒没有。年轻人的心情是可以理解的。”我尽量安抚她的情绪。

我俩赶到接机导游方圆跟前时，其他几位游客也都到了。

这时，我才知道我们湖南西藏旅行团仅有六位游客。也好，人少各方面都便当些。

我们跟在导游身后，他带着我们从阴凉处擦着走过。

到了停车场，硕大的广场在火辣辣的阳光直射下，热气扑面而来。

美女们赶紧打开旅行箱，取出太阳伞撑了起来。

接我们的是一辆豪华旅游中巴车。导游先作自我介绍："姓名方圆，也就是内方外圆。你们的行程就由我全程陪同，出门在外大家都要多多担待。"

拉萨机场距市区将近一百公里。一小时多点的高速车程，我们来到了拉萨市区，住进了拉萨旅游宾馆。

登记时，瓶子提出休息一会儿后，一块儿找个餐馆去吃当地特色菜。

我第一个表示支持，也得到了大家的认同。

我在房间里休息了一会儿，立即下楼。并不是肚子饿了，而是湖南旅行团第一次集体行动，又是瓶子倡议的，不好拖延。

当我刚到宾馆大厅时，她已经提前等在这儿。

瓶子说："我们建一个微信群怎么样？"

此议正中我下怀。

原本建群我很乐意，就是操作不熟练。

瓶子看出了我的心思，主动承当起了群主的责任。三下五除二就建好了"长沙西藏'五·一一'旅行团"微信群。

在取行李时我就知道她的网名叫瓶子。其实这个名字很好，也很洋气。不知道是怎么了，我又好奇地试探性地问开了："你怎么起了一个这么美的名字。"

她说："我的星座属'水瓶座'，我也很喜欢瓶子这个名字，没有别的什么含意。以后你就叫我瓶子吧。"

在拉萨，这里有属于当地人的牛羊，还有满街跑的三轮车。当然，这里更有名的还是那寺庙和信仰。

初来乍到，我们对拉萨市的市况不是很熟悉。

瓶子随便叫了辆脚踏三轮车在街上晃悠了一圈，车夫最后把我们放在了市中心的饮食一条街。

这里，沿街两边都是餐饮店。

旅行是当今社会最时髦的词语和概念。在中国兴起，也是近些年的事情。

旅行的兴趣到底在哪里？味道究竟是什么？因为工作！因为心情！因为梦想！因为意念中的那位她！还是一种不经意的狂热！或者是一种莫名其妙的冲动！

瓶子说："我们这次来西藏，绝不是为了吃饱肚子。一定要找个具有西藏特色的餐厅，品尝一下西藏的美食。"

同是天涯寻觅人，很容易找到交叉点，引起心灵的共鸣。

大家的想法不谋而合，分别进了几个店都没有中意，觉得没有明显的西藏特色。

原来，我们寻找的是心灵的港湾，都想得到一种精神的慰藉与安宁。

相同的兴趣爱好更能找到共同的语言。

瓶子在一家高档的"那拉赞巴酒店"前停住脚步，高兴地说："你们等着，我先进去，看好后再出来叫你们。"

瓶子刚跨进大厅门槛，就回头对着我们招手："快进来，这里比较理想。"

我们跟着瓶子进了大厅，服务员不停地重复着："扎西德勒！扎西德勒！"以表示欢迎。

大楼共四层，大厅有假山喷泉，花卉盆景，流光溢彩，香气扑鼻。大厅两边都是双层具有藏族特色且富丽堂皇的包间，楼上是客房。

走进包间，屋子虽然不大，四周都挂满了壁毯，中间放了张矮方桌，矮凳子上也铺着绣花毡，坐上人可以后靠壁毯，很是温馨。

点菜员进来问我们吃些什么，大家不约而同地说："西藏特色。"

可是，西藏特色有哪些，谁的心里也没有数，好不好吃谁也不清楚，爱不爱吃又是另外一回事。

瓶子对服务员说："你介绍一下，只要是好吃的，我们都要。"

服务员惊讶地反问：“西藏好吃的多着呢！你们几个人一餐吃得了吗？烤只全羊可以招待二十多人。”没想到藏族姑娘的汉话说得这么标准。

听到这话，瓶子补充说：“每样少一点，不浪费，吃饱为原则。你给我们一样一样地推荐。”

点菜员拿着电子点菜器，如数家珍地向我们推荐：“炖牦牛肉、烤羊排、清炒折耳根……虫草汤、糌粑。”全是一色的西藏特色菜，这些都是藏民独特的生活符号。

见几位如此大方的内地客，点菜员难免喜形于色。

湖南人一般不点六道或七道菜，五道菜显然又少了，瓶子一下子为我们点了八道。

西域五省份我跑遍了四个，恰好是第一次来西藏。在各地吃了很多特色菜，可就是不会点菜。

这时，瓶子主动拿起方桌上的开水瓶准备给大家倒茶。

我说：“既然瓶子给我们点了一桌子西藏佳肴，似乎还缺了点什么？”

她立即停下手中的活望着我。

“再来点西藏的酥油茶怎么样？没有酥油茶那当然是一种遗憾，也就没有了这里那种道道地地的味道！”服务员接着我的话茬，笑眯眯地说。

“那就来壶酥油茶吧！”瓶子似乎成了主人，并没有踌躇，信心满满十分肯定地说。

“好的。”服务员应了声，菜单就出来了。

现在出门旅游的人，口袋里都有几个钱，并不在乎花销，也就没有人提出异议。

大家抓住时机，各自都拿出手机，拍照的拍照，发微信的发微信，忙得不亦乐乎。

“‘独在异乡为异客’，可喜今天座上宾。”不一样的心情有不一样的感慨！瓶子打破了寂静。

正好服务员送来了酥油茶，在每人面前都倒上了一碗。

瓶子坐在我的身边，总是问："酥油茶好不好喝？"

"肯定好喝！不信你试试！"我一边说一边就喝了一口。

她先用鼻子闻了闻，再用香唇舔了舔，还是不敢喝。

我欣喜地说："当你遇到一样新的东西还不了解时，如果你真的想了解，也的确是诚心诚意地去了解时，那这个东西就会是你喜欢的东西。"我停了一会儿，小声地告诉她："这就叫作'情人眼里出西施'嘛！"

"你真坏！"她靠近我对着耳朵悄悄地说，好像我使坏调侃了她。

我又告诉她："当你想做某件事，而且欲望强烈时，肯定不会犹豫。一旦犹豫，就会冲减你的欲望，这件事你就难以做成。"

她望着我莞尔一笑，然后屏着呼吸，满满地喝了一大口。

没过几分钟，瓶子大声地说："酥油茶不错，滋味好极了！"

"有时候需要一点勇气！在飞机上你教我喝咖啡时，也是一样的感觉。"我啧啧称赞。

我觉得她这时的心里一定是甜美的。

瓶子的兴趣，吊起了我们的胃口。一壶喝完，又加了一壶。

在瓶子的倡议下，我们站在世界的最高处，以茶代酒，举杯庆贺难得的巧遇、人生的奇缘。

瓶子用手机留下了这值得回味的珍贵一瞬。

酥油茶和咖啡一样，生津止渴，口齿留香，醇厚绵长，酣畅淋漓。

我不知道藏族同胞喝酥油茶的历史有多长，也正是这些未知数把西域的亘古与现在、天堂与人间紧紧地环抱在了一起。这就是神秘高原的魅力。

上菜了，瓶子用香帕往鼻子上扇了扇说："好香啊！"随风一股清新香气扑鼻而来，搅得我食欲大开，直流口水，真想伸手先动筷子。

菜上齐了，玉盘珍馐，秀色浓香。

这种诱惑力考验着我的自控力。

在美女面前，我也不敢恣意妄为。

一道菜，就是一个民族的符号。

炖牦牛肉是西藏饮食的典型代表，也是西藏饮食文化的一张名片。

瓶子说："这炖牦牛肉，虽然肉丝粗点，可是养生滋补佳品。吃肉一定不要忘记喝汤。藏民体质强的根本，就是有这牦牛肉。他们在爬山前，必定先吃牦牛肉，再喝一碗汤。"

我想，瓶子也是新官上任，什么时候研究起了牦牛肉？是不是先有研究而后来呢？

我们一道一道地开始品味起了西域悠久的历史文明和饮食文化，更觉得身心爽快，意味深长。

"你们尝尝烤羊排，表黄又不焦，外脆而里嫩，鲜醇可口，嫩酥诱人，比新疆的烤肉还地道。"刚说完，我就拿起一根羊排狼吞虎咽地吃了起来。

美女简单有些拘束，望着桌上的美食。她悻悻地说："我想吃，就是怕长胖。"

"长胖就长胖，不能委屈了肚子。"瓶子又拿起羊排吃了起来。

简单奚落瓶子说："你不怕长胖了嫁不出去？"

"嫁不出去就嫁不出去！嫁人是诱惑！美食也是诱惑！今天长胖，明天还可以减肥嘛！"她环视了一下周围的人继续说，"如果今天有人嫁，那我就不吃了！"

这时的瓶子，无拘无束，两颊绯红，心花怒放。

好像是哪怕明天嫁人也还得吃。

知道是玩笑，谁也不敢接这个招。

我揣摩，瓶子对美食的狂喜，是不是可以弥补婚姻的缺失？

挡不住的是诱惑，不觉越吃越香，食量大增。我吃饱了，又喝了一大碗虫草汤。

我真是开怀至极，兴高采烈。

虫草汤在湖南也比较时兴，能喝上一碗原产地西域高原的虫草汤更具独特风味。

这些具有西域特色的美味佳肴诠释着既属于藏民自己，又属于旅行者，对于这块尚在闺中、渴求开发的热土的一种深深的眷恋和难以释怀的热爱。

刚刚吃完，我去买单。

瓶子即制止说："AA 制。就是大款也不要你付钱。"她大声叫来了服务员。

我琢磨：AA 制就 AA 制吧。这也许是一种时髦，一种默契。

买完单，大家并没有走的愿望，又拿起手机发开了微信。

还是瓶子的手脚快，我刚拿出手机，在朋友圈里就看到了瓶子的感受："坐在藏民本色那拉赞巴餐厅里，吃着地道的特色菜，喝着纯正的酥油茶，也是别有一番滋味在心头。"

在异境他乡享受美食盛宴，看来瓶子的心情是爽朗的。

当今的旅行者，对美食的讲究和追求已成为旅行的目的之一。

我们尝到了西藏原生态天然美味，有些欲罢不能的感觉。

在去林芝的车上，瓶子就跟导游协商好了，晚餐我们自行安排。

导游很支持也很客气，告诉我们节约的餐费可以安排在路途的午餐之中。

瓶子特别对新婚夫妇说："今天的晚餐不能没有你们。"两位年轻人即刻表示同意。

在集合的时候，我们几个旅伴就已经商量。今天的晚餐不仅要有西藏特色，还要兼有湖南味道。

瓶子说："那就品尝一下西藏的鱼吧！"

藏民对鱼是有禁忌的。鱼被视为神物，这与他们的风俗习惯有关。

对于旅行者来说，熟悉和尊重当地的人情世故是不可忽视的。

在我的概念和记忆里，西藏只有塔葬、天葬和水葬。

没想到，西藏还有一种树葬。这种树葬是专门针对妇女而言的，虽然已经禁止，其残忍程度令人不寒而栗。也就是说，妇女在藏教藏规中，必须循规蹈矩，一旦触犯戒律，死后就会悬挂树上，让她不得投胎托生。

能不能投胎，其实这本身就是藏传佛教对人性的一种精神枷锁。

在祈祷亡者灵魂安宁的同时，也难免产生一种对涅槃重生的无奈与伤感。

导游的介绍，无不使我们毛骨悚然。

在藏区最为普遍的是天葬，这体现了藏传佛教的最高境界——舍身布施。藏民对佛教的信仰已经高于一切。

在藏传佛教中，人是有灵魂的，也是有来世的。今生的虔诚修炼，为的是再世或转世。

他们的理念是，人死了可以上天堂，不用留下任何东西，包括自己的肉体。

在他们的眼里，天葬可以让神鹫将自己的灵魂带入天堂。所以，藏民不怕清贫和痛苦，也不惧黄泉路上的艰难。

因为，这些都只不过是在过路的途中，目标是来世投胎于富贵人家。

在藏教信徒的眼里一切皆空，唯有灵魂是永存的。所以，他们的遗产特别是贵重的金银财宝都捐献给寺庙。

在布达拉宫我们就目睹了由信徒捐献的银饰所制作的工艺塔，诉说着不同的藏民所持不同的生活态度在赴天堂途中的百态图，一路充满了艰辛和苦难。

在残酷的奴隶制度统治下，被奴役了一辈子的信徒在去冥冥天国的路上，仍然还在受剥削。

在林芝的藏医馆，讲解员在介绍西藏医学解剖时，很骄傲地讲到，西藏的医学解剖要比西方的医学解剖早几百年。原因是天葬师在分解遗体时，对人体的骨骼游刃有余。

在医学尚不发达的很早以前，这些天葬师又兼有治病救人的职责。当两者分离时，一些造诣较深的天葬师就摇身一变成了解除民众疾苦的医生。

这也不足为奇，美丽的传说中往往又掩盖了好多残忍的血淋淋的事实和真相。

水是人类生命之源泉，人们对水寄予了无限美好的向往和遐想。

在许多神话故事中，把水和幸福美好，甚至神灵都联系在了一起。所以，人们在安葬死去的亲人时，自然就会想到水。

在水葬看似简单的背后，隐藏着更多鲜为人知的秘密和心酸。伤疤和疼痛不必触动，更不宜渲染。

藏民视鱼为水神即灵鱼也就不足为奇了，就是其他民族不吃江河湖海中的鱼类也在情理之中。

这些年，随着内地各省市对口支援西藏建设方兴未艾，西藏与内地的交往越来越多，人员流动越来越频繁。特别是西藏旅游事业的迅速发展和民族意识的不断开放，政府在招商引资方面给予政策优惠，一些内地餐饮企业抢抓机遇进驻西藏，非藏族餐馆越来越多。

情况的变化与现实的考量，经济的发展与科技的腾飞，池养鱼业应运而生。

一些西藏的优质鱼种和内地的引进鱼种，在池养后送上餐桌。有的甚至不惜高价空运特种鱼类到西藏，满足市场的需求。

文化层次的提高和科普知识的推广，使一些藏民对鱼的认识也就有了根本性的改变，抵触情绪和忌讳心理也就慢慢地开始淡化。

到林芝市的那天下午还很早。

我告诉瓶子："吃鱼还是要找一家汉族餐馆为宜，不能犯忌虔诚的藏民。"

瓶子理解了我的意图，立即用手机在"百度"中搜索林芝市所在地巴宜区八一镇的汉餐馆。

搜好后，瓶子使了一个眼色，凑过来跟我说："西部情缘生态馆怎么样？"

"情缘生态馆？好时髦的！"开始我还以为是瓶子搞错了。

"你不要胡思乱想！是不是看到'情'就想起了'缘'？那不一定。有时候，有'情'不一定有'缘'，有'缘'也不一定有'情'。还有缘木求鱼呢？缘木是求不到鱼的！"瓶子洒洒脱脱地斗开了嘴，更彰显出一种成熟的魅力和韵味。

"你是说西部情缘生态馆既没有'情'，也没有'缘'，更没有'鱼'吃喽？那我们还去干什么？"我反问得瓶子满脸羞涩。

"想吃鱼就跑腿，没有不劳而获的道理。"看来瓶子也有一张难以饶人的嘴。

"有多远？"我问。

"八里多路。"瓶子咕哝着回答。

"再远也得走。"我说。

"长时间坐车，走走路也好。"躲在一边很少发言的新婚媳妇李子也发话了。

美女媳妇建议步行更加鼓舞了我们的信心。

"那我们今天就缘腿求鱼啰！"我感同身受地说。

大家都开怀地笑了起来。

瓶子按图索骥，根据百度搜索在前面带路，我们跟在其后，边走边逛。找到西部情缘生态馆时，已经走了一个多小时。

楼宇很气派，装修很特别，招牌很显眼。

这是一家由福建老板投资新建的特色餐饮大厦，装修开业不久，开业时的花篮全部还整齐地摆放在大厅门前。

我们进去时，老板正在给员工讲话。老板随即安排礼仪小姐接待服务，把我们安排在中间比较显眼的地方喝茶。

林芝是中央确定由福建省对口支援的地区。

这些年，福建省对林芝市的基础设施建设和经济发展支持的力度比较大。特别是在招商引资上妙招奇出，取得了一定的效果。

西部情缘生态馆是一家由福建投资新建、四川厨师掌勺的汉餐馆，这里最著名的有产自于林芝波密县扎木河的波密鱼。

波密鱼形似生长在湖南洞庭湖与长江交界处的回头鱼，呈深灰色，身上有黏液，摸起来很滑，这种特性又像洞庭湖里的鲇鱼。

鱼的肉质鲜嫩润滑，口感也很好。

员工会议结束后，大堂经理带着点菜员来到我们的桌前，开始推荐他们的招牌菜。

大堂经理还没开口，瓶子就指着菜谱上的波密鱼问："这鱼养在什么地方？"

"就在后院的鱼池里。这鱼在进入餐馆之前，还得在大鱼池里精养一年以上，再送到大型餐馆的鱼池。大家可以去看看。"大堂经理边说边走带着我们来到了后院。

只见一个三米见方的鱼池跃入我的眼帘，里面游着上百条各种鱼类。

我回想起在飞机上看到河流峡谷的河床上有很多蓝色的方形物，那一定是人工修造的精养鱼池。看上去很壮观。

瓶子说："捉条四斤左右的波密鱼，饱饱口福。"

点菜员拿来了带把的舀鱼小网，舀了一条大波密鱼。瓶子急切地用手到舀网里去捉。

鱼很滑，她几次也没有把鱼抓住，却把自己的衣服弄湿了。

"瓶子注意，不要掉到池里，湿身了不好！"我提醒着瓶子。

"我早就湿身了，我不怕。"瓶子的答话引起我们哄堂大笑。

捞好鱼后，三位美女非常兴奋，在大厅里不停地给鱼照相。

瓶子说："今天晚上以吃鱼为主。"接着又点了墨脱石锅鸡、小炒高原黑猪肉、清炒蕨菜、松茸汤等七菜一汤。

墨脱石锅鸡在西藏地区有很长的历史，很受当地居民和游客们的喜爱。

炖鸡用的墨脱石锅产自于与印度接壤的西藏墨脱县。这种石头性软，耐火，炖出来的食物胜过景德镇陶瓷锅。在慢火炖煮的过程中，墨脱石分子发挥作用，不仅味道鲜美，还有一种延年益寿功效。

“今天是什么日子，你们没有忘记吧？”瓶子问。她用眼睛扫视了大家一圈。

“母亲节！”还是女性更富于亲情。我还在思索的时候，美女简单激动地说。

简单停了一会儿接着说：“这次本来是陪爸妈一块儿到西藏为妈妈过个具有纪念意义的母亲节。没想到妈妈担心高原反应，在与旅行社签订协议并购买了飞机票后打了退堂鼓。钱花了，人没有来。用她自我安慰的话说，到高原后身体不适不仅影响我们的行程，造成身体损伤更加得不偿失。何必呢？她老人家始终都为我们着想！”简单虽然没有哽咽，眼角却飞起了泪花。

多么伟大的母爱！多么纯洁的母女深情！

停了会儿，简单接着说：“刚刚，我和爸爸给我妈发去了祝福，也发去了些这里奇异瑰丽风景和观光旅游视频！”

都说女儿是妈妈的小棉袄。关键时刻，才能真正体会到。

瓶子神情自若地说：“今天是七星伴月八个菜。家庭就像月亮一样，游子不管走到哪里，无论你有多大的成就，家才是让你停泊的幸福港湾，家也是奔波在外的游子永远的牵挂。”

这桌集西藏高原特色和湖南家乡风味于一体的美食，当初约定的时候谁也没有道破，却演绎了心有灵犀一点通的道理。

瓶子更具心计，隐匿锋芒，关键时刻展示出了女性特有的妙招。她几次下伙房与厨师商讨配料与做法，也付出了辛勤。

瓶子清了清嗓子说：“美食有两种做法：一种是特色菜。一道好吃的特色菜，不仅食料讲究，还有火候、调料、刀功。另一种是普通菜，主要是根据顾客的喜好和习惯来烹制特色。有的不惧辣，有的喜欢麻，有的爱清香；有的习惯炒，有的善于炖，有的看好炸，有的希望焖。萝卜白菜，各有心爱，说出了食客千奇百怪的心理和心态。”

在谈笑中，我们的菜上齐了。

这次湖南西藏五·一一旅行团成员之间特殊的身份和关系，我们一路滴酒未沾，情趣丝毫没减。今天同样只能以茶代酒。

大家高举茶杯，兴趣盎然，用这种特殊的方式，在祖国的边疆祝福我们的母亲节日快乐！

瓶子非常自豪地说："今天的特色是：西藏的食料，四川的工艺，湖南的协作，烹饪出了四川的椒麻，湖南的火辣，福建的茶香，真正的纯正田园味道。希望能给大家一次美的享受。"

生活原本简单朴实，一旦融入自然灵气和人性灵感，用智慧突破食物本身的局限后，就将变得更加恬静和浪漫，这就是美食内涵的艺术表达。

"瓶子真有两把刷子，看样子还是个很有故事的人物！"一般藏而不露城府很深的简爸终于开腔了。

大家热烈地鼓起了掌。

茶叶和荷叶作为调料也是最近几年烹饪发展的新尝试和新趋势，效果很好，受到很多食客的青睐。特别是女性食客弃辣少麻情况出现，讲究养生食疗成为一种时尚。

瓶子会吃爱下厨，善于总结烹饪技巧，可算得上是一位美食家，为贤妻良母做准备。

后来瓶子悄悄问我："湿身有什么好笑的？"

我告诉她："湿身一语双关，除把衣服打湿外，还有一种是谐音。'湿'与'失'同音，也就是'失身'。'失身'你应该知道吧？就是姑娘没结婚就与别人发生那种关系的意思。"

"你乱解释吧！我的衣服是已经弄湿了！你又要开了贫嘴！"瓶子一脸茫然，更有几分稚气未脱的青涩，愤愤地说。

瓶子嘴里虽然不服气，但可以看出骨子里还是满心欢喜的。

"这都是开玩笑的调皮话。"我只得安抚她。

男人欣赏女人的表现形式，就是设法逗得她乐不可支。

这一切把我带入了远游他乡，追逐梦想的年轻人的内心世界。

一路旅行，她留给我最多的是分享。

三、雨中·雪中

大自然用神来之笔不断创造奇迹，这才拥有了高山、大河和原野。这些山川景色千姿百态，又给人们无限遐想。

西藏暮春时节，早晚的气温还比较低。

第二天清晨，高原反应还没有彻底消失，我们就坐上了旅游车。

在车上，导游方圆就给我们介绍了关于南迦巴瓦峰各个版本的传奇故事。

这里有座圣山，比珠穆朗玛峰更闻名，更神圣，传说更动听，那就是雅鲁藏布江畔的南迦巴瓦峰。

南迦巴瓦峰海拔七千七百八十二米，是林芝第一、西藏第十八、世界第三十二高峰。

闻名来自于喜马拉雅山脉、念青唐古拉山脉和横断山脉在这里交会。

神圣在于它是西藏最古老的佛教“雍仲本教”的圣地，被称为“西藏众山之父”。

它另外一个具有男性威严的名字，那就是“直刺天空的长矛”。南迦巴瓦峰就成为一个刚与柔的双面体，但它展现给信仰者最多的还是纯与美。

雅鲁藏布江大峡谷有遮天蔽日的热带雨林，山腰绿荫环抱。循着山坡再往上，植被越来越稀少，山体被冰雪切割，风化剥蚀成了陡峭的崖壁。雪线以上则是一片晶莹剔透的冰川和雪峰。

淡淡的云气蒸腾而上，轻灵的云瀑悠然滑落，白缎般环绕着山腰，宛如仙女在风中飘飘而起的衣袂。闪烁蓝色寒光如剑的雪峰，在云幕中若隐若现，给崇拜者更多的想象。

它还有一个名字来源于藏语“雷电如火燃烧”的解释，那就是

“木卓巴尔”。其巨大的三角峰体终年积雪，云雾缭绕，终日不散，从不轻易露出真面目，素有游客十人九不遇之说，也称之为“羞女峰”。

“羞女峰”的传说，在民间有好多版本，其中一个是“羞女峰”很圣洁。如果来者中夹杂有人心怀不轨，越是接近，越是风雪交加，电闪雷鸣；或缺乏诚意，不甚纯洁，它必将是闭门谢客，消失得无影无踪。就是心诚意纯，它也还是遮遮掩掩，羞羞答答，难少姑娘忸怩之态。那时周围也会烟雨蒸腾，云淡霞蔚，就是神仙也难彻底揭开它的面纱。

它只有在情投意合的有缘人之前脱卸装束，一展冰清玉洁的芳容。

这些都受到旅行者特别是探险者的青睐。

耸立陡峭的山峰，攀登难度之大，更令世界各国登山者所瞩目。

解放初期，多国登山队觊觎她的容颜，多次在南迦巴瓦峰下安营扎寨，都因为暴雪或雪崩不断，无缘山顶，也有登山队到了六千九百米的5号营地而遗憾折返。这幕往往又使南迦巴瓦峰很长时间未被人类征服而成为一座“处女峰”，让人更加推崇和敬畏。

日本登山队受到各种传说的感召，特别邀请中国登山队组成联合登山队，于1992年10月30日成功登顶。中国登山队和中国人民兴高采烈，额手相庆；日本登山队窃喜有余，不幸有浪人参与玷污处女圣洁。至这近三十年，又有多少登山队趋之若鹜，却没能够如愿以偿。

长期掩面不让游客一窥，使其更加神秘，被称为西藏最难见的山、最纯的情。

难怪有人说，真正的爱情，是前世五百次的回眸，才修得今生结一世情缘。

要想一睹真容，必须要有耐心和忍劲。曾经有不少驴友在林芝待上一个月，就是苦苦等待一睹南迦巴瓦峰之真容，也抱憾而返。

相见不仅看运气，还要看缘分。

这些高原千古传闻，又牵动着当今旅行者的心，成为他们心驰神往的地方。

导游讲得眉飞色舞，娓娓动听；游客听得津津有味，兴致勃勃。

这时，瓶子就暗暗地下定决心，一定要试试，哪怕是少游几个景点，也在所不惜。那不是碰碰运气，而是要看看自己有没有这个缘分。

我们的旅游车在南迦巴瓦峰观景台停稳，大家争先恐后下车。瓶子抢占先机，第一个下了车，以先睹为快。

景点人头攒动，摩肩接踵，想找一个照相的地方都很难。

这些游客中，绝大部分都是了却到此一游的心愿。一些人换着姿势，对准那个方向照着相，留个纪念而已。

“为了看这峰，我也是拼了。缺氧到心疼。”瓶子表露了她的心迹，对南迦巴瓦峰的渴望令人心酸。

“不能遗憾终生，一定要再等一等，我要等到奇迹的出现。”有着倔强性格的瓶子喃喃地说。

我们坐上景区车后，瓶子灵机一动，想出了一个新招，建议说：“我们能不能在这里再等一等？”

导游说：“可以。大概两小时后，我们返回这里时，如果还没有看上，那我也就无能为力了。不过，今天的其他景点我们也就不负责了。只能说明你的缘分不够。”

我是最能理解瓶子心情的，同团湖南西藏游伴也随声附和发表意见，我们的意见是一致的。在这儿再等几个小时。碰碰运气，看看缘分。

我们只得再次下车。

春天的花儿娇艳明媚，香气迷人；成对的鸟儿欢呼雀跃，鸣啼动听。

我坐在西藏南迦巴瓦峰附近的山头上，望着瓶子轻盈的姿态和灿烂的笑容。她无拘无束地弯腰采摘了一把格桑花，放在鼻子下闻了闻，转身朝向南迦巴瓦峰，双手捧着鲜花，伫立在那儿祈祷。

一片白云匆匆飘了过来，模糊了瓶子的身影。云儿洁白无瑕，自由自在飞向了南迦巴瓦峰，刹那间就无影无踪了。瓶子的倩影又重幻在了我的眼前。

瓶子的神态宛如仙女一般，轻盈飘逸，风姿绰约。

这一幕使我浮想联翩，思绪万千，一股热血浑身奔涌。

幽静的深谷，飘浮的山峦；瓶子那颗渴望远飞的心，还有我那梦一般的思绪。

这是我想象力驻足的摇篮，也是一个放飞梦想的地方。

一阵风来，吹散了瓶子的秀发，随着下起了小雨。

可爱的喜雨送来了一缕缕清风，送来了一丝丝凉爽，送来了一片片恬静，还有那美妙而悦耳的旋律。

她那并不紧束的衣服，在微风细雨中勾勒出了优美的曲线。

瓶子、简单和李子三位美女迅速拿出太阳伞遮雨。

雨声滴答敲打着我的心。

“快来呀！快来呀！”瓶子睁着两只会说话的大眼睛，神情怡然地边招手边喊。

我只得赶快向她靠拢，一只手伸出去抓住了伞把，与瓶子共同举伞遮雨。

顷刻间，雨越来越大。

瓶子松开手，双手抱胸，站在了我的胸前，明显地感受到了她身体的温度。

我的心开始“扑通扑通”乱跳。

往往最神秘的又是最模糊的，有些感受只可意会，难以言传。

瓶子抬头看了我一下，嫣然一笑，我越发觉得不好意思。

“‘坐怀不乱’的情愫呢？还好一个文人！”这句话好像又稳定了一下我的情绪。

我真幻想，雨再大些！伞再小点！时间再长些！哪怕是地球停止转动！

这会儿，最美的已不再是下雨了。而是陶醉在格桑花弥漫山野的一种清香，欣赏着轻雾笼罩山峰的那种朦胧，更喜欢雨珠随风飘逸落打雨伞发出的清脆声响。

雨过天晴，雅鲁藏布江大峡谷架起了一道七色彩虹，把南迦巴瓦峰圈在里面，就像一位纯情美丽的新娘戴着面纱，怯生生地坐在花轿里，等待心上的人来迎娶。

虔诚地祷告，耐心地等待，终于有了结果。

2018 年 5 月 13 日十二点三十分许，南迦巴瓦峰在千呼万唤中从云端微微露出英姿。

大家屏住呼吸，也根本来不及选择角度，抓紧时间抢拍镜头。

二十多分钟过去，漫卷的云烟又遮盖了它的容颜，只留得天空流云如织，漫漫积云越来越厚。

南迦巴瓦峰仿佛成了一尊神圣奇妙的幻影。

南迦巴瓦峰对我们的眷顾，是神灵的庇佑保护，证明游伴们都是有缘之人。否则，也许终生就难有这种巧合了。

瓶子站在那儿，默默庆幸自己心灵的纯净与圣洁，试婚的纯情与率真。梦幻自己与将来遇到的那一半，一定会成为一对让世人羡慕的神仙眷侣。

这时的瓶子喜出望外，手舞足蹈，多情地将花束撒向天空，撒给旅行的同伴。

大家一块儿兴高采烈地唱起了降央卓玛《雨中飘荡的回忆》。

方圆导游带着景区游览车游览了其他几个景点，按时返回了南迦巴瓦峰瞭望点。

一上车，瓶子就娓娓动听地给同车旅行者讲起我们的奇遇，无不送以钦佩的目光。

我带头鼓起了掌，掌声飘出车窗外，在山谷中回荡。

雅鲁藏布江峡谷的山势变化莫测，别有洞天，宛若仙境。

游览车在密林深处穿行，通向幽深僻静的地方。沿途铺满了奇花异草，高矮不一，参差不齐，流溢着七彩光芒。

西藏高原，江河纵横，湖泊密布，山川众多，寺庙驰名。好一派“春有百花秋有月，夏有凉风冬有雪”的自然光景。因为地域特色、气候环境、文化元素的差异，却少有“春江花月夜”那样空明豪放、婉转悠扬、幽美妖艳的人文韵律；多是“群钓寒江雪”这种寥廓诡奇、寂静悲凉、惝恍迷离的传闻意境。

当人类对一些自然现象还不能作出科学解释时，幻想人生会有来世。所以，修炼来世又成为一些善良人追求的目标。宗教信徒也许就是这种盲目崇拜的心灵修炼者。

行进了三十多分钟，我们就到了巴松措湖心岛的附近。这里潮湿闷热，车来人往，纪念品商贩叫喊不绝于耳。

湖心岛也叫羊背石岛。循名而责实，湖心岛四周环水。两座木制连锁浮桥连接岛屿，一桥上岛一桥下，是朝拜信徒的必经之路。

岛上圣洁清静，却是另一番景色。

这里由其独特的地质变迁过程形成了独特的气候及生物环境，仅植物所体现的多样性令人称奇。千年的青冈树，罕见的桃抱松，郁郁葱葱，遮天盖地。

这里有古刹措宗寺，斑驳的玛尼石，无脖的青石佛像，奇异的生殖崇拜。还有英雄格萨尔王的传说，印度僧人莲花生的故事。

山水幽静处，寺庭草木深。谷罄应峰鸣，禅声无俗情。

措宗寺门前，左右两侧竖立着一对夸张了的足有两米高的男女下身全裸木雕人体，生殖器暴露在外。人体上涂有红色，长时间的风吹日晒颜色已开始脱落，斑驳陆离。男性雄挺，女性阴润，很给人以想象力的空间，也有人看得目瞪口呆。引来一些好奇的年轻人或新婚夫妇围观；也有未婚姑娘忸忸怩怩，半遮半掩地斜眼望一望；也有尚未成熟而又调皮的童男童女无意思地随手去摸一摸；也有夫妻生活不和谐或未能生育的男女，跪在那儿祈祷生殖神灵能给自己带来幸福和快乐。

性崇拜是一种文化现象，也是社会发展的早期文明。它起源于原始初民对自身的性结构、性功能和性愉悦的不理解，是人类最原始的本能需求。也就是说，它的神秘更在于它的功能和作用。它的本质是创造生命的原动力。

在原始社会，先民们为了追求幸福，希望人丁兴望，生产发展，在社会发展过程中逐渐形成了一种被人们认同的风俗，也是对人类生殖繁衍能力的一种向往和赞美。

当今在一些民族地区和特殊场所，仍然残留着这种原始印记。这种历史的烙印在社会发展进程中时隐时现，或暗或明。它的特殊效能是永远不会消失的。

在中国封建社会，统治者却给这种人性本能披上了一层神秘的外衣，但又根据人的不同身份分出三六九等来。皇帝可以三宫六院，达官贵人可以三妻四妾，市井商人可以光顾灯红酒绿场所，就连平民百姓也可以休妻典妻，而唯有妇女必须三从四德，只能从一终老，成为男人泄欲和传宗接代的工具，这是极其不平等的，也是对妇女的歧视和压迫。

社会进入文明时代，性崇拜的表现形式发生了天翻地覆的变化。从毫无掩饰变得华丽包装，从赤裸裸变得扭扭捏捏，从局促忸怩变得花枝招展，从大男子主义变为情感难以说清是谁的主动。歌舞厅、音乐厅和茶餐厅已成为男女接触交流的主要场所。

现在走在大街上的妇女，雍容华贵的打扮，也就是想博取路人眼球，提高回头率。赏心悦目的女子，仪表堂堂的男士，只要一个眼神，或轻微的擦肩而过，双方难免不回头会心地一笑，给人一种心旷神怡感觉。

当今社会，早婚和先同居或试婚而后嫁已成普遍的现象，特别是被那些新潮女性所接纳。

女人晚熟的爱情仍然还像石榴花那样鲜红，虽然成熟不在一个季节，花期反而更加长久，意境一定更加醇厚。就是最保守男人的内心最深处或最真诚的地方，也难免不珍藏着曾经的恋人，相好的红颜，心仪的姑娘。

对于死守贞操的女人来说，总是嫉妒那些不守贞操却又没有受到惩罚的女人。这都是人性的灵感和真诚所迸发的灿烂火花。

瓶子却常说："生活不能比较，也无法比较。做自己喜欢的事情，按自己喜欢的方式生活，活成自己喜欢的样子，就是最幸福的。"瞻前顾后，怕这惧那往往就会失去最宝贝最好的青春活力。

中国伟大的思想家、教育家、儒家学派的代表人物孟子曾引述告子的话："食色，性也"。不管你怎么解释，古往今来，食色是人类最基本的需求和欲望，这是社会历史发展进程中千古难化的真谛。所以有人说，情爱是人类和文学作品的灵魂。

措宗寺右侧有一棵桃抱松，传说是莲花生大师降世时的吉兆，至今已有一千三百多年的历史了。它结的果实吃了可以延年益寿，所以又称为长寿树。

桃树树干呈右旋的海螺形，合抱着一棵松树，在树干的近根处又长着一棵小樱桃树，三者和谐共生，这是吉祥的符号。

在社会生活和文学作品中，松柏的形象孤高苍劲，迎风挺拔，傲雪凌霜；桃花的品质粉红卵形，娇嫩灼灼，妖艳迷人，这是美满婚姻幸福夫妻的最佳组合。桃树缠绕松树不仅寓意女性对男性的依附关系和柔美情结，更有难舍难分、你恩我爱、情意绵绵之味道。

松桃合抱衍生出小樱桃树，更具象征意义。樱桃红如玛瑙，黄似凝脂，明净玲珑，晶莹剔透，这不正是宝中之宝的爱情宝宝吗？

有时候，当人类的精英难以圆说一些自然现象时，又只得借助天或者神的力量精巧释然。

与其说这是天意、自然形成，不如说这是人文大师的精妙创意，符合人类生殖繁衍最合情也合理的现实——理想幸福的三口之家。

男人和女人的故事也就成了潜意识的民间传说和有意思的文学作品永恒的最动人的爱情乐章。

而在这些甜美的爱情故事里，女人是最让人思绪飘逸的酒香，而男人又是酿造醇香不可缺少的酒坛。

千百年来，这沁人心脾的美酒一直同创作纠缠在一起，不知产生了多少千古绝唱和华美鸿章。

也只有人见人爱的宝宝才是纯美爱情的稳定器。可以试想，没有宝宝的爱情又将会飘向何方？

虔敬的信徒和跟风的旅游者有理由相信，抱着具有象征意义的树干，或围着桃抱松顺时针方向转上三圈，可以祈求夫妻连理、家庭和睦、人生幸福。

我陪着瓶子围着桃抱松虔诚地转了三圈，瓶子抱着松树时我给她抢拍了一张照片。

她告诉我，她要把这张照片压在箱底；她还告诉我，她只想生一胎，而且最好是一对龙凤胎。

我们再沿湖边顺绕措宗寺回到了旅游车上。

从西藏的地理格局来说，分前藏、中藏和后藏，拉萨周边无疑是中藏；林芝地区称为前藏，因地处西藏东部，也叫藏东；喜马拉雅山及其喀喇昆仑山为后藏，也称藏西。

后藏地区山高路险，气候恶劣，严重缺氧，只有登山爱好者和一些旅行驴友乐于涉足，一般游客都是谈之色变，望而生畏。

不到拉萨就意味着没有到西藏。所以，中藏拉萨是进藏旅游者必到之地。东藏林芝是旅游公司行程安排的当然首选，从藏中到藏东一定要翻越海拔五千零一十三米的米拉山口。

米拉山脉和米拉山口特殊的地理位置，声望远播，如雷贯耳。

这里不单是拉萨市与林芝市的行政分界线，也是中藏与东藏的地理分界线，还是尼洋河水系和拉萨河水系的分水岭，也还是东南海洋性季风气候和西北内陆性气候的自然分界线。

这里还有世界上海拔最高的公路特长隧道，使从拉萨到林芝的行程又缩短了三十分钟。

钻隧道、走捷径可以减少高海拔缺氧带来的痛苦，那就体会不了高原雪景对游客的直接拥抱，领略不了皑皑白雪的独特风光，一定有违来西藏走一趟的初衷。

当旅游车姗姗绕盘山公路到达米拉山垭时，我们还没下车，另一种景色悄然展现在我们的面前。

仰望六千多米的米拉山峰，俯瞰连绵起伏的米拉山峦，好一派银装素裹的冰雪世界。真可谓“忽然一觉春梦醒，两眼银辉冬茫茫”的西域高原绝景。

站在这里，一种独特的感受让人如坠云雾，随心飘荡，天宇混沌，山峦忽悠。

眺望西域，蓝天白云，琼粱玉岭，山舞银蛇，冰峰寒凉，具诗的韵味，再远处，五岭逶迤，旷野褐石，羊肥牦壮，令人心飞神往，岂辱担当；展望东方，不远处，岳耸川坦，自然钟秀，温暖潮润，郁郁葱葱，莺歌雀跃，生机勃勃，有画的蕴含，使人心旷神爽，名利皆忘。

导游方圆惊奇地告诉我们：“昨天晚上直至前一个小时，这里还是风雪弥漫的隆冬景象。5月的米拉山，冰川茫洋、飞雪飘舞很常见，像这样大的暴雪的确也少有，怎么好事都被你们撞见了。”

我们顾不上加衣服，跑到冰雪里就开始照相。

猛然间，一股冷风从雪地里吹过来，钻进了我的衣襟，来了个透心凉。这并没有减少我的情趣，仍然兴趣盎然。

瓶子跳到雪地里滚开了，就像一个还不懂事的小姑娘一样，毫无顾忌，十分开心。

瓶子自拍了几张照片后，觉得不过瘾。就喊我跟在她的后面，给她拍摄在雪地上坐、卧、躺、滚各种姿势的照片。

这里有一尊三米多高，非常神圣且挂满了经幡的牦牛塑像。瓶子抱着牦牛的脖子从左边照到右边，方显心中之爽快。

也许是刚缓过神来，瓶子想把我们同行的旅伴吆喝在一起，在这冰天雪地里拍张全团福。

这里人很多，遗憾的是不见新婚夫妇，也就失去了在高原雪景全团合影的机遇。我们只得抢拍了一张四人照，成为一大遗憾。

这里不让多停留，导游催促我们赶快上车。

车子慢慢启动，边走边停。

我们赶紧上车，这时才发现年轻的新婚夫妇已经在车上坐好。

片刻后，我就感觉到身上有些凉意，接连打了几个冷战。

瓶子感慨地说了声："雪山有点冷。"

也许是瓶子心境感染了我。

这时，我更觉得身上凉飕飕的。

我关心地对她说："快把衣服拿出来加上，不然会感冒的。"

我们各自加上衣服，大家沉默无语，车内毫无生机。

好一会儿，我才觉得身上回暖，好在体魄健壮，寒气还没有侵入身体。

在途中，瓶子发来了微信："突然感觉人心有点凉快，眼神更加无奈"，还配有单枝红花的照片。

看到照片，我才意识到，大男人应该有护花使者的责任。

我问她："需要帮助吗？"

"好了！好了！"她答得很含糊。

这"好了！好了！"也产生歧义。是人"好了"，还是"谢了"，可以有很多的理解。

也许是这"需要帮助吗"问得太冒失，或者很牵强。好像我们之间并不认识，她不能理解。

只要她默认，我就会毫不犹豫地将她搂在怀里，给她温暖，给她纯情。

她是一碗心仪可口的热豆腐，吃急了必定会烫嘴。

在大庭广众之下，贸然之举也会招来非议，给瓶子的声誉带来影响。

我最担心的是她的体质，挺过去就好了。不然的话，我的心灵将会永远不得安宁。

假如她真的被冻病了，就是我的肠子悔青了，又有何意义呢？

谨慎小心是我的特质，但任何理由都是苍白无力的。

我默默地祈求神灵的庇护。

“难道雨中那一刻就被抛到九霄云外了吗？还不够纯洁透明吗？人家给你高情，你就不能回报一点关爱吗？”我不得不自己责问自己！

不一会儿，瓶子就恢复了精神，开始谈笑风生。她那安乐自在的容颜，这是我最为乐见的。

一路上，瓶子常常哧哧地笑。

返回再次路过此地时，导游安排我们下车照相，已经全然不是上次的那种景色了。大家也就没有了照相的冲动，有的一张也没照就上车了。

第四天清早，我们从林芝返回拉萨出发不久，爬上一个山坡就被安排参观民俗村。

这里是广东省援建的示范村，生活条件逐渐得到了改善，被誉为西藏民族第一村。这里民风淳朴，闻名遐迩。

这个村原名核桃村，位于旺多神山脚下，尼洋河风景区畔，海拔两千九百多米，印度洋潮湿空气沿雅鲁藏布江大峡谷不断地飘来，给对面终年不化的雪山不断补充水分，318 国道从村中通过。

刚下车，就有一群穿着鲜艳藏族服饰的姑娘小伙围拢来，热情地给我们送上了洁白的哈达，表示欢迎和尊重。

我们这个团人数不多，为了等客，我们湖南西藏旅行团六人在观景台，以尼洋河风光和雪山为背景第一次合影，留下了珍贵的有纪念意义的瞬间。

我们眺望远处的雪峰，欣赏着尼洋河的风光。

一阵暖风拂面荡漾而至，这并没有给大家带来多少爽快，反而有些心烦意乱。

瓶子还有几分涉世不深女童的懵懂，心直口快地说出了不一样的感受：“你们都说高原的风凉爽，我总觉得有点胸闷，好像浑身溟溟，亵衣都有些湿漉漉的。”

她那天真烂漫、活泼可爱的俏皮话，给我们的旅行带来了一路的欢声笑语。

我告诉她：“心静意不烦，意烦身不爽，不爽会出汗。这可能是你的心灵受到了抑制。”

瓶子怯生生地笑了。

我们还在照相时，又来了一个三十多人的旅游团。

年轻的藏族讲解员仁央带着我们近四十人的队伍，在山间小道上穿行。她娓娓动听地讲述着小山村里的普通藏民及所发生的藏事。

淡淡的云彩在天空飘荡。

我们依次路过各式民居、“千年核桃王”树、银饰手工艺作坊和民俗演艺厅等。

瓶子走在我的前后，不时像个小姑娘一样，兴高采烈，摸花惹草，从容闲适，无拘无束。

小村依山就势而建，各种藏式建筑错落有致地镶嵌在山坡上，与自然景色浑然一体，让我感受了最原始的山村风貌。

时值春天，花开满村，霞染天空，偶尔有些鸟儿从头顶掠过，歇在茂密的树枝上，叽叽喳喳地叫个不停。

我又沉浸于梦一般恬静的童话世界。

不知不觉，仁央就把我们带到了自己的家。

她家是典型的藏式民居，作为“第一村”对外开放的窗口。

院子虽然不大，但房屋的设计比较合理。院子右边是伙房和卧室，左边是一间较大的客厅。客厅正面墙下一排柜子上，摆放着全家所有的银器和银饰。有装水用的银钵、吃饭用的银碗和银筷，还有妇女戴的头冠和腰带等。其他三面都是沙发和茶几，以备接待游客之用。

仁央在林芝民族双语高中毕业后，经过旅游部门的培训，担任了村里的解说员。刚结婚的丈夫没有固定的职业，以从事季节性进山寻挖藏药材为主，兼有打牧草以解决家里放养的二十多头牦牛越冬用草问题。

我们刚坐好，仁央的婆婆就将已经准备好的酥油茶给游客斟好，随后小姑子又给每个游客斟上了满满的一杯青稞酒。

这不单是藏族同胞的热情，还有现代旅游序曲的成分。

尝到了甜头的瓶子，对酥油茶有了新的感知，只有慢慢地品尝才能感受到真正的味觉。

瓶子神情自若地坐在我的身边。酥油茶刚倒好，她就双手捧起茶碗喝开了。

她边品边说："好醇！好柔！好润！好香！好爽！好美啊！"这时的瓶子，除了酥油茶，目空一切，旁若无人。

这时瓶子的活泼，似乎给我那疲惫不堪的身心添上了一抹闲情逸致的惬意和波澜不惊的情感生活涂上了一层意兴阑珊的感觉。

我看在眼里，喜上心头，乐在眉梢。

姑娘一旦入戏，势必将动情。

她含情脉脉地拉了一下我的衣服。

我看出了她的心思，指着我的那杯酥油茶问她："还要不要？"

她欲言又止，停了一会儿说："要！"

我就把自己的那杯倒给了她。

小姑子看到我俩的杯子里都空了，上来给每个空杯补倒了一遍。

她连续喝了几杯，好像越喝越爽越来劲。

瓶子有些情不自禁。

她红着脸悄然对我说："还要！"

话音刚落，她看到我也有点不好意思，即转话题说道："青稞酒你敢不敢喝？"

可能是这几天我们没有喝一滴酒，瓶子还没有摸清我的底数，想挑战一下我的酒量。

“没有什么不敢的。”我说。瓶子竖起了大拇指。

“那你替我喝青稞酒，我替你喝酥油茶好吗？”瓶子提出的问题，也是我想要的。

“那我们不是‘交杯’了吗？”我半开玩笑地说。

“你又要开了贫嘴，我不高兴。”她戏弄我，嘴里说不高兴，其实从她的脸上可以看出，心里可是乐呵呵。

“下面可以不听，但不能大声喧哗，影响我讲的效果。”得意忘形时，我们的声音越来越大，解说员提出了抗议。

我只得放下情怀，立即收敛，正襟危坐，认认真真地听解说员的讲解。

“藏银的功能讲得再多，你们也不一定相信。你们哪位有头疼脑晕腰肌劳损，我现场用神奇的藏银——银碗银梳为你解一解病痛。”

游客们跃跃欲试，但又碍于颜面，不敢在这大庭广众之前，摄取免费的午餐。

一位东北大娘在同伴的推拥下，坐到了客厅的中央。

这时厅里鸦雀无声。

瓶子平静如水，淡然自若，目不转睛地盯着讲解员的动作，专心致志地听起了讲解。

片刻间，瓶子又忍不住了。

她小声对我说：“我妈常常头痛，真有效果的话，那一定带件银器回家，亲自为老人家尽尽孝心，解除病痛。”

我听在耳里，刻在脑里，澎湃在胸怀里。

刮痧治病是中华民族传统中医宝库的经典方法，我也听说过藏银刮痧治病的效果更佳，也常常看到我的妻子在保健中心被人刮得满身红紫，有些惨不忍睹。

瓶子的提示感召我必须带样能刮痧的银器回家。

这样，既可以对妻子表忠心，又可以解除妻子的病痛，这是一箭双雕的好事，何乐而不为呢？

讲解员在大娘身上，先用银碗再用银梳，从脖子到背后，三番五次地刮来刮去。

几分钟后，整个脖子和背上一片黑紫。

讲解员不停地问：“轻松些没有?”只见大娘脸绷得很紧，不断地张背，并没有轻松的感觉。

“不同的人，对不同事物接受的反应不同。没关系，先活动活动，一会儿就好了。”讲解员用心地说。

湖南有句俗语是：“给你松松皮就舒服了。”这句话是有特指对象的。说的是对那些顽皮的人，用鞭子抽一抽就老实了。

我很纳闷，刮痧致使患者浑身青紫，绝不亚于皮鞭抽打的效果。不然的话，有些国家怎么会把刮痧列入侵犯人权的范围。

大妈在那里扭了扭腰，踢了踢腿，伸了伸胳膊。

“轻松了！舒服了！轻松多了！”大妈突然喊了起来。

讲解员带头鼓起了掌，大家也报以掌声。

大妈笑了，大家笑了，讲解员笑了。屋子里一片热烈的气氛。

“请大家注意，更精彩的还在后面。”讲解员见大家的热情已经被调动，趁热打铁，恰到好处地说，“西藏更神秘的、更具有吸引力的不是藏银，而是这里的最古老最原始的、也是最现实最普遍的一种生活方式——试婚。在你们那儿，只有最时髦最新潮的人才能享用。”

她停了停，用眼神环视了一下周围的游客，放低了声音：“一夫一妻是中国的婚姻制度。在西藏，一夫多妻、一妻多夫不是什么新鲜事，比比皆是。”

她越说越激动，越说越精神：“我们西藏的女孩子，自从成熟那年开始，其父母就会为她试婚提供条件，在自家的屋前准备可以过夫妻生活的小房。任何看上这家女孩的单身男子，都可以来这里与之同居，条件仅仅为女方家提供劳务。一旦怀孕，男方就可以提出结婚，将姑娘娶回家。如果女方父母提出将小孩留下，他们还可以继续在女方家生活，直至生下小孩后再择日迎娶姑娘。假如女孩在一定的时期内不能怀孕或男子不喜欢这位女子，男孩提出回家，也没有什么关系。女方家还要给男孩经济补偿，少则五头羊、多则五头牛，表示欢送。姑娘再等待下一位男子的到来。”

在人的生命之中，肉体的禁锢与放荡，心灵的约束与自由，是抑是纵，何以抑纵？尊重与轻视，支持与迎合，孰轻孰重，何为轻重？

我知道，民族地区的试婚其实是一种走婚现象。它与当代现实的试婚是有着本质的区别的。

这时我产生了疑问：如果一个女孩不能怀孕，那不就把这个女孩的父母害惨了，女孩子不是更惨？

我揣摩，这也许是变更了内容，变了调子的一种说辞。或者是一则新闻猎奇，或许是一款偷梁换柱后的取乐游客吸引游客的滑稽噱头。

其实，在西藏一夫多妻或一妻多夫也不是普遍现象，而是在西藏边远山区贫困地方的一种特殊状况，也许是社会发展进程中的一种病态或变异。

这时瓶子站起来问：“我能不能留下来试试婚？”

瓶子是一位婚姻前卫者，也是一位性情活泼女。一有机会，就能博得大家开怀大笑。

“只要你愿意就可以。”讲解员说。

“我愿意。”瓶子随声附和。屋子里再次响起了暴风雨般的掌声。又似乎是一种逗乐，特别是男士，有的拍得手掌都红了。

“你留下来，可以先尝尝一夫多妻的味道，再享受一下一妻多夫的乐趣。”讲解员好像调侃开了。下面有了些嘘声。

这种场合，氛围既不得冷淡，更不能失控。适时调整气氛，是解说员必备的基本功。

解说员变换了一种声调，用亲切友好的口吻说：“在西藏高中生也就是高学历了。我高中刚毕业的时候，阿吉（父亲）就想给我找三个丈夫，一个到牧场放羊，一个在山上采药，一个在家里陪我。我受了一定的汉文化的影响，没有接受这样的安排，自由恋爱与心中的王子私订终身结了秦晋之好。”

爱情说起来确实很浪漫，生活却很现实。一夫一妻才是合情合理合乎法律的。

“我丈夫是一个身强力壮的男子汉，今天从拉萨回来，晚上你就住在我家。我俩共同应付，看能不能让他趴下。我看不要一个月，就会让他求饶。”她话说到这里，也就不好再往下说了。

讲解员随机应变，只得转移话题：“还没有问你身边那位，他会不会同意？”

“不仅同意，还极力支持。”还没有等我说完，瓶子就抢上了话：“我的事情我做主，不需要任何人同意。”瓶子显示出了一种倔强的性格。

“我再问一下：我走的时候，五头牛不会落空吧。”瓶子机警地说。

“我家二十多头牛，任你挑选。”空口对空口，话不怕大。讲解员夸开了海口。

“既然你这么大方，那我把身边的这位也留下了，把你家的牛全部都赶走。”这时瓶子也较劲斗开了嘴。

一下子，大家的目光又聚集到了我的身上。

旅游的快乐都写在了每个游客的脸上，欣喜之态，溢于言表。

再高兴，也不能把时间全部花在一个景点上。我不得调转话锋：“我们来西藏旅游，还有一个任务，就是支援边疆建设，不能把这里的财富转移到内地去。让仁央家的牛留下多下小犊子，使边疆藏民更加富裕。”

讲解员仁央看恰到好处，立即宣布：“藏情介绍完毕。接下来随我到藏银手工艺作坊参观。”

这时，我还是喝了双杯酒，瓶子喝了双杯茶。我好像有点昏昏欲睡，满屋旋转的感觉。

大家随即起身，跟在仁央后面。

这几天跟瓶子混熟了，她不仅坐在我的身边，出门后，也总是形影不离。

行走在山村之间，景色浑然天成。当我们走到“千年核桃王”树下，有人在这里照相，仁央也停住了脚步。

仁央介绍说：“这‘千年核桃王’树，别看树龄在千年以上，每当春天来临，总是枝繁叶茂，花朵束束；每到秋令时节，总是遮天蔽日，硕果累累。这树根本没有老的迹象，这果仍然流溢着穿越千年时光的味道，给人一种欲望，这与西藏高原气候有很大的关系。也有人在秋天重游这里或寄钱到我们民俗村邮购核桃等商品。”

仁央看见大家兴趣盎然，更加诡秘地说：“我们藏族女同胞是世界上最幸福的人之一。从刚刚成熟就开始体会人生的快感和欢乐，就是到了老态龙钟年龄，仍然享受着青春不老的乐趣。就像这棵永不凋谢的‘千年核桃王’树一样，还照样开花结果。在帐房，她们每天早起后，就开始挤牛奶，烧奶茶，料理家务，还要做酸奶，打馕饼；那双粗糙的手背上虽然胀鼓起了蚯蚓般的血管，打羊毛、织毡毯仍是拿手好戏；沉重的负担，并没有使其身体佝偻，而是很有神韵；一展歌喉时清脆的嗓音，几乎又有一丝无邪的童真。”

仁央自信地说：“唱歌是我们藏族同胞擅长的。藏族同胞出生落地后，先会唱歌，后会说话；先会跳舞，再会走路。”

仁央越说越精神，更加认真地说：“在牧区，就是耄耋老汉仍然青松劲挺。他们头不白，牙齿在，背不驼，耳很灵，走起路来虽然不快，但腿却很有力，就是爬坡也不一定喘气；在那布满皱纹的脸上，黑黑的眉毛下，一双明亮的眼睛总是炯炯有神，既能发现天空盘旋的老鹰，也能察觉远处岩石后面虎视眈眈的狼群；清早就赶着羊群上山，太阳下山后仍然步履蹒跚地跟在羊后，点羊入圈，有时怀里还抱着一只嗷嗷待乳的小羊羔。你们说是什么原因呢？那居然是我们西藏高原生长的冬虫夏草，对这里的人们情有独钟的一种特殊功效。它能增加人的免疫力和抵抗力。”

她换了一种口吻继续说："听说你们内地冬虫夏草的价格比黄金还贵，突破了每公斤三十万元。在我们西藏，没有这种软黄金的人户是少有的。"

银器工艺作坊我们匆匆而过，银饰工艺商店门前若市，里面挤得水泄不通。

把我们带到这里，讲解员的任务就已经完成。告别时，仁央依然满面春风，脸庞含笑，更希望游客满载而归。

我们在商店里转了一圈，问了一下价格，这里银器的价格比湖南贵一倍。湖南永兴市号称"中国银都"，那里的银器品种繁多，花样时新，价廉物美。

"来了一趟西藏，也得买件既实用又有纪念意义的商品吧。"瓶子说。

"我们每人买把银梳。既实用，也有纪念意义。"我说。

愿望一致，想法一样，说买就买。看货付钱，拿物走人，干脆利落。

在商店购物，导游从来是不会催促的。时间越长，买的东西越多，她越高兴。我们并没有把更多的时间花在购物上。

坐在车上，就我跟瓶子俩人。她毫无顾忌，有板有眼地跟我讲起了她的"试婚"经历。

随着我国改革开放的深入，对于人性问题也不再视为洪水猛兽，逐渐有了宽容的态度。婚姻的内容已经不完全是生儿育女，但婚姻仍然是人类生活不可或缺的重要部分。所以，明智的人要顺其自然，随遇而安；可不能矫揉造作，随心所欲，这样才能顺理成章。

瓶子说："刚进大学校园时，一切都是新鲜的。对于来自五湖四海的同学，在结交的同时，也总少不了有一种防备的心理。一切心思都用在学习上，成绩也就进入了班级的前列。成绩上去了，思想上的弦也就自然放松了。日子过得飞快，转眼一年级的时间就这么过去了。"

从瓶子的言语中，她还是非常留恋那种单纯的学习生活。

“大二开课的那几天，教室里还很闷热，总有点六神无主感觉。课无心听，作业无心做。一种莫名其妙的烦躁和说不清楚的冲动，像火一样注入到了自己的血液之中，浑身上下热辣辣，脸烧得像炭火通红似的。就在这时，一个男同学对我表现出了特别的关心。星期天主动陪我上街逛商店。有一次在公园里，我发现不少男女同学手牵着手，搭肩挽腰在那里遛步。正值青春期的我也难免春心荡漾，身上常常奔腾着一股妙不可言的热流。只要是可意的人儿，又何必再躲躲闪闪去回避。有时候，敢于面对真实也是明智之举，虚假只能带来无限的烦恼和几多的惆怅。慢慢地我们的距离也就越来越近了，在僻静处竟然也就拥抱在了一起。开始还有点羞羞答答，后来也就水到渠成了。”瓶子在一个既熟悉而又陌生的人面前讲起这些，似乎有点激动和炫耀。那种少女情窦初开时的童稚羞涩感已经不复存在，而占据她内心世界的是一种毫无掩饰情感迸发。这样一来，她的神态反而显得更加光彩夺目妩媚动人了。

“我的第一次是在野外，并没有在什么地方留下任何印记。我并不在乎别人是怎么看待这样的事。我只要自己的身体是健康的，有第一次美好的记忆就够了。我们没有仪式，没有宾客，没有佳肴，没有祝福，天当房，地作床，简单得不能再简单；却有心灵碰撞，两情相悦，微风拂汗，自然烂漫，幽兰香，鸟儿唱，爽快得没法再爽快。”这时的瓶子神采飞扬，有散文家的灵感，字字落玉盘，句句润心脾。

“生米做成熟饭后，我们就常常在学校周边的小旅馆里开起了钟点房。在这里，我们也不时碰上曾似相识或熟悉的学哥学妹。开始十分尴尬，时间久了，也都心照不宣，习惯成自然。从卫生、方便和安全的角度，我们不能长期这样，也就只能在外面租房过起了恩爱的小日子。”我听着瓶子的叙述，不觉热血沸腾，心旌摇曳，神魂错乱，难免有点不好意思。

瓶子看出了我的心思，十分认真地说：“别看我在婚姻方面比较新潮，但我与男子在单独的环境中，从不讲这样的经历，也从不在晚上进入单独男人的住所。总要提防别人的无意攻击，造成自身的伤害。”

“你们是真正的自由恋爱，怎么又分手了呢？”我好奇地问。

“这个男生也是我高中时的同校，早我一年进入大学读书，没想到我又无意间步入了这所学校。有缘不一定有分，有分不等于婚姻。”这种说法像听天书。我只知道：婚姻要有缘分。怎么缘分又不等于婚姻呢？

瓶子感慨地说：“他毕业就离开了，我却还在这里读书。虽然开始有书信往来，后来也就杳无音讯了。他既不能留下来，我也不能追过去。天各一方，只有分道扬镳，各走各的路。完了不就完了！何必又要牵肠挂肚呢！”

在那些年代，即使受到再多的约束，人的心还是不能够完全控制。何况，社会已经发展到了文明的时代，不能倒过来被一些自己所设置的障碍给束缚。

青春的萌动，往往又最容易领会夜的美妙，嗅到花的清香，赏玩落在身上的阳光。

青春如此美好！时光如此美妙！竟然不能细细地品读。就这样漠然地让它溜了过去，不是辜负了生命，辜负了自己，辜负了天赐的美好时光！

瓶子说她看过很多相思苦的小说和电影，感叹过许多女主人公不能见上自己的心上人，难与自己的心上人朝夕相处的那种无精打采、蔫不唧唧的情形，觉得自己比她们更心痛，又何苦呢！不是自己折腾自己吗？

话是这样说，话也只能这样说。

对于思想活跃的瓶子来说，每当夜深人静的时候，成熟的身躯，饥渴的心灵，又使她不得不在焦急不安和苦苦的盼望中度过，留给她的都是深深的煎熬。

还有母系社会遗风的少数民族地区，仍然保留着试婚的习俗，这种试婚与瓶子的“试婚”有着本质的区别。民族地区的试婚已经沾染了封建社会的余毒，就是女子一旦不能怀孕，将终身不能出嫁，这也是十分残忍的；瓶子式的试婚，不仅有试与不试、结与不结的主动权，也有婚后离婚的自由权。这些都是解放了的女子才有的自由。

瓶子是时代的幸运儿。

即使在封建时代也不乏歌颂忠贞爱情的千古之作，《西厢记》和《白蛇传》就是代表之作。父母之命，媒妁之言；嫁鸡随鸡，嫁狗随狗是封建社会束缚妇女的真实写照。就是这些歌颂爱情的经典名著，由于作者所处社会环境的影响及其意识形态的局限，也摆脱不了这种思想的束缚，必定会留下这种时代的烙印和痕迹。

书生张君瑞（大众耳熟能详的是张生）和小姐崔莺莺在普救寺一见钟情，相互倾心，仍然无法接近，更不能亲近，还须有个丫鬟侍女做红娘。当侍女巧舌说通崔母后，崔母令张生进京赶考，高中状元后才能完婚。

《白蛇传》中的美女白素贞是条修炼千年的蛇妖，在杭州西湖与书生许仙邂逅，白蛇遂生欲念，欲与书生缠绵。结婚后，白娘子屡现怪异，许仙不堪忍受，被镇江金山寺高僧法海用钵盂使其显露原形，并压于雷峰塔下，也只是一场爱情悲剧。

这些凄美的爱情故事，只是作家对爱情对人性，用艺术的形式表现出的一种思想情感以及人民群众对爱情对人性的一种美好的愿望和向往。

美女白素贞的形象，其实是封建社会对妇女人性的一种丑化。两情相悦，互生爱慕本身就是人性最基本的本能冲动。女性的情爱颤动不足为怪，男性的情爱冲动实属正常。这里却把白素贞说成是修炼千年的白蛇精，与许仙的情爱发泄，喻意为是对许仙的勾引和迷惑；也有许仙要对女性这种勾引和迷惑提防抑制的意图，人性美成了人性恶。最后把白蛇精压于雷峰塔下，这是作者时代的局限性，也是典型的封建思想的表现形式。

原本人间不可或缺的情爱是人类繁衍社会发展的必然。与其说“怪异”“不堪忍受”，不如说是曲解了女性对性的渴求和异说了男性对性的禁锢；与其说是白素贞露出了“原形”，不如说是聪明的作者借题发挥，智慧地从另一个侧面和角度还原了人性的“本质”或者说是正了名。

我琢磨：“男大当婚，女大当嫁”是社会发展的真实写照和客观规律。不遵循或违背这些客观规律也是对人生真实的轻视和怠慢，是不可取的。同居虽然不是婚姻，但同居是为婚姻做准备，不能视为儿戏。

同团度蜜月的小夫妻俩上车时，看到我们说得眉飞色舞，也就没有打扰我们，坐在了车的前面。还有导游和父女俩没有上车，我们只得继续等待。

瓶子又接着讲起了她的第二段恋情。

“我的第二个男朋友，是我们的班主任老师，年轻英俊，才华横溢。研究生毕业就安排到了我们学校，传说是某校长未来的乘龙快婿，已经在院子里的楼盘买上了新房。”

听到这儿，我又问开了：“你敢与校长的女儿争宠？”

“那有什么不敢的。一个愿打，一个愿挨，两厢情愿。再说，我的那位男友也彻底地脱手了。吃着碗里，望着锅里的事我从来不干。”她义正词严地说。

“他第一次邀我到他家里去，我就毫不犹豫地去了。我们干柴烈火，一擦就燃。”

这时我还为她捏了一把汗，急忙就问：“你不怕他的恋人闯进来呀？”

瓶子胸有成竹地说：“你想想，他的恋人如果能来，怎么会找我呢！放心好了，就是闹个倒海翻江、天翻地覆也无人过问。”

我琢磨：真是当代女豪立潮头，敢爱敢恨，敢作敢为，只有情感，不顾其余。但我又不敢表露声色。

瓶子并不在乎说："在半年多的时间里，他对我是体贴入微，百依百顺；我也是俯首帖耳，甜言蜜语。时间长了，做作的成分越来越明显。不可否认，能一辈子享受这样的生活，也不能说不是一种选择。自由自在，衣食无忧，欲壑填平，心理满足。"

"那你不是'鹊占凤巢'了吗？"我壮着胆子问。

"你这种说法不对！人的情感是天生的，纯洁透明的，也该是无拘无束的。人该发泄的时候不能发泄，就会有那种'闭汗'的感觉。"她不仅严厉地批驳了我，还反问道："'闭汗'的感觉你知道吗？"

"我身强体壮，真不知道'闭汗'的味道。但我体验过大汗淋漓之后的那种浑身舒坦，心情畅快的感受。"我坦率地回答。

"我的身体很弱，只要'闭汗'就会心慌脸红，浑身发热，坐立不安，焦躁难耐。"她的表情传染了我，好像我也有了这种感觉。

"这样生活使我的学习成绩明显下降。他干脆提出了让我休学当他的专职太太。休学是不可以的，但提前体验婚姻生活我是愿意的，于是我每天下课就赶到他那里，为他洗衣做饭。"说到这里，尽管瓶子刻意抑制自己的情绪，但也表现出了一种明显的失落感。

"有次我开门就听到书房里有说话的声音。进去一看，他正在与一位进校时间不长、靓丽的学妹喜笑颜开，眉来眼去。辅导学习，正常交往我是支持的。捕风捉影，无限上纲也是不可取的。我一如既往地为他操持家务。学妹走了，他照样和我亲热缠绵，也免不了来一场山崩地裂的拼搏。"瓶子的自信与大度让我动容。

旅客到齐后，驾驶员启动了旅游车。车子在山路上摇晃，也没有影响瓶子的心情和我的好奇。只是我们的声音明显地变小了。

"那后来呢"？我急迫地问。

"学妹来得多了，他的情感也就变了，对我也就冷淡了。"瓶子平静地说。

"在分手的时候，他却甩过来一句：'从一开始，我并没有真正爱过你'。其实是他失恋后，寻找一种刺激来发泄自己精神上的空虚。

这种热烈，也是一种人生的体验。试婚的目的就是追求婚姻的适应感和幸福感！只有拥有过，才能谈选择，不行可以散；空谈会误伤，那时更糟糕，进退两为难。”瓶子并没有什么埋怨，好像还是有些眷恋那种情爱的狂热。

也许这就是那种爱的狂人，真正的女中豪杰。我在佩服的同时，也不停地安慰她。后悔不应该继续追问。

瓶子轻蔑地说：“生活有时候让我们遍体鳞伤。可是到后来，往往身上那些最强壮的地方，都是曾经受过伤的位置。我希望那种优裕的物质享受，但我并不留恋因富足而浪漫的那种纸醉金迷、钟鸣鼎食且又缺乏生活元素的庸俗情调，更不愿意成为供人赏玩、失去自由的笼中小鸟。”

富足的生活，不一定能得到心灵的富有和满足。这样的生活态度，才是客观的，也是科学的。

旅游车进入尼洋河谷地高速公路后，速度明显加快，旅伴们专心致志尽情欣赏河谷特有的风光。坐在后排，我与瓶子小声交谈也并没有影响同伴游客们的心情。

瓶子是一个聪明伶俐的姑娘，爱恨分明，善解人意。她有一种魅力，能使男人俯首帖耳，言听计从；她有一种能耐，善于撬开男性情感的闸门，使你如痴如醉，浑浑噩噩。

瓶子满不在乎说：“毕业后我一直过着这种纯情生活，直至现在也还没有正式结婚。六年啦！不知怎么的，一提到结婚，我就一脸茫然，不知所措。”

“这是心态问题。世界上没有十全十美的事情，爱情也一样，婚姻更是如此。我并没有要你委曲求全的意思。我只想说，人的青春特别是女人的青春是有限的。青春不老只是一种意境，并不是现实。女人到了一定的年龄，不管你多靓丽，多青春，多纯洁，多钟情，男人们都会视你人老珠黄。爱情可以理想化，婚姻必须现实点。事过境迁再回首，理当一切都晚矣！叹息毫无意义。”我晓之以理，动之以情，诚心诚意地劝说。希望瓶子调整心态，改变认知。能看到别人的长处，不是自己的短处；能看到自己的短处，也就是自己的长处；能容忍别人的短处，更是自己的长处；能掩饰自己的短处只是技巧，能发挥自己的长处却是智慧。

瓶子很庆幸自己还是一个自由身。

她也十分惋惜和同情那些过早进入婚姻殿堂的姑娘，断言在一些色欲难平的男人面前，一旦上了他的婚床，再想逃脱，各种绊索必将使你难以脱身，那就只得在后悔和怨恨中煎熬着生活。占有心态的人士难于绝迹，看着别人的眼色过日子，那我是一天也过不下去。

当今社会上“宁缺毋滥”的论调在一些美女中盛行。这是社会的悲哀，还是历史的进步？谁能说得清楚，谁敢作出定论？

目前社会上一些大龄女或终身未嫁的姑娘，往往都是那些有才能有气质有品位有性格的纯情女。

“面对不同的男人，我经历了不同的生活，享受了不同的快乐，得到了不同的满足；但也受到了不同的冷落，留下了不同的遗憾，体会了不同的折磨。”瓶子像作总结报告一样，说出了自己心中的喜怒哀乐。

我们湖南有句谚语叫：“不冷不热，五谷不结”。

这也许就是人生，人生的酸辣苦甜，品尝只能解味，理解才能成熟。就像大自然的风雨雷电一样，没有不行，猛了成灾。这种状况远没有达到“难以承受的生命之轻”的地步。

在灵与肉的问题上，新锐的纯情女更在乎肉的感受，这也没有什么可值得非议的。我国社会文明和婚姻价值在不断提升，多元化的文化被国民所接受，被社会所容纳。可以说，自由恋爱是对“父母之命，媒妁之言”的否定；可不可以说试婚又是自由恋爱的一种社会进步呢？

不知不觉就回到了拉萨市，导游把我们送到了宾馆。

办好登记，我们就各自回自己的房间休息了。

我深沉地思索，到西藏寺庙求佛，不仅心要静、意要诚，更重要的是，一定要正确理解佛经和佛语的真谛。

分别时，我送给瓶子两句前人“不俗即仙骨，多情乃佛心”的感悟。

不俗不是清高，而是不脱离世间，却又不被尘世所困扰。简而言之，就是少些世间烦恼，堂堂正正才是真豪侠。多情就是要我们对世界万物，包括花鸟草虫和人世精灵都要有一种包容大度的心态，不能苛刻求全。也就是说，做到了就是佛心的体现。

世俗的人要脱胎换骨，洗心革面方能理解。这才叫大彻大悟。

人世有不平，人性有不足，人生有缺陷。一味地去追求那些十分完美和至高无上的精神境界是难以把握的。把握得住的东西才是真实有用的。否则，那就是虚无缥缈的水中月镜中花。

四、读书正当时

自由职业者是个新概念和新职业。它是随着我国经济社会的发展而产生，也不断变更内容的新名词。

十六年前，我在一个资料中看到的解释是：素质高、学历高和工资高的新“三高”人员。他们不依附任何单位和个人，双方协商达到单位时间内的个人待遇和替雇主完成单位时间内的目标任务，正式签订协议即各自履行自己的义务，行使自己的职责。单位时间到，双方重新协商工资待遇和目标任务。达不到各自的目的可以重新顾聘或走人。

自由职业者最大的特质就是自己没有生产资料即资本，而擅长学识、资历和信誉。当时的职业经理就是自由职业者。

时过境迁，现在对自由职业者的解释是：自己雇用自己，不与任何单位和个人形成雇佣关系，自己根据自己的特长从事相应的工作。

一时间，SOHO 即居家办公开始风靡。其实，这又是一个新的概念和职业。

它代表新潮的生产力，活跃的新经济，也是一种时尚轻松自由的生活方式和生活态度，为年轻人所崇尚。

据上所述，自由职业者与SOHO的概念应该是普通逻辑学中的相交关系。也就是说，SOHO与自由职业者是有区别的。它们的区别在于SOHO或多或少都有自己的生产资料。哪怕是一台电脑，办公和家用就是区别。并且SOHO随着资产的不断增加，规模的不断扩大，这些自己雇用自己的人员也就慢慢地成为了雇用他人的雇主或公司老板。这就使SOHO更具有个体职业者或私营企业公司的特性。这些雇主和老板也就不可能再是自由职业者了。

我揣度，自由职业者是脑力劳动者或服务提供者，自己没有固定资产，只有智商、知识、技术和协调能力和市场资源，不隶属于任何组织或单位，不向任何雇主作长期承诺而从事某种职业的人。

这次只身去西藏旅行，有幸碰到了几位具有新“三高”特点的年轻人。在社会经济发展进步的过程中，正是这样的年轻人冲在历史的风口浪尖，挺立于时代变革的潮头，造就了新概念和新名词不断涌现态势。

这次旅行感悟最深的还是瓶子那句“来了个说走就走的旅行”，勾起了我对青春对事业的回味。这个“说走就走”才是自由身，才有自由职业者的特质。

游历之时，接触之中，很是感动，又有点汗颜。

旅行不仅可以欣赏美景、愉悦心身，也可以接触民情、开阔视野，还可以获得信息、丰富知识。

也就是说，只有走进西藏，才能感受天路的艰险；只有脚踏冰原，才能体会漫天飞雪，不仅有刺骨的寒光；只有眺望着晶莹剔透的雪峰，才能看到令人如痴如醉的另一番景色；只有结伴而行，才能拥有一路的不一样的欢声笑语。

古人云：“读万卷书，行万里路”。可见古人把外出游历与读书放在了同等的地位。唐代著名浪漫主义诗人李白，游尽了中国的名山大川，成就了诗仙的美誉。

“我的梦想在远方，只想自己慢慢地成长。”也是这次瓶子说得最多，让我感触最深的一句话。

对于女人来说，有个好学历，不如嫁个好男人；嫁个好男人，不如有个好公公。这也是当今的时尚。

一个从农村走出来的女孩子，大学毕业，也有些姿色。找一个丈夫依附于人，生活将无忧无虑。

瓶子却没有这样想。

对于瓶子来说，她那倔强的脾气，自强的品行，不落俗套；她那自由的习惯，自在的个性，不受约束。她是一匹脱缰的马驹，驰骋在市场经济茫茫的原野上，等待着一位艺高胆大的骑手去驾驭！

那天，瓶子走在拉萨的大街上，总有一些青年男女望着她。这也并非全部是形体的美感，还有一种与人不同的气质和魅力，吸引着追求时髦与超前的男女。

瓶子去拉萨八廓街“天堂时光旅行书店”的途中，后面来了一辆前后双人脚踏车。

她站在路边招了一下手，车夫立即靠边停了下来。

瓶子左手护着随身携带的坤包。右手抱住车夫的腰际，左腿向上跨越车子的时候，突然一股孽风蹿来，撩起了她的长裙。她那姑娘的敏锐猛然地用手捂住了裙子的下摆，才有幸没有泄露春光，也就心安理得了。周围的行人十分诧异，像听到口令一样，目光齐刷刷地转向了瓶子，弄得她脸红耳赤，惊出了一身冷汗。

瓶子赶快下车，坐上一辆脚踏三轮车走了，仍然有行人东张西望。

在拉萨的这几天里，瓶子已经是第三次来到大昭寺八廓街上的“天堂时光旅行书店”阅读。

我没有想到的是，一个女孩子竟敢只身，特别是在夜晚单身前往离住处却有十里路程的这家书店。

在这里，商铺连连，吆喝阵阵，经幡林立，人流如织。

作为一个旅行者，能闹中取静，潜心读书。这是现代年轻女性难以做到的，可是瓶子做到了。

我只知道女孩子爱逛公园，留恋品牌服装店。

瓶子跟我说："我也是在无意中发现了在大昭寺旁、商铺之中还有这样的'天堂时光旅行书店'。我走进去一看，就被里面的时尚书籍所吸引。没想到，里面还有毕淑敏所著《写下你的墓志铭》这样时尚、又受女孩子喜欢的流行书籍。"

瓶子更看重毕淑敏曾经的心理咨询师和医师的职业。

她不仅读了这本书，还把书中的名句记了下来，认真地朗诵给我听：

"让我们渐渐懂得用敬畏和感恩之心去面对自己、他人和这个世界。"

"不要计较是否年轻，何时年老。只要我们生存一天，青春的财富就会闪闪发光。能够遮掩她光芒的，那就是你自己以为已经老了。"

她朗诵的技巧不一定很棒，但吐词还是比较准确。

后来她把这本书送给了我。

感到最惬意的是，我从这本书中看到了瓶子的灵魂，理解了她的为人。"单纯是一种很真实很透明的东西。在社会进程中，我们不在意地将它忽略和玷污了。"

是的。"单纯"不是"简单"，而是人间的一种"纯净"或"天真"。

在市场经济的今天，这种"纯净"和"天真"，好像被人"忽略"和"玷污"了。或者说，被社会的"污垢"所"遮挡"了。

我在公园里，常常看到这样一幕：一些小学生站在路边，整箱矿泉水放在那儿向路人推销，售价明显超过市场价格。

就在不远处，一定会有其家长在不断地观望。

还美其名曰：给孩子从小培养商业头脑。这是真的吗？别人买这种水，是需求行为吗?

我认为，这是利用孩子的“纯真”，获取不正当的商业利润。或者说，这样培养出来的人，也只能是一个投机取巧者。

在岳阳市的公共汽车上，我也经常看到有残疾少年帮报社卖报纸。买报纸的人不一定是想看他的报纸，而是怜悯那位残疾得连站都站不稳的少年。有好心人不要报纸也给钱，残疾少年反而拒绝收钱。这报社恐怕有作秀之嫌。

但愿今后这种现象渐渐不会再有。

瓶子跟我透露，她在林芝时，也曾坐着三轮车，晚上游遍了整个市区。

在林芝市民广场，参加了市民民族广场舞。休息时，还与参加广场舞的汉族同胞进行了交流，进一步了解和掌握了汉族同胞与西藏少数民族交往和融合的历史和现状。

她还透露，有一次在林芝市新华书店看书到了二十三点才回宾馆。

这时，美女神秘旅行的目的才正式暴露。

我非常钦佩瓶子这种社会调查实践式的学习方法。她是多么地阳光，多么地向上，多么地努力，多么地坚强。

参观游览布达拉宫是西藏旅游的重头戏。

5 月 16 日，我们参观了被誉为“世界屋脊明珠”的布达拉宫，这里有厚重的历史、文化和艺术。这也是我们最后一天的行程。

方圆导游告诉我们，每天参观布达拉宫的人数很多。到迟了，也许就会被安排到下午了。

这天是我们在西藏旅游起床最早的一次。

在布达拉宫东大门第一次安检后，我们进入东休息区等待。

这里可以照相，我们抢时间在这里留了一些影。

讲解员桑吉到达时，已经九点三十分了。

导游告诉我们，今天参观的游客特别多，是凭讲解员桑吉的特殊关系，才弄到了几张门票。这显然有夸大其词之嫌，但也没有人在意。

点名交接后，桑吉说：“这个团虽然只有六位游客，为了便于联络、方便讲解，也防止你们走丢，每个人可以租借一套扩音解说器。很便宜的，每套也就二十元钱。”说得在理，我们每人就付费租用了一套解说器。

调试好设备，我们就跟在讲解员后面，排队进入游览区。

讲解员桑吉个子不高，青藏高原强烈的紫外线造就了他那青铜色的肌肤，这是难以改变的。

他虽然是个藏族同胞，一口流利的汉语和对布达拉宫的熟悉程度，无不使我佩服，甚至倾倒。

第二次安检刚过，耳边就响起了讲解员的声音：“布达拉宫前后经过一千三百多年的建造历史，最终才形成由宫殿、佛堂和灵塔殿组成的‘三位一体’的多层建筑群，是西藏历史、文化和艺术的宝库，也是拉萨乃至青藏高原的标志，还是西藏政教合一统治的中心。主楼十三层，高一百一十七米，占地三十六万多平方米。”

“相传始建于7世纪吐番王朝松赞干布时期，是为了迎娶文成公主而建。”听着讲解员的解说，望着这雄伟壮美、富丽堂皇的建筑，可见女人在男人心目中的魅力。而男人在女人心目中的吸引力又是什么呢？权力、地位、金钱、物质，还是健壮、智商、人品、爱情？谁能说得清楚。不禁感慨万千。

文成公主和亲，稳定了汉藏之间二百多年的关系。尽管汉藏关系后来又出现过一些波折，历经沧桑，几度沉浮。文成公主在藏传佛教中，被奉为绿度母的化身，说明了文成公主在藏族同胞心目中的地位，一千多年来一直被汉藏人民所称颂。

传说是美丽的，也是感人的。

公元641年，文成公主告别父母，离开长安，跋山涉水，历尽千辛万苦爬上了青藏高原。

她站在山头，回望不见长安，西望一片苍凉。思乡之情油然而生，忍不住拿出父皇唐太宗临别时送给她的“日月宝镜”。没想到镜中却出现了长安繁华的景色，令她离愁倍增，泪如雨下。

她想到自己和亲的重任，毅然将“日月宝镜”抛下山岭，摔成了两半，正好落在两个小山包上。东边的那块朝东，映着太阳从初升；西边的那块向西，伴随蛾眉洒冷辉。

后来有人在两山之巅各修了一个亭子，东山上的叫日亭，西山上的叫月亭。

从此，赤岭改称为日月山。进藏刚好从两山之间穿过。过了日月山，就正式进入了西藏境内。

文人墨客都给名胜古迹寓有深刻的含意，东边的日山代表东方的国度，西边的月山寓为西域的河山。西域的河山只有在东方阳光的照耀下熠熠生辉。

日月山恰好挡住了一条向东河流的流向，河水不得不掉头回转，桀骜不驯，刚愎自用，任性婉转向西流入青海湖。

于是，人们就把这条河称为倒淌河。

河流向西并非绝无仅有，但在这里却有其特殊的意义。

那个时候，到了西藏指望回来，只能望山兴叹！人们把日月山与倒淌河联系在一起，其意义不言而喻。

十六年前，我曾从西宁到过日月山，参拜过日月亭。同伴们先上了日亭，大多数望而却步，不敢再爬月亭。我坚持穿过进藏公路，气喘吁吁地爬上了月亭。

我站在亭子中央，面向一望无际的高山草原，不禁思绪万千。感悟文成公主站在呼呼的山风中回望故乡的那刻，又是何种的心情；幻想文成公主远去的背影，在那前呼后拥的热烈场面下，掩盖着怎样的一段凄凉而又沉重的历史，难免潸然泪下。

和平的责任难道只能落在一个柔弱的女子肩上，靠她的爱情和幸福才能换取吗？

这是封建社会的悲剧，还是五尺男子的悲哀？

其实，文成公主并非唐太宗的亲生女。她也只是与皇室同宗罢了，其他远嫁和亲的公主也无非如此。皇帝怎能把自己的亲生骨肉嫁到千里之外的荒漠草地，过那种语言不通、习俗不同的生活？

我望着瓶子矫健的身影和美丽的笑容，只有现代女性才有真正的幸福！

从布达拉宫外表的颜色，分为白宫和红宫。一眼望去，上红下白，格外分明。

白宫是历代达赖喇嘛生活起居和身边亲近的喇嘛生活的地方，现在改建成了各种陈列馆。

红宫位于上层中央，是布达拉宫的主体和核心，是供奉佛像的佛殿、安放达赖喇嘛法体的灵塔殿和从事宗教政务活动的场所。

首先，讲解员把我们带到了布达拉宫正面的观世音殿，这也是布达拉宫参观的第一个殿。

讲解员神秘地说："喇嘛教是藏传佛教。因此，佛教中的菩萨理所当然就是喇嘛教的菩萨。所不同的是，喇嘛教相信菩萨是可以转世的。也就是说，达赖喇嘛是观世音菩萨转世，松赞干布也是观世音的化身。这个殿建于公元 7 世纪，是松赞干布时期布达拉宫最早的建筑之一，具有极高的历史价值。"

现代通信设备，的确方便了参观。在众多的游客中，从耳机里我们可以清晰地听到讲解员的声音，眼睛还可以顺着讲解员的手势，看清展览馆里陈列的各种珍品。

我们拾级而上，先向东行，再折转向西，一路攀爬，行进速度越来越慢。

讲解员不厌其烦地讲解，也不停地给我们加油鼓劲。

这时的瓶子，也不断地要我为她抢拍些镜头。有时候，我只得提前等在那儿。当瓶子抬头时，我就"咔嚓"地给她照上了。

"满意吗？"我拿照片给她看。

"满意！"她还没有来得及看就表了态。

在进入白宫门廊前的平台上我们休息了一会儿。

在这里，照相的人员很多，单个和小合影还容易找到位置，我们几次团队合影都被其他照相的人员冲散。

瓶子提醒我们说："在这里一定要照张合影，不然的话，回去后会遗憾的。"

在讲解员协调下，我们的合影照得很好，三位女士都分别摆了很多的pose，说明瓶子已经毫无顾忌地融入我们旅行团的集体之中了。

白宫门廊是通往红宫的大门。

门廊宽敞的四壁都绘有壁画，其中北壁绘有文成公主进藏图引我们驻足。文成公主跋山涉水，所到之处受到了藏族人民热烈欢迎的场景跃然墙上，令人景仰。

门廊人多，不敢久留，只得匆匆而过。

沿并列三层的木质扶梯继续上行，穿过昏暗的甬道，就正式进入红宫。

这里是布达拉宫最气派最豪华的五世达赖喇嘛的灵塔殿。灵塔耗金三千七百多公斤，镶有一万八千多颗珍宝，还有释迦牟尼舍利子。显得十分辉煌炫目，华丽壮美。

讲解员说："只有五世达赖喇嘛佛像是单独供奉，因为他开创了西藏政教合一的体制。

"在清顺治帝的恩准下，他作为西藏政权首领的地位，获得了中央政府的正式承认。

"布达拉宫不叫寺而叫宫，就是为了表达这里兼有宗教和政务的功能。"

接着讲解员把我们带到了长寿殿前。

这里大门紧锁，游客不能进去。我们只得聆听讲解员的介绍："长寿殿是布达拉宫最大的一个殿，原来是六世达赖喇嘛讲经的地方。"

在这里，我仿佛听到了众喇嘛不绝于耳的诵经声。

"他的寝室宫殿里并没有他的塑像，也是唯一没有灵塔的殿，这与他的逸事传说有关。"讲解员的声音似乎又使嘈杂的诵经声渐渐远去。

“六世达赖喇嘛是一个传奇式人物。他不仅是宗教领袖，还是一个天才诗人。六世达赖喇嘛进宫时，已是情窦初开的十六岁少年。他写了很多细腻真挚的诗特别是爱情诗，在西藏民间口头流传很广，受到藏族同胞喜爱。他的诗歌，词句优美，朴实生动，已超出了民族、时空和国界，成为世界文学宝库中的瑰宝。”我从讲解员的表情里，看到他流露出了一种自豪。

六世达赖喇嘛至高无上的权力并没有为他浪漫多情的性格提供更多的便利。

他的爱情诗，表现出了做活佛的惆怅与无奈。他在诗中如是说：

第一最好不相见，如此便可不相恋；
第二最好不相知，如此便可不相思；
第三最好不相伴，如此便可不相欠；
第四最好不相惜，如此便可不相忆；
第五最好不相爱，如此便可不相弃；
第六最好不相对，如此便可不相会；
第七最好不相误，如此便可不相负；
第八最好不相许，如此便可不相续；
第九最好不相依，如此便可不相偎；
第十最好不相遇，如此便可不相聚；
但曾相见又相知，怎奈如何不见时；
安得与君相决绝，免教生死作相思。[①]

六世达赖喇嘛在爱江山与爱美人上难以割舍，在人性问题上不甘寂静。

他在情诗中吐露出真言：

---

① 摘自《六世达赖喇嘛仓央嘉措情诗》。

常有活佛面孔，从不展现眼前；
没想情人容颜，时刻映在心中。①

“在我的家里，还有由庄晶整理编译的汉文《六世达赖喇嘛仓央嘉措情诗》。”从讲解员的言语里流露出了一种钦佩。

“六世达赖喇嘛在西藏历史上也备受争议。关于他的下落有两种说法：一是在内蒙古贺兰山西麓山谷中的广宁寺生活至圆寂，建有真身灵塔殿，‘文化大革命’时期被毁，改革开放后重建；二是死在了青海湖。”讲解员的话语里也表现出了一种惋惜与惘然。

第一种情况不太可能也没必要，第二种情况既客观又很现实。有诗为证：

若随美丽姑娘心，今生便无学佛分；
若到深山去修行，又负姑娘一片情。②

六世达赖喇嘛权衡利弊，不得不痛下决心，抛弃权贵，逃出空门；遁入尘世，一走了之；享受爱情，及时行乐。他在一个山清水秀鸟语花香的地方过上了夫唱妇随逍遥自在的情感生活。

在长寿殿里，沿墙的佛龛中供奉着一千多尊无量寿佛像。殿内还摆供着“埃革则底”护法神和“宗喀巴”塑像等两千多尊佛像。这些佛像，千姿百态，栩栩如生。

讲解员将我们召集到了一块，用手指向大厅正上方说：“这是大清乾隆皇帝为布达拉宫题写的‘涌莲初地’牌匾。这个充满禅意的题词，其实与六世达赖喇嘛毫无关系。但它的意义说明了中央政府对藏传佛教的认可和肯定，特别是布达拉宫在传承藏传佛教中的地位和作用的认可和肯定。”

---

①② 摘自《六世达赖喇嘛仓央嘉措情诗》。

我们不约而同地把目光汇集于他手指的方向，“湧莲初地”四个大字跃入眼帘。

乾隆帝的字笔精墨妙，形神兼备，浑然天成，的确是珍品。

讲解员说：“乾隆帝题词很多，字也写得很好，在藏族同胞心中的位置也很高。”

他停了一会儿却说：“都说四个题字中有个错别字，你们说是哪个呢？”

听到这儿，我感到很惊奇。

我也听说过乾隆帝写错字的说法。其实不然，字体有繁体字简体字，还有古体字和书法草体字。字体的种类不同，其写法也就不一定相同。

清朝皇帝对汉文化的造诣都很深，不然怎么能统治中华近三百年历史？

乾隆帝也是个多才多艺的龙种。

传说在一个秋日的夜晚。

乾隆帝带着文武大臣路过卢沟桥时，一轮皓月当空，在永定河水倒映之中，出现了一天三月的奇景。得此良辰美景，即赋诗曰：“半钩留照三秋淡，一练分波平镜明”。并题“盧溝曉月”，立碑于桥头。使这里成为燕京八景之一。

其实“盧溝曉月”即“卢沟晓月”。那“湧莲初地”就是“涌莲初地”。

我们湖南洞庭湖人对“莲”字很熟悉，也很敏感。这里“莲”的意思表示莲花座上的如来佛，代表的是佛教。

当我还在思索的过程中，讲解员好像难住了我们。

他再次问道：“你们中有没有大学生？大学生应该对这几个字弄得清楚。”

在我们六个人中，有四名就是名牌大学生。

“你说的错字，应该是第一个。但是第一个字也并没有错，是简体字‘涌’的繁写体。也就是说‘湧’在汉字的简化过程中少了一个‘力’字。那时的乾隆帝还不知道有这个‘涌’，也只知道写这个‘湧’。”我正准备开腔，瓶子却胸有成竹不慌不忙地说出了这番话，表现出了当今大学生的智慧与勇敢。

“了不得！瓶子的中文知识不一般。”一向韬光养晦不露声色的新婚郎终于发言了。

讲解员不得不佩服地说了声：“还是大学生厉害！”

中华文化博大精深，在这具有丰富历史底蕴的地方，时时处处皆学问。

根据讲解员介绍，还有东、西两个日光殿没有参观。

东日光殿是十三世达赖喇嘛晚年扩建的起居室，西日光殿是早期修建的达赖喇嘛的起居室。

两个日光殿位于红宫两边的白宫顶层，殿内都设有落地玻璃大窗，采光条件极好。

“金顶区是布达拉宫的制高点，是主供佛殿和灵塔殿的鎏金屋顶。顶上有很多鎏金饰物和经幡。天气好时，蓝天映衬下的金顶别有一番情趣。举目远眺，布达拉宫广场和对面的宝瓶山尽收眼底。这次只能说声遗憾，欢迎旅客朋友下次再来！”讲解员向我们道歉，深深地鞠了一躬。

讲述一个故事，代表一段历史。

瓶子感慨万分，嚷嚷着说：“神奇的布达拉宫，神秘的西藏高原。几多的雄壮，几多的慷慨；几多的苍凉，几多的悲惨，还有多少秘密没有向人们展示。”

讲解员把我们带到宫顶后面的工作室前，收回扩音器，告诉我们从宫后指引的路线返回。

他说了声拜拜，也就结束了。

我们带着遗憾，也抱着希望按讲解员告诉的路线返回。

正值中午，大家都口干舌燥，筋疲力尽。而这时的瓶子却精力充沛，意犹未尽。

下午自由活动，瓶子约我陪她再次到“天堂时光旅行书店”看书。我没有其他安排，只得如约一块儿同往。

我们坐上出租车，瓶子在前面带路。我在后座根本没有弄清方向。只等看到了摩肩接踵、成群结队的朝拜人群时，才知道到了大昭寺。

瓶子说：“从右大约不到一百米，我们得按照藏族同胞的习惯，顺时针方向从左绕过去。”

瓶子在前面走，我跟在她的后面。

我们目睹藏族同胞特别是藏教信徒对菩萨和对活佛五体投地的精神。他们三步一跪，五步一折腰，祈求神灵庇佑的心之诚、情之切，令人佩服。

我们也一路讨论着这种虔诚对藏区经济发展的影响和对藏族信徒精神的禁锢。也对瓶子与藏民信徒的交流和对困难信徒的施舍拍照留影。

瓶子很高兴，我也非常乐意。

当我再次看到大昭寺时，还以为是走过了头。

我正左顾右盼时，瓶子不好意思地指着并不显眼的“天堂时光旅行书店”的牌子说：“到了。请进！”

我很惊奇，当初瓶子是怎么在这里发现这个书店的？

“天堂时光旅行书店”在外面的牌子确实很小，并不惹人注意，进去后却给人另一番感受。里面是一个不大也不小的院子，靠后有两层，上面加盖了玻璃顶。空间得到了充分的利用，楼上楼下楼梯间都摆满了书架、书柜、书桌和椅子，拿上书坐下就可以阅读，还可以借阅。读书借阅都不要钱，饮料、食品和就餐收费，价钱不贵。

这独特的设计和巧妙的布局凸显了店主高超的智慧和非凡的构思。

书店的主人就是前面商铺的老板。用店主的话说：“读书人寻求的是知识，不会讲究排场。讲究排场的，是不会到这儿来的。我是为那些真心实意寻求知识的人准备。”

这些话说到了我的心尖上，也一定会说到瓶子的心坎里。

不然的话，瓶子怎么会舍近求远，一有时间就躲进这间偏僻的书屋里来呢？

瓶子把我带到楼上楼下走了一趟。

然后，我们各自找了几本书，在楼下坐定。

服务员随即走到跟前，忙问喝点什么。

我们谁也没有说什么客套话。瓶子要了杯橘子汁，我点了杯湖南绿茶洞庭八仙云雾，各自无话地翻开了书，边看书边品茶。

吃喝是人的本性，是人体最原始最基本的需要；品味则是人的雅兴，是人生最高尚最纯美的理念。

洞庭八仙云雾的特色是第一泡清淡无味，第二泡才渐显茶力。

拉萨气候干燥，我坐下正需补充水分。

饥不择食，渴者易饮。

第一泡我就咕嘟咕嘟几口喝尽了。茶水下喉，润嗓解渴。

八仙云雾虽然没有云南普洱那种汤色橙黄、味厚化食、香高气锐的浓郁；也不具西湖龙井那样叶泽碧绿、滑嫩鲜爽、口感醇绵的清淡。

但是，第二泡刚沏满，就隐隐约约有一丝清新淡香姗姗而来，使我感觉到了身心的畅快。

随着茶叶上下沉浮，一股更醇厚、更醉人的浓香袅袅升腾，溢漫整个书屋。

浓茶在口腔中旋转翻滚，直捣味蕾，冲击丘脑，醒目提神。

猛然间，一股沉寂的原动力在我的血液中油然而生，裹挟着人文情怀，搅动着艺术灵感，犹如东升的旭日喷薄欲出，使我的脑海里更加彰显出美女那双深邃透明的瞳子，于错综复杂的人世交际中的灵动与定力。

喝茶除解决人体渴求水分的初始需求外，它的最高境界是一种心境，能感悟到这种意念，才是淳美的精神享受。

狂饮暴食是一种返祖形式或变异行为。

从喝到品，是人生理念的一次升华。

品茶意在解味，恰似品读人生。

瓶子读书专注，目不斜视，展现了姑娘那种纯净甜美。能在短暂的时间里静下心来，沉浸在读书的快乐之中，不可多见。就是有一颗喜爱读书的心，也是难能可贵。

这时，她在我的心目中成了一道难有的亮丽风景线。瓶子色彩艳丽，稚嫩张扬，棱角分明，敢立潮头，渴求知识，精练深邃。她具有现代知识女郎的特征，不是一般的姑娘。

一会儿，瓶子抬起头望着我笑了，突然说："你知道我是干什么的吗？"

"不知道。"我干脆地回答。

"想知道吗？"她又问。

"不敢问！也不好意思问！"我坦率地说。我相信大学生的涵养和素质，也理解大学生的生活与现实。

"没顾虑，那我就讲讲。"她欣喜地说。

"没有问，并不表示我不想听。我洗耳恭听一下现代女性对工作的态度。"我欣然地接受了。

瓶子毫不掩饰，并无忌讳地给我讲述了她的工作经历和态度。

瓶子十分自豪地说："我从小聪明伶俐，活泼好动。父母省吃俭用、含辛茹苦地送我上大学，就是想让我毕业后找一个好工作，过上稳定而舒适的生活；嫁一个好男人，有个好归宿。谁知道，今天的一切，都不是我父母所想要见到的。怪只怪，那时候他们对我不予约束，放任自由，养成了我现在任性顽皮、追求新颖的性格。不过也好，他们那时从来就没有管过我的学习，现在也没有管过我的工作。我虽然没有按照父母设想的路去走，却也走出了一条时尚新潮的路。自己并没有感到沮丧和彷徨。"

她像领导干部作报告一样："你们'铁饭碗'的概念是什么？在我的心目中，'铁饭碗'真正的含义不是在一个地方或一个单位吃一辈子饭，而是一辈子不管到哪里都有饭吃。这样，铁饭碗就无形地变成了金饭碗。"

这就是知识的差别，认识的差别，时代的差别。

片刻间，我突然想起了南北朝诗人谢灵运"春晚绿野秀，岩高白云屯"的名句。

这短短十字之句，从表面上来看，字里行间描写的是晚春时节，原野碧绿秀丽，峰顶苍岩高峙，白云朵朵屯聚在周围的恬静美景。

其实不仅如此，诗人在描写景物时借景抒情的睿智，表达了对事物理解的另一层深刻的含意：功夫到了才能成就事业，本领高超才能聚集人才。

这就是中国古典诗词精湛的艺术表现形式和深奥的文字涵养哲理。

瓶子为了锻造自己的功夫，提高自己的本领不惜利用旅行时间来获取知识。

自由职业者是时代发展派生出来的一个新的职业，一群新的从业者。

简单地说，自由职业者必须具备两个基本要素：一是自己能干什么，二是自己想要什么样的报酬。是自己去挑选，满意成交签合同，不满意就可以走人。老板把握的是你做得了什么，就给你相适应的报酬。这里面的关键是你能干什么，干得了，钱好说；干不了，别幻想。

中国有句俗语"没有那个金刚钻，就别揽那瓷器活"说得很在理。也就是说，自由职业者有与他人不一样的特质。

适应从事自由职业的人，一般要有综合沟通能力、自我管理能力和独特技术能力。这个独特技术能力就是你能拿得出手，并且专属于你或少数几个人的特殊技能，这是你最大的资本。更直白地说，就是你要出胜，必须高人一筹！或者说，要有人无你有、人有你优、人优你绝的招数。

因为社会是发展的，跟风现象也不可忽视。所以说，超前意识也是自我发展的必然条件。即使你身上有这样的独特技能，你也还得不断地去学习。

瓶子口若悬河，娓娓而谈，讲起话来字字珠玑，铿锵有力，激动时常常是眉飞色舞，手舞足蹈：

“对于我们这些自由职业者来说，旅行也是一个很好的学习方法。有些人只看见我们到处跑，根本没有理解我们跑的真实目的。我们在欣赏美景的时候，更多的是开阔眼界、增加阅历。还有更重要的一点，就是说清楚了，一般的人也不一定理解，那就是只有这个时候才真正属于自己；要是进了办公室，自己就属于工作，风趣一点说就是属于老板了。

“这几年，我在一个老板跟前干的最长时间也不到两年。这个老板根据业绩给我加了三次工资，我还是走了。原因很简单，不仅任务压力大，而且休息时间太少。成天赶任务，星期天也不例外。辞职报告上交后，一个月就走了。老板却说，欢迎你下次再来。

“还有一个老板，是做夜间真情直播的。情感交流，高山流水；抚摩创伤，随心顺意。观众盈门，老板赚得盆满钵满。

“可有一次，有位顾客酒后发威，是他的口袋里只有钱，按捺不住自己的情绪，不断打赏。后来要起了赖，一个劲地叫，脱！脱！脱！

“按规定，这是绝对不能允许的。也就有那么些观众，富得流油，不达目的不罢休；亦难免有个别老板见钱眼开，不顾法律制度的约束铤而走险。

“第二天晚上，这位观众又来了。

“可能没有喝酒，他对自己的情绪似乎有所控制，只是问了些不三不四的话。我只得从东边山上的云雾，慢慢地扯到西边山上的景致，用拖延时间方法来控制这位观众的浮躁。效果还好，没有出现什么意外。

“没想到的是，这位观众第三天晚上还是来了。

“在这种情况下，那就有点‘来者不善，善者不来’的味道。

“最好的办法就是回避，或者以什么理由来推辞。开始老板也采纳了我的建议，我回避了。

“这位观众没有看见我，就坐在那里抽闷烟，喝闷酒。久等不见我出场，就发起了狂。先是吹胡子瞪眼睛，后是拍桌子摔板凳，很不自在。后来直接点我出场，同事说明情况，仍是不依不饶，老板出场被他羞辱。提出不限价钱，就是要瓶子。要眼盯盯地看着我脱，简直发起了飙。

“在劝说无果的情况下，老板只得出面做我的工作。

“老板对我恳切地说：‘我的好妹妹，你就依了他吧！’

“我不客气地说：‘对这样的顾客，我们不能太迁就！’

“‘顾客看上你是喜欢你，证明你漂亮温柔多情动人，这是好事。别人求之不得。不能舍近求远，不识抬举。你在镜中就是仙景，也只是虚幻世界。假如弄得他欲火烧心，死去活来，必定是六神无主，也不能近你一步，更不能把你怎么样。他就是五体生津，最多也只能是望梅止渴。这时，你还是你，可他就不一定是他了。’老板的本性渐渐地暴露。”

瓶子平静地说：“其实我从事真情直播的角色是一个心理医生，只能医治那些心灵失落或创伤者，不能挽救少数寻求刺激的庸俗客，更不能拯救个别道德堕落的灵魂。

“这时，我明显感到自己朗月般的心似乎被一片乌云所遮盖，心境顿时暗淡了下来。理智又使自己不得不克制情绪，随即驱散了阴霾，迅速恢复正常心态。我既没有发火，更没有发怒。

“‘这样慷慨的大款，的确少之又少。能惠顾我们，是我们的财神。你不能满足他的感官感受，也许明天他就不再来。我们流失的不是一般的客户，而是白花花的银子，金灿灿的筹码。是钱啊！’我对老板的说辞不屑一顾。

“老板见我不理会，便亮出了杀手锏，要给我加钱，用钱来收买我。

“我需要钱！但决不能出卖自己的纯洁，更不能用出卖自己的灵魂去赚钱。”

听到这儿，我望了一下瓶子，觉得她更美、更纯、更亲和，送去了钦佩的眼神。

我也是第一次正视瓶子的容颜。

看似柔弱的姑娘在维护自己的尊严，坚持社会正义时毫不含糊和心软。

这时瓶子心平气和地说：

“在这里，我并不是待不下去了，而是要寻求一个能容纳我那纯净心灵的地方，这比什么都重要。所以，我就来了个‘孤雁独飞’式的旅行。人们都说西藏还是一方净土，我也就来到了西藏。在这里，别看是一个小小的书店，我却找到了我所需要的答案。真的不虚此行。”

在这里，我们畅聊了近两个小时。

瓶子神情怡然、踌躇满志、绘声绘色、清脆悠扬地讲述了她的一些工作经历和感受后，深情地说了一句：“很快将会离开。这里是我最为不舍的地方！只有在这里，心才能得到宁静与放松。”

我的心受到了震撼。

结识新朋友，留恋有情人；珍惜过去缘，善待身边人。

这次特别的旅行不仅让我饱览了高原的美丽风光，也让我品味了西域独特的美食，还让我领略了边疆不一样的魅力。更为欣喜的是，让我结识了那位不一样的她！

在途中，我们拍下远方的景，熟悉了同行的人，演绎了难忘的事。

尘缘如梦，幸福似风。或许在人的生命中，峰回路转给我们带来的一次美丽际遇与机缘巧合，其实也带来了终生无尽的回味与感动，让淡淡的念想油然生长！

曾经拥有，残梦难醒。也许有些不经意的感觉来得过于仓促与唐突。短暂的沉淀之后，就会消失得无影无踪，或回归到初始的陌生。

孤傲婵娟真无邪，清淡冷辉总写意。

山水依旧，风月无边。怀揣一丝期许，浅吟低唱，无怨无悔，月影氤氲，柳暗花明；任凭光阴荏苒，花开花落，梦里梦外，字墨余香，禅心安然。

五、归心似箭

俗话说："三女一台戏"。

5 月的湖南，风和日丽，莺飞草长，山清水秀，鸟语花香。

长沙西藏五 · 一一之旅的成员欣喜自若，满载而归。

当飞机徐徐下降，大家的心情似乎是一样的。简单告别，各奔归途。现代的信息技术，虽然人散了，但网络尚在，神魂犹存。

"你们都没有醉氧？"首先发问的是瓶子，似乎自己已经醉氧。

"我有点儿头晕，算不算？"简单在归家途中，虽有爸爸的陪伴，但还有妈妈、丈夫和孩子们的等待。

"我没有体会过，不知道啊！"瓶子第一次从高原回来，也说不清醉氧的味道。

"你最牛。"简单说。她不太相信瓶子一点醉氧的感觉都没有。

"是的。我在上面还好，回来也还好。"瓶子尚属单身美女，在高原的感觉和在湖南的感觉当然是一样的。只要能放松自我，驰骋理想，滋润心灵，丰富知识，收获感受，一切都是美好的。

"有一种热得受不了的感觉。"刚到家，瓶子见到零乱清静的房子，她的心态似乎发生了一些变化，补充说："我觉得还是西藏好，比较凉爽！"

"你再飞过去呗！"躲在网络后面的李子终于沉不住气，开腔发了言。

“你飞回去导游可以接待你。”简单说出了大家的感受和判断。

导游这时看到一定是最惬意的。旅游公司的领导看到了，一定会给导游发奖金。私聊更能反映出真实。能俘虏一个美女的心，这是导游最大的能耐，也会是旅游公司奖励员工的条件。

蜜月旅行是浪漫的，浪漫过去却是生活。

“真的是热呀！进屋就得脱！”李子回到了自己的家，也就是回到了属于自己的小天地。少妇的含蓄和矜持一扫无遗，按捺不住地说出了心里话，很显然是一种人性的释放。

这次旅行，李子虽然有丈夫的陪伴，出门在外，总有点心灵的束缚和新人的羞涩。

有时候，无拘无束才是真正地展现自我。

“你也知道热！”瓶子看到了机会，一针见血地给予了反击。

这个“热”不仅有湖南那种气候的烦闷，更有一些心灵飘忽零落后的那份孤独感应。有谁能说得清楚。

“亲们，你们有没有醉氧的感觉？”简单急忙出来调和。

“我也有点头晕了。”瓶子也随即调转话锋。

“我也好晕呀！除了头不痛，和拉萨的感觉是一样的。”简单也说出了自己真实的感受，缺氧和醉氧都会给身体带来一定的反应。

简单的言辞总会让人联想起新婚燕尔时想忍难忍的释然，云里雾里的飘荡。

告别旅友，我直接上了商务车。温差变化不大，感受变化不多。

刚下车我就看到了家里的灯光。

我走出电梯，妻子就打开房门，满面春风地接过行李箱。

屋子里，弥漫着一股栀子花的清香，只见洗浴盆里放好了热水，干净衣服也放在了更衣室，温馨浪漫的气息扑面而来。

这些天，高原旅游跟大家一样，好像反应还没有消失，也就是醉氧。

睡梦中，仿佛听到了妻子的喃喃自语：“能按时回家，哪怕是迟一点，也是幸福的！”

六、情寄何方

瓶子独白：

曾经拥有，必然珍惜，这是发自心底的感慨和叹息！

这是一个令人神往的地方，一个眼睛在天堂而身体却要承受炼狱之苦的地方，也是一个洗涤心灵的场所。

当刚刚到达西藏的时候，分分秒秒都想撤离。但由于心里的某种信念，我们都会坚持走下去。到最后甚至都不想回来，或者回来了还想再次回去看看。

这就是人的情感，可以培养甚至可以塑造的情感。

虽然我不能再去那么深入的地方，但我希望来年也能到后藏（藏西）的边边去看看，再次好好感受一下这个神圣而又神秘的地方。

能约上一位能开车的旅伴，在那千山万壑的高原醉生梦死一场，不愧为人生的最高境界。

突然想在朋友圈留下一张没有经过任何处理的照片，只是纯纯地用一下照相机的功能，让容颜永远定格在二十八岁。

面容会慢慢地从容地优雅地老去，但我的小心心一直保留在二十八岁哦！

么么哒！只要每天对自己说上三遍，那就是真的了！

我很惧怕寒风却偏要下大雪，我害怕喝酒却喜欢喝醉的感觉。

不如下大雪的时候我们一起走。或许，一不小心就可以白了头！

做出的选择都会得到相应的结果。没有假设亦难有特例。每一次选择我都要慎重，因为选择了，你就要自己去接受和承担这个结果，没有重来的机会。

我反复看着瓶子情深意切的独白，感动零涕，毅然回音：

有了进藏的经历，再去后藏神圣而不神秘！

瓶子戏言：

她要成为一个富有的老姑娘。

她毅然决然办了出国手续，坐上了远去的飞机，随心飘荡！

后 记

读书是提升人生价值最简捷的方式，一生读书使我受益匪浅。知识的力量已被人们进一步地认识和接受，校园生活使那些怀揣抱负的莘莘学子不惧十年寒窗而踏雪寻梅。在市场竞争中敢于与苹果PK而令特朗普总统胆怯不敢正视的华为创始人任正非毕业于重庆大学，河北农村女孩王心怡立志考入北京大学。

在雪域高原旅行期间，新潮女郎不青睐时装而光顾书店令人感叹！有多少擦肩而过的际遇，却在对知识的渴求中开启了我心灵的另一扇窗户。

《巧遇美女游西藏》虽是偶然之作，也是人性的必然产物。一气呵成洋洋洒洒五万字，脱落演义成一部长篇通俗文学作品《一路读书一路歌》来源于对生活真实的追求。

那个年代视男女之情若洪水猛兽，出生在农村的我们这一代青春萌动时谁不十分茫然而又不敢直面。我不知道家里有《红楼梦》，是因为它是毒草形象，只有具有鉴别能力的高级干部才可阅读；长辈们不想因此影响我的前途，将之藏匿于幽暗的楼阁深处。

我接受性爱启蒙和文学感染是一位农事长者，在一个并不大的场合讲述“贾宝玉初试云雨情”。记忆中的那些人满面春风，笑逐颜开。有好奇者羞涩地问怎么个试的，长者敷衍地说“贾宝玉抱着林黛玉不放”。就这么简单的一句话，被冠以“腐朽的资产阶级思想”而招惹批斗。

忽视人生对物质的不断攀求和对情爱的拥有依恋是不科学的。这些年，对人性的态度改堵为疏是社会的一大进步。

埋在心底的秘密一旦触动必然发酵膨胀难以收拾，回味一生情感交错而不曾乱想妄为。我之所以倾情于该书，旨在使那些目不斜视恪守愚昧的人们，抛弃世俗化理念的禁锢，感受人世间纯情之清爽，烘托为中华崛起而读书的氛围！

读书正当时，让我们在读书中使生活充满阳光！人生朝气蓬勃！

该书写作于岳阳，修改于北京。肤浅的认识和笨拙的笔触难免会导致曲解和错误，请学者和读者批评指正！

2019 年 8 月